读书
文丛
精选

周振鹤

随无涯之旅

三联书店

图书在版编目（CIP）数据

随无涯之旅／周振鹤著．—北京：生活·读书·新知三联书店，
2017.6

（读书文丛精选）

ISBN 978－7－108－05781－5

Ⅰ．①随…　Ⅱ．①周…　Ⅲ．①杂文集－中国－当代
Ⅳ．①I267.1

中国版本图书馆 CIP 数据核字（2016）第 191772 号

责任编辑　卫　纯
装帧设计　薛　宇
责任印制　宋　家
出版发行　**生活·讀書·新知 三联书店**
　　　　　（北京市东城区美术馆东街 22 号　100010）
网　　址　www.sdxjpc.com
经　　销　新华书店
印　　刷　北京市松源印刷有限公司
版　　次　2017 年 6 月北京第 1 版
　　　　　2017 年 6 月北京第 1 次印刷
开　　本　880 毫米 × 1092 毫米　1/32　印张 9.5
字　　数　181 千字
印　　数　0,001－6,000 册
定　　价　39.00 元
（印装查询：01064002715；邮购查询：01084010542）

目 录

小　叙

收在这本小集子里的文章多半与文化有点瓜葛，但却都是在文化热早已降温，发烧友大都散尽以后写的。开头的几篇是关于文化一般的，但卑之无甚高论，主要观点无非是，中国文化只有化西的前景，绝无西化的可能。其中以《当饭菜吃还是当衣服穿？》来比况中日文化的不同，似乎不伦。其余文章则大多是谈一些比较容易被忽视的人或书或事。以人而言，如徐霞客大家都知道是明代大地理学家，但比他稍早的王士性却如吕洞宾一样，三过岳阳人不识，没有哪怕一本辞典或百科全书之类的工具书提到过他，而实际上正是他和徐霞客的著作，才使中国的地理学完全脱离历史学的附庸地位，蔚为一门独立的学问。《非无类非无非类，无深言无非深言》一文就是为他而写的。以书而言，那些藏书家不重、目录学不讲、图书馆不收的"三不"书，是不大有人看得起的，但我觉得在这些书当中，却存在着理解文化史进程的某些东西，《书中自有富强术？》与《问策和对策》都是试图说明这种观点的。以事而言，历史事件的发生长期以来被认为有其必然性，但是我怀疑在文化选择方面是存在着某些偶然性的,《假如齐国统一了天下》就是这一想法的表露。

部分由于专业的缘故,我是比较有机会行千里路的。在国内,除了台湾以外,是各省市自治区都走到了的,在国外,亚澳美欧也都蜻蜓点水过,但我却很少写游记之类的文字,不是别的,只因太不会写风花雪月了。收在这里的几篇准游记,一篇是国内的,一小束是澳洲与西欧的,又一篇是日本的,里头看不到他乡风光或异国情调,有的只是一些凡人琐事,我是想即使琐事也是能投射出文化差异的映象的。只有《秦始皇东巡探踪》写的是大事,目的是强调秦文化与齐文化的不同,但写得并不精彩。

对于臧否人物,我也与描写风景一样不大得心应手。好在所写的对象多有自己的专业研究作支持,不大怕说龊边。尤其是《点石成金、披沙沥金与脸上贴金》一文其实是在自己做了艰涩的历史地理考证以后才有的深刻体会,当然这篇文章也可以写成史学史的专门论文,但那样到底读者面就窄了。《正眼看世界的第一人》是赞颂徐继畬的,他由于写了《瀛寰志略》一书而为当时人所不容,又由于与林则徐有过龃龉,也为现代学者所冷淡,为了说清楚他的不同凡响,文章写得长了一点。至于对严复、康有为、章太炎三位大人物,研究者不知凡几,有的学者更是以毕生的精力和他们周旋,自然更是不容我置喙。好在我的落脚点不在他们的辉煌时期而在他们的背时辰光,使得《癫野老人、天游化人和中华民国遗民》尚能自圆其说。说到人的还有三篇是与来华的"洋鬼子"有关的。近代来华的西洋人多如牛毛，挑这三个人，是因为他们与中国近代文化史有点关系，但除莫里循外，其他两人从未有人提及。即便是莫里循，也很少有人详细介绍他那著名的文库，而且多半将他译为马礼逊，虽然那样译没有错，但遵照名从主人的原则，是以译为莫里循为宜的，这只要读读他的《一个澳大利亚人在中国》一书便知。

我的后青年时期的专业是历史地理学，但是在专业之外，我还热衷旁门左道，譬如对文化和语言的关系就特别有兴趣，曾与友人合作《方言与中国文化》一书，倡议建立文化语言学。因此这里也有几篇文章谈及语言接触现象以及与这一现象相关的书籍，如《别琴竹枝词百首笺释》是有关洋泾浜英语的，《鬼话、〈华英通语〉及其他》是关于早期中国人学习英语的读本。其他一些文章还表现出我读书也是无特操，见异思迁，朝秦暮楚，这个缺点从几篇小书评和在日本淘书的经验是很可以看出来的。但是我想，除了野狐禅外，到底还是应该写几篇与我的专业有关而又不太专门的东西，这就是介绍性的《不妨读读历代正史地理志》与这本集子里的最后两篇文字的来由。

我自小喜欢读书，能够拿到手的，什么都读。但也自小痛恨作文，能挨过一天就是一天。记得高中时代，一学期只有四五篇作文，比起现在的学生来真是如在天堂般快活，但即便如此，我也要百般拖延，非到明天交卷，便不肯动手。有一次拖到超限两天，老师虽然认为文章尚可，

4

也只好降一等打分。这个旧习至今依然未改。书是要读的，文章却是怕写的。怕的原因不是别的，就是因为自己的驽钝。一篇同样篇幅的文章，别人写来只要一二天，甚至一个夜车也就出来了。我却要十天半月，吃力得很。由于吃力就产生畏惧心理，觉得那位秀才对他老婆说的"你生孩子是肚子里有，我做文章却是肚子里没有"，真是至理名言。但是怕只管怕，文章还是不能不写，尽管现在没有老师来逼我，但强人剪径却是有的，于是就不得不留下了这些买路钱。把这些文字回头再看一看，我真打心里感谢读书界新闻界的这些男女强人。几年来，要不是他们的督促鼓励，就不会有这本小集子的问世，我多半只会永远埋头于那些过于专门的学术论文之中而不能自拔。

《庄子·养生主》曰："吾生也有涯，而知也无涯。以有涯随无涯，殆已。"对这句话当中的"知"历来有许多种解释，我权当它做"知识"解。那么这句话或可别解为：人的生命是有限的，但知识却是无穷的，以有限的生命去追逐无穷的知识，真是白费心机了。且不管庄子的本意是否如此，别解的意思本身却是成立的。求知对于一个人来说，真是殆已的事。宇宙中的知识无穷无尽，一个人哪有无限的生命去对付它。但是古往今来，对知识孜孜以求者如恒河沙数，这些人未必不明白上面这个道理，只是自己心甘情愿而已。我虽不敏，也愿随前贤之后，做"殆已"之一员，故自颜小集曰：随无涯之旅。

中国文化的变与不变
——以万变成其不变

昔人常言：礼有经亦有权。权是变，经是不变。这句话或许可借用以表明中国文化数千年来走过的历程——有变有不变。

认为中国文化一成不变的看法在本世纪以前普遍存在。只是在十九世纪前，对这种不变的文化是持仰慕态度，认为这是显著优点。法国革命前，就有人赞美道，像中国这样"一个时代更迭而旧貌依然的古老帝国"，是"如此卓越伟大，相形之下，我对其他所有国家都不禁鄙视厌弃"。但在十九世纪以后，仰慕和钦羡却一转而为批评甚至憎恶，宣称只有在欧洲，人类生活才真正具有历史，中国、印度和美洲的土族都没有真正的历史进步，有的只是停滞不变的文化。

但是世界上不可能有一成不变的文化，一成不变则意味着断裂，意味着死亡。堪与中国相提并论的其他古老文明，不是已成陈迹，便是蜕为另外一种文化。唯有中国文化延续数千年，既不中断亦未面目全非。这就是有变有不变的结果。有变才能发展，有不变才能维持其本来精髓。一成不变的观点显然无法解释中国文化的进程。那么中国文化变的是什么呢？是其表层部分，亦即物质文化、制度文化以至精神文化，不变的则为深层的心态文化。从物质方面说，中国人的衣食住行还有哪一样是不变的？早在赵武灵王时已经胡服骑射了，早在汉灵帝时已经流行胡饭胡床了。席地而坐到东洋去了，我们现在只会胡坐；峨冠博带早成陈迹，我们反倒以为长袍马褂自古以来便是国服。即使在政治制度方面，我们又何尝落在人后？在亚洲，我们是最早打落皇冠的，比谁变得都快。至于精神文化范畴的音乐舞蹈，盛唐时就既有胡琴又有胡旋舞，全都来自西域；比较深层的宗教领域，中国人也不在乎，来了佛教信佛教，来了基督信基督；死了人一班和尚一班道士，吹吹打打，没有人觉得奇怪。不像在西洋，改宗是件天大的事。

不变的又是什么呢？是道。子曰："吾道一以贯之。"贯到底都不会变。董仲舒说："天不变，道亦不变。"天哪里会变？道自然也不可能变。《汉书·地理志》讲："齐一变至于鲁，鲁一变至于道。"尽管一变再变，但变到"道"就不再往下变了。那么道又是什么呢？《书》云：道心惟微。看来很神秘，不大容易懂。《易》曰：形而上者谓之道，形而下者谓之器。就有几分明白了。物质文化与制度文化以及包括宗教在内的精神文化在中国都只是器。只有深层的心态文化才是道。往俗了讲，道就是中国人特有的生活准则，就是对天地君亲师的信仰，就是为尊者讳为亲者讳，就是不孝有三无后为大，就是其他民族所没有的心态文化。严复从青年时代起就熏陶于西方文化之中，中年以后名声如日中天，却始终以未中科举为恨；辜鸿铭生在南洋，学在西洋，但却照旧蓄辫子赞小脚，都不变其中国人的心态。无论是孔子捶胸顿足的礼崩乐坏，无论是李鸿章哀叹的三千年未有之变局，这个作为中国文化核心的道都没有变。所以中国文化的特点之一并非以不变应万变——这是历来的看法，恰恰相反，是以万变来成其不变，以表层的万变来维持核心的不变。

然则表层的万变又各有程度的差异：真正全变的只是物质文化，这一点早在明末就被利玛窦看出来了，他说："我认为中国人有一种天真的脾气，一旦发现外国货质量更好，就喜欢外来的东西有甚于自己的东西。"说到制度文化，则只是表面的模仿而已。皇冠打掉了，专制依然；国会召开了，议员却是贿选的。精神文化也是变而不彻底，中国人因为有敬鬼神而远之的传统，所以对任何宗教都可来者不拒，换句话说，中国人是把宗教和信仰分开对待的，宗教虽可变更，信仰则永远是中国式的。所以儒家不是宗教，却比宗教更深入人心。而且更加意味深长的是，即便儒家学说这样纯属国粹的东西，看似不变，其实也在变，在为历代统治者服务的过程中不断演进，在接受外来文化的过程中变成新儒家和现代新儒家，只是不变其为儒家。

尽管中国的地理背景相对孤立，但数千年来仍然与东西洋都有着绵绵不绝的交往。与外来文化交流就要使中国文化发生变化，但这一变化的结果往往是将外来文化同化于中国文化，而不是使中国文化同化于外来文化。同化的结果有时简直惊人，就俗一点的说，例如狮子舞就被认为是中国传统舞蹈；就高深的方面说，禅宗完全是中国而不是印度的佛教。同化的过程简直是不露痕迹。所以中国文化变迁的第二特点是要变人为己，而不变己为人。是貌似西化而实为华化。只是这一过程是缓慢的、渐进的、不知不觉的。中国文化的发展远不是简单的"有容乃大"——这样说只强调容纳百川，而忽视其受外来影响所产生的变化，难怪费正清因此而产生冲击反应的思路——而是在同化外来文化的过程中不断地丰富和发展自己，这一过程或者可称之为"有变乃恒"。

既然中国文化的变迁有上述两个特点，因此除了在物质层面外，中国文化将朝着自己的道路发展下去，在这条道路上会模仿、借鉴、学习其他文化的制度与精神层面的东西，但模仿、借鉴、学习的结果，中国文化依然会是变其可变，而不变其不可变，绝不会变得面目全非。所以问题不在于中国要不要全盘西化，而在于中国根本不可能全盘西化——即使我们朝这个方向去努力也是枉然。现在常有人设计中国的将来文化应该如何如何，或应该是中西文化互补，或应该是融合中西文化的精华，立意虽然不错，无如中西文化并非两个泥人，可以打碎了和上水再重塑，变成你中有我，我中有你。中国文化有其自身的变化规律，我们对这一规律的认识至今还不敢就说十分清楚，恐怕还有继续探索的必要。但是有一点比较清楚的是：中国文化变迁的基本方式是述而不作，是著书不如抄书。自认述而不作的是中国儒家的创始人，提倡著书不如抄书的是清代实学的开山祖，都是极富创造性的大人物，但却都认为自己毫无创新，仅只沿袭成说而已。他们的思想或许表明了中国文化寓变于不变之中的特点。

当饭菜吃还是当衣服穿？

　　题目是俚俗了点，但非此似难以表达中日两国对于外来文化态度的差异。

　　明治维新的成功与戊戌维新的失败已经困扰了几代中国人：何以人家一蹴而就，而我们底事无成？彼理的黑船一八五三年才打开日本国门，不过十五载维新已奏凯歌；一八四二年中国已开放五口通商，几乎过了一整个甲子，百日维新仍不免于流产。如果我们只从这两件事作比较，我们将永远不免于困惑。我们必须稍微扯远一点。

　　首先，通常所说的成功实际上是指现代化的成功，更直截了当地说是西方化的成功。就这点而言，我们至今尚未成功，遑论百年以前？其次，日本现代化或曰西化的成功并非仅明治一例，大化改新是更重要的另一例。而中国的西化，非但过去失败，今后也不会成功。原因不在别的，在于中日双方对待外来文化采取截然不同的态度。中国是把外来文化当饭菜来吃，而日本则把它当衣服来穿。当饭菜吃，要尝口味，要咀嚼，要下咽，要消化。尝了不好吃，就不吃，难以下咽就吐掉，消化不了就拉肚子。但是如果好吃，如果易于消化，那就变成养分，变成自身的一部分。饭菜不见了，身体见长了。外来文化不见了，中国文化丰富了。但是这一过程很长很慢，绝不可能一口吃成一个胖子。昔贤有言，佛教这顿饭我们吃了一千年。吃了以后怎么样呢？印度佛教变成了中国禅宗。不是我们被西方极乐世界所同化，而是梵天圣教被中国化了。

日本西化则不同，那是衣着的模仿，只要谁穿着好看我也来它一件，很方便很简单。拿来就穿，不费思量，不存在消化得了还是消化不了的问题。穿着不合适，再换一件就是，反正衣服并非身体的一部分。日本历史上的两次全盘西化都是拿来就穿，而且刻意模仿，几可乱真。第一次西化远在一千三百年前，其时日本对于中国的文物典章无一不照搬如仪。中国自然是在日本的西边，推古天皇致隋炀帝的信就自称日出处天子，而称炀帝是日落处天子。至今您去参观日本水户市德川家的墓地，马上就能发现驮着石碑的大乌龟竟是一色的头朝西，表现出江户幕府对中国文化的极端仰慕。第一次西化由圣德太子发其端。他派出遣隋使节，聘来中土专家。采用中国历法，提倡儒家学说。建立新式政府，推行隋唐的官僚制度。紧接着又是闻名于世的大化改新，更是依样画葫芦，几乎是中国有什么，日本就引进什么。废除氏姓制度，划分行政区域，实行户籍登记，模仿租庸调制。甚至天皇之有年号，也从大化开始。弄到后来则连贞观年号也直接拿了去用，连端午、七夕、重九这样民族色彩极浓的节日也拿去照过不误，唯一未引进的节日是中秋，那并非因为考虑到日本国情的不宜，而是唐朝人当时还不兴过中秋节（此点周一良先生有精辟的考证）！

大化改新当时那种学习上如饥似渴，力求惟妙惟肖的精神尚非上述数语所能概括。这里再举极端之一例说明之。今年元月二十五日《朝日新闻》登了一篇论文，解释藤原京为何短命的原因。公元六九四年，日本迁都于藤原京（在今奈良县橿原市），但是仅仅只过了十六年，藤原京便被放弃，而再度播迁于平城京。藤原京在当时是以计划的宏大而著称的，何以随随便便就不要了呢？据该文作者的研究，原因很简单，只因为对唐代首都长安城模仿得还不够像！整个藤原京是以长安城为模特设计的，但设计时正是日本与唐朝关系紧张的时候，对于长安大明宫等新建筑的情报无法得到，只能辗转从新罗获得有关信息。等到迁都以后十年，一批遣唐使从中国回来才知道大错已经铸成，由于大明宫的建成，唐朝已把国家的大礼与其他的仪式分别在太极殿与大明宫举行，而在藤原宫，太极殿与朝堂院却合而为一。这怎么行？于是不惜人力物力，再建平城京，唯求与长安城毫无二致，而苦心建造的藤原京竟毅然弃于一旦——难怪今天中国学人对平城京、平安京都耳熟能详，而对短命的藤原京大多一无所知——在今天看来这一举动似乎不可思议，在当时却是天经地义！平心而论，在当时的日本，国小民穷，完全用不着平城京那样规制宏伟的都城。然而这种样样盲目模仿的结果却是日本从奴隶社会初期一跃而成为有完善政治制度的律令国家。设若其时日本处处考虑改革是否符合国情，这一跃未必能过龙门。

第二次西化始于一百二十六年前的明治维新，对于欧美文化的模仿同样是不遗余力。吃牛肉、撑洋伞、着西服、跳华尔兹。禁止男女混浴，不准随地便溺。旱烟改成纸烟，束发变作洋发。一切都是在文明开化的口号下进行。为了让达官贵人的一举一动能与西方绅士淑女一模一样，还特意建造了一座维多利亚风格的鹿鸣馆，一招一式地教，亦步亦趋地学。浸假至今，东洋人穿西装竟比西洋人还要地道。与此同时，开议院、颁宪法、翻译西书、留学欧美、义务教育、开通邮政。不但行西人之所行，且以西人之是非为是非。甚者至于要废除汉字，改良人种——通过与西洋女人结婚来实现，那种对于西方文明如醉如痴的狂热与冲动，也不是今人所能想象的。狂热与冲动的结果是日本在百年之后跻身于世界强国之列，特别是西方的老牌列强们不得不对日本刮目相看。《大英百科全书》是世界大百科全书之马首，除了隔一段时间作一次修订外，还每年出版一本年鉴，以及时反映世事的变迁。一九六七年版《大英百科年鉴》邀请当时的日本首相吉田茂撰写卷首论文，以为明治维新百年的纪念，这篇论文后来经过润饰，以《激荡的百年史》为名出了单行本，畅销一时。随后的连锁反应就是西方和日本学者一大堆讨论日本为何成功的著作的出版。

为何讲西化就一定要全盘，吉田茂在书中作了浅显的分析：

这是因为，所谓文明本来是一个整体，并不能单独采用它的科学文明。例如为了要采用西方的优良的军舰和武器，就必须建设生产它的造船厂和兵工厂，而为了能够有效地发挥造船厂和兵工厂的机能，又必须使构成其基础的经济活动得到顺利开展。于是，这便同以追求利润为不道德的儒教伦理发生了矛盾，因此，要拥有军舰就不能不使该国的文化深受影响。

可以说日本从明治维新开始不久就明白了这个道理，大化改新时这个道理虽不见得清楚，却是照这个路数去行事的。

两次全盘西化对于日本的进步都起了决定性的作用。西化如此彻底是不是使日本文化变成中国文化或者欧美文化了呢？没有，根本没有。中国人绝不会错认日本人为同胞，西洋人更不以为东洋人向他们认同。日本人的思维方式和心态完全是日本式的，日常生活的准则也是日本式的，对日本人来说中国文化和欧美文化都只不过是一件随时可以更换的衣服而已，所以他们才在明治维新一开始就轻易地脱掉了中国文化这件穿了千余年的旧衣服。江户时期的一些思想家担心日本文化同化于中国文化或西洋文化，曾经提出"和魂汉才"与"和魂洋才"的口号，尽管后来的日本人朝着全盘西化的方向做去，但是"和魂洋才"的理想并没有落空。汤因比认为日本从未有过自己的文化，他显然是让披在日本文化上的外衣给迷惑了。

中国文化有两个基本特点，其一是有变有不变，即以表层文化的万变来维持核心文化的不变。有变乃恒，不变即会中断会死亡，如同其他古文明一样。有不变才不致面目全非，才始终不为其他文化所消融。其二是与外来文化接触时，要化人为己，而不化己为人。既然中国文化是消化型的文化，对待外来文化的态度是当它为饭菜，那么西方文化在经过细嚼慢咽后自然也就消化成中国文化的组成部分，所以中国的全盘西化绝无成功之可能。即使我们朝全盘西化的方向去做，其结果也必然是貌似西化，而实为华化。几千年来的历史业已证明了这一点。就小处而言，狮子舞被当成中国的传统艺术，旗袍被认作汉人的民族服装；就大处说，则是佛教的中国化以及众多民族的融入中华民族。因此问题不在于是否应该全盘西化，而在于中国根本不可能被全盘西化。中体西用本身并无大误，西洋文化始终只会处于用的地位，绝不可能喧宾夺主，转而为体。失误的是这个口号根本无需提出，一提这个口号，就使人总在担心中体会不会变成西体，造成对莫须有的全盘西化的恐惧。

附带还有一个结必须解开。我们总以为日本从明治维新才开始西化，这实在是一种误解。他们其实在江户时代已经作了准备，这一点吉田茂也指了出来。江户时期的遗产有三点：一是封建制度打下了近代国家的基础，二是武士阶级的存在造就了一批具有组织能力的人才，三是各藩的藩学多已不施行儒学教育，而代之以西学。这三点在鸦片战争以前的大清帝国者都是不具备的：极端的中央集权窒息了地方的一切活力，不像日本的藩主具有一定的地方分权；科举制扼杀了所有有才能的文士，他们没有独立的人格；由庠序直到太学的教育体系只有脱离实际的儒家之教，没有任何奇技淫巧的内容。于是一切改革只有失败了事，又何止戊戌维新一桩！

振聋发聩，石破天惊

一个文化到了必须再认识的时候，已然进入危机阶段了。鸦片战争以后的中国，出现了时人所惊呼的"数千年来未有的变局"。变局者，衰局也，危局也。在此之前，中国文化始终处于优越地位，所谓"声教所被，无远弗届"。任何一种外来文化都被改造、被消化、被融合，"用夏变夷"始终是中国的老传统。不料十九世纪中叶以后，形势大变，"广运万里地球中第一大国"竟然一再败于"万里之外小夷"之手。毛病到底出在哪里？

朝野有识之士于是重新审视传统文化，慢慢悟出这一文化之所以不能致富强御外夷，原因盖在于器用方面的不足，必须对之有所匡补。于是中体西用思潮遂应运而生，弥漫整个中国达三四十年之久。然而对传统文化的这种再认识极其浅薄，仅只停留在表层文化方面。因而几十年间，西用的办法虽然使尽，中体的不变依然故我，民族危机于是越来越严重。很显然，传统文化的弊端并不仅在表层方面，还必须对之有更深刻的认识。但是这一任务不是从冯桂芬到张之洞一班人，也不是严复、康有为和章太炎等学者所能完成的，它必须等到维新、革命都失败以后，才能由新文化运动的启蒙人物大声呐喊而出。

这些出类拔萃的人物猛烈攻击传统，认为它是阻挠中国现代化（当时称西化）的根本障碍。因此主张牺牲传统去换取现代化的富强的中国。陈独秀尖锐地指出："吾宁忍过去国粹之消亡，而不忍现在及将来之民族不适世界之生存而归消灭也。"在民族和传统的权衡中，宁舍传统而要民族，的确无可厚非。鲁迅也有同样的见解，他说："我有一位朋友说得好，要我们保存国粹，也须国粹能保存我们。保存我们的确是第一义，只要问他有无保存我们的力量，不管他是不是国粹。"李大钊的看法更加激烈，他认为必须"取由来的历史，一举而摧焚之；取从前的文明，一举而沦葬之"，只有这样，才能"孕育青春中国之再生"。

这是石破天惊的呐喊，这是前无古人的胆识，足以振聋发聩，启人心扉，使整个民族从所谓"中国之杂艺不逮泰西，而道德学问文章则复然出于万国之上"之类的梦呓中惊醒过来。对于一个启蒙运动来说，这种矫枉过正的言论是十分必要的，尤其在有史以来传统文化未被怀疑、未受批判的情势下，只有这种坚决的态度才能发人深省，也才有摧枯拉朽的力量。

与上述感情色彩很浓的言辞相平行，"五四"启蒙人物还有许多鞭辟入里的分析，例如陈独秀说过："自西洋文明输入吾国，最初促吾人之觉悟者为学术，相形见绌，举国所知矣；其次为政治，年来政象所证明，已不克守缺抱残之势；继今已往，国人所怀疑莫决者，当为伦理问题。此而不能觉悟，则前之所谓觉悟者非彻底之觉悟，盖犹在惝恍迷离之境。"这里所说的学术、政治与伦理三层大致略当今日所说之表层、中层、深层文化，陈独秀并强调伦理的觉悟为"最后之觉悟之最后觉悟"，换句话说，传统文化的改造，其关键乃在于深层结构的更新。这种眼光是何等的深远。

更进一步说，"五四"启蒙者对于传统文化的批判还有另外一方面的深刻意义，那就是把吃人的礼教、非理性的纲常伦理当成主要是民族的自我问题，正因为爱这个民族，又恨他"所造的罪孽，所蒙的羞辱"，因此才希望他"从头忏悔，改过自新"，从普遍沉沦的状态下解放出来。这一认识又带着何等的情感。批判传统的弊病，即包括鞭策自身的不肖，激励自己将这一传统向着现代方向演化。因此，"五四"新文化运动是必要的、合乎理性的文化批判运动。

七十年后的今天，海外有人批评新文化运动的全盘反传统倾向，认为"文化革命"正是承其遗绪，所以造成十年浩劫。海内有些学者为了说明两者的无关，于是力辩"五四"并未全盘反传统。其实毋庸讳言，"五四"启蒙人物的确具有全盘反传统倾向，前文所举言论已足够说明此点，但这正是他们的伟大所在。虽然自己肩负着因袭的重担，却热切期望国人能摆脱传统的包袱。如果我们力辩其无，真是抹杀了思想先驱们的功绩。

今天我们纪念"五四"，正是要把新文化反传统的功绩放在整个近代史，以至整个中国史的范围内去考察，肯定它是对传统文化再认识的一个大飞跃，没有这个飞跃，民众思想无由得到解放，一切改革都是空谈。现在我们又重新遇到了如何正确认识传统文化的问题，我们不能说在思想观念上就都比"五四"时代高明了，对于国情、中国化、中国特色的问题我们始终没有很好解决。但是认识运动是一个不断完善的过程，在走向现代化的历程中，我们将会不断地对传统进行再认识，一次比一次更接近真理。

瘉野老人、天游化人和中华民国遗民

　　标题上的三个人是谁？一个是严复（一八五四至一九二一），一个是康有为（一八五八至一九二七），另一个是章太炎（一八六九至一九三六）。这三个人可以看作是从十九世纪末开始发生巨变的思想界中涌现出来的第一代知识分子的代表。严、康、章三人在十九、二十世纪之际都是一言九鼎、全国景从的大学者，但是时人对他们的尊崇并不单是由于他们高深的学问，更主要的是由于他们是传播西学、提倡变法或鼓吹革命的"先时的人物"。

　　但是这三位走在思想界前头的知识分子，在中晚年以后，由于理想的破灭，或政治上的失意，却停滞落伍，保守顽固，甚至否定自己早年的先进思想，变成了"后"时的人物。他们为自己所取的三个外号"瘉野老人""天游化人"和"中华民国遗民"正是他们晚年心态的自我写照。

　　严复在戊戌变法失败以后，即逐渐趋向保守，心境日益颓唐。一九〇〇年他脱离海军界时，自谓"年鬓亦垂垂老矣"。其实当时他还只有四十六岁。虽然他继续译述工作，以介绍西方资产阶级的社会学说，但旨趣已有变化了。一九〇三年他翻译《群学肄言》，正是为了纠正早年译述《天演论》立论太猛的过失："时局至此，当时维新之徒，大抵无所逃责。仆心知其危，故《天演论》既出之后，即以《群学肄言》继之。意欲蜂起者稍为持重，不幸风会已成。"言下颇觉遗憾。

这里严氏毫不理会自己的声名恰正是由《天演论》一书所奠定。当是时，《天演论》的问世在知识界引起革命性的震动，它把国人带进一个闻所未闻的世界，从此无人不谈进化论，"物竞天择，适者生存"成为当时维新士大夫的口头禅。也从此，世上无人不知侯官严先生。目空一切如康有为也说："眼中未见此等人。"流风所及，《天演论》还深刻地影响了下一代甚至再下一代的知识分子。原名胡洪骍的青年也本"适者生存"之意改名胡适，字适之，从皖南乡下出来放洋留学去了。在南京路矿学堂的周树人则是"一有闲空就照旧吃侉饼、花生米、辣椒，读《天演论》"。因此所谓"风会已成"，正有《天演论》的一份功劳在内，然而严复却觉后悔。蔡元培也看出了严复思想上的倒退，他说："严复译《天演论》的时候，本来算激烈派。听说他常常说'尊民叛君，尊今叛古'八个字的主义，后来他看得激烈的多了，反有点偏于保守的样子。他在民国前几年（一九〇三年）把他四年前旧译穆勒的 *On Liberty* 特避去'自由'二字，名作《群己权界论》。"

严复本来就不甚积极于维新变法，更以革命为无谓，他以为中国的民智太低，必须要先开民智，然后才能说到其他。因此章太炎批评他说："抑天下固未知严氏之为人也。少游学于西方，震叠其种，而视黄人为猥贱，若汉若满，一丘之貉也。故革命立宪，皆非其措意，天下有至乐，曰营菟裘以娱老耳。"这个批评当然有些偏颇，但却是道出了实情的。严复的"教育救国"并不能解决实际问题，因此思想遂入于苦闷之中，自问："辛苦著书成底用？竖儒空白五分头。"苦闷已极而得不到解脱，便又回到孔孟之道那里去。在晚年他曾向友人诉说："鄙人行年将近古稀，窃尝究观哲理，以为耐久无弊，尚是孔子之书，四书五经，固是最富矿藏，唯须改用新式机器，发掘淘炼而已。"与早年指斥孔孟之道恰成尖锐对比。

思想上的极度苦闷带来精神上的麻木，对于被拉入筹安会而至于不辩，终使清名受累；又对新生事物一概看不惯，反对白话文，反对新文化运动，更进而反对"五四"爱国运动，竟然说，"咄咄学子，救国良苦，顾中国之可救与否不可知，而他日绝非此种学生所能济事者，则可决也"，显见已由保守而入顽固了。在保守顽固的同时又感到穷途末路的可悲："复生平浪得虚名，名者造物所忌，晚节末路，固应如此。不过人之为此，或得金钱，或取好官，复则两者毫无所有，从此蒙祸，殊可笑耳。"由于落伍，自然没有知音，只能引康有为为知己了，自谓："老来与南海持论什九相同。"加之疾病缠身，生活也不宽裕，不免意气索然，宜其自号"瘉野老人"了。

作为资产阶级启蒙思想家，严复早年的功劳是巨大的。因为并不是任何学贯中西的知识分子都能像他那样目光敏锐，看出民族文化的弊病，而热情传播远比封建文化进步的资产阶级文化的。他的福建同乡辜鸿铭就是反面的典型。辜虽精通德、英、法三国语文，但所做的工作只是向外国人介绍中国的国粹，将《论语》《中庸》译成英文，思想不但极其落后而且还外带狭邪。然而到晚年，严复却为其辩解说："辜鸿铭议论稍为惊俗，然亦不无理想，不可抹杀。渠生平极恨西学，以为专言功利，致人类涂炭，鄙意极以为然。"寥寥数语把自己降到了辜鸿铭的水平，早年激烈攻击顽固派的精神一点也不见了，这正是严复的悲剧所在。

康有为在戊戌政变以后也和严复一样，走上背离时代的道路，但表现形式有所不同。在严复是晚年的主张与早年几乎完全相反，从进取到折中到复古，前后判若二人。而康有为则是无视革命形势的发展，顽固坚持君主立宪的主张，从领导维新的先进人物，变成革命道路的绊脚石，前后亦恍若两人。本来戊戌变法的失败应该成为参加革命阵营的催化剂，但对康有为却不同。戊戌变法对他来讲就是一切，在他认为几乎要掌握国家最高权力时，一场政变粉碎了维新美梦，这个打击使他从此一心一意要做的事就是致力于将这个已经破碎的梦变成现实，而不是改弦易辙，追随革命派去摇旗呐喊。因此，在海外流亡时，他极力鼓吹保皇；回到已经共和的故国，则日夜思量复辟。这种倒行逆施的做法不但遭到革命派的强烈反对，也引起自己一些弟子的不满。一九〇二年在印度，他发表《与同学诸子梁启超等论印度亡国由于各省自立书》，压制门人的革命倾向；又写《答南北美洲诸华商论中国只可行立宪不可行革命书》，系统阐述中国不可革命的背时论调。前一封信并未达到预期效果，梁启超后来终于在政见上与康有为分道扬镳；第二封信则遭到章太炎的猛烈攻击而狼狈不堪。这一年，康有为不过四十四岁，但已经开始落伍倒退了。辛亥革命后，保皇已经落空，他于是不断制造复辟舆论，以实现复辟为自己的最高目标。

一九一七年六月，在北洋军阀的纵容下，张勋率领辫子军果然在北京演出了复辟的丑剧，康有为急忙从上海北上，积极参与活动，因而与张勋一道被复辟分子们称为"文圣"和"武圣"。但是这出丑剧的收场很惨，在受到举国反对后，参与复辟预谋的段祺瑞举兵驱逐张勋，"再造共和"，康有为在二十年后再次受到通缉，精神上受到巨大的打击。戊戌变法虽然失败，但使他成为一名英雄，丁巳复辟的失败却使他成为一个罪人，落得个声名狼藉的下场。他终于明白自己不能在政治上再有任何作为了，从此就以"天游化人"的面目度过了生命的最后十年。

康有为晚年所取的"天游化人"这个号有两重意思。"天游"者当本陆游诗："屠钓论交成酒隐，山林高卧得天游。"取归隐超脱之意;"化人"者,本意为会幻术的人,见《列子·周穆王》。但这里取的是它的衍意,指佛教所谓变形为人以度化众生的神佛,表示了他尽管退隐山林仍要教育大众的念头。康有为晚年也的确只做了两件事:一是到处构筑园林别墅并遍历名山大川、优游林下;二是在上海创办天游学院,重登讲坛。第一件其实不是事,只算得是颐养天年,了此残生,标榜超脱,不过是"无可奈何花落去"心情的体现而已;第二件事虽然尽心尽力为之,但已无早年办万木草堂时的号召力,入学者初不过二三十人,以至康有为自我解嘲说:"耶稣有门徒十二人,尚有一匪徒在内。今其教遍于天下,岂在多乎?"天游学院的课程是天人并存,神鬼杂陈,如哲学科竟包括天文、地理、电学、生物、人类、人道、周秦诸子、东西洋哲学、心理、伦理、人群、灵魂、鬼神、大同等内容,表现了康有为晚年思想的混乱。

天游学院创办一年以后,这位天游化人终因老病逝世于青岛天游园。临去世前几天,身体已感不适,常常推开"天游堂"楼上的窗子,喃喃自语:"中国我无立足之地了,但我是不能死在外国的。"表现了虽然"道不行",但不能"乘桴浮于海"的无限眷恋祖国的心情。这一年正是北伐战争胜利的一年,也是蒋介石叛变革命的一年,世局又经历了一次大变动;第二年,章太炎自称"中华民国遗民",走进了他生命中的最后八年。

章太炎本来就与康梁的维新主张不甚合,戊戌变法的失败更把他推向革命道路，成为一个激烈的革命派，不但坚决反清排满，而且反对一切形式的立宪制。一九〇三年，他撰写《驳康有为论革命书》，猛烈攻击上文所述的保皇派总纲领——康有为的《答南北美洲诸华商论中国只可行立宪不可行革命书》。章氏此文慷慨激昂，发扬民主革命精神，至直斥光绪皇帝为"载湉小丑"，喊出了革命派的心声，促成了大批爱国知识分子思想上的巨变。此时的章太炎年方三十四岁，正是所向披靡之时，而严复与康有为却已走向保守顽固，思想上已经"垂垂老矣"。

此后章太炎更是为了推翻君主专制，建立共和制度而奋斗不已，至于坐牢，至于被迫流亡日本。然而等他为之不懈奋斗的中华民国成立之后，出现的是革命者内部的派系纷争，随后是袁世凯的窃国活动，南北军阀的割据混战。章虽然颇感失望，但仍在旋涡中左冲右突，寻找出路。但是在经历了二次革命、护国战争、护法战争的一次次的失败以后，章太炎保卫民国共和的希望破灭了。一九一八年可以说是他转向晚年颓唐生活的开始。在前一年秋天，他受任南方军政府秘书长，去到云南，意欲依靠西南军阀的力量推翻北洋军阀的统治，虽经百般努力，而终归于失败。于是一九一八年三月在四川峨眉受戒，宣言不再与闻世事。年底在上海更十分悲观地说："中土果有人材能戡除祸乱者，最近当待十年以后，非今日所敢望也。"

这以后的章太炎"既离民众，渐入颓唐"，"退居于宁静的学者，用自己手造和别人帮造的墙，和时代隔绝了"。因此对于一九一九年的五四运动及随之而来的中国共产党的成立，第一次国共合作等重大事件，都置身度外，非常隔膜，既不关心，也不了解。据说当胡适把自己所作的《中国哲学史大纲》送请章太炎指正时，章竟对他自己名字边上有一人名号大发雷霆，及至看到下面胡适的名字边上也有一条杠杠时，才息了怒气说："他也有一条杠杠，那么两抵了。"完全不知道当时随着白话文运动而俱起的标点符号这回事。

由于政治上的停滞和落伍，思想学术上也引起僵化，甚至于批评自己早年的战斗精神。其中最富代表性的是一九二二年六月致书柳诒徵，承认自己过去"妄疑圣哲"诋毁孔子的错误。他在信中说："鄙人少年本治朴学，亦唯专信古文经典，与长素（康有为）辈为道背驰。其后深恶长素孔教之说，遂至激而诋孔。中年以后，古文经典笃信如故，至诋孔则绝口不谈。"当年意气风发，写作《订孔》，把孔子从神圣的殿堂拉到平凡的人世间的章太炎完全不见了。

两年以后，在教育方面，他又提出："教之道，为物质之学者听参用远西书籍，唯不通汉文者不得入。法科有治国际法者，亦任参以远西书籍授之。若夫政治、经济，则无以是也。"这实际上是他过去反对过的"中体西用"论的翻版，真是何等辛辣的讽刺。

由于与民众的形势的隔膜，又在军阀的包围和捧场下，他进而反对"赤化"，反对共产党。此时的章太炎正如鲁迅所形容的那样："原是拉车前进的好身手，腿肚大，臂膊也粗，这回还是请他拉，拉还是拉，然而是拉车屁股向后，这里只好用古文'呜呼哀哉，尚飨'了。""反赤"的结果是反出了蒋介石的独裁；放弃"反赤"，则他对中国共产党，共产国际偏见太深，无此可能。他找不到出路，政治上已经绝望，精神上完全颓唐，只能"宁作民国遗老"。当一九二八年六月黎元洪死后，他送去一副挽联："继大明太祖而兴，玉步未更，佞寇岂能干正统；与五色国旗俱尽，鼎湖一去，谯周从此是元勋。"下署"中华民国遗民"哀挽，表示他心目中的中华民国至此已经完结，绝不承认蒋介石青天白日旗的中华民国。

从这时起至八年以后逝世，他完全退居书斋，重新钻进故纸堆，"寻研理学家治心之术，兼亦习禅"，以释"忿心"，或"只以作诗遣垒，时亦作字，每日辄写三四十篆，余更无事"。在政治上和学术上都已经走到终点。

严复、康有为和章太炎在世纪之际作为先进知识分子的杰出代表，在早年表现出领导思想潮流的共同特征，在中老年以后却出现了落伍倒退与保守顽固的类似倾向，前后宛如两人。这种情况说明中国封建文化传统的力量不可低估，虽然有些出类拔萃的知识分子能一时摆脱其羁绊，表现出深刻的批判精神，但他们在心态方面并无根本的变化，因此这些人往往在后来又被封建文化所消融，回到他们原先的出发点去了。

心态（mentalité）文化是最深藏的文化层面，它大致
包括思维方法、行为模式和情感态度等内涵。对中国文
化来说，在心态层面以上的文化，也就是通常所说的物
质文化、制度文化和观念文化都是可以变化，也可以接
受外来文化的影响的。衣食住行固不必说，即如社会制
度，甚至宗教形态也均可全盘接受。唯独心态文化几乎是
静止不变，不但不变，还要使外来文化按照中国固有的模
式发生变化，例如将印度佛教变成了中国的禅宗。因此中
国几千年的封建文化，貌似不断变化，骨子里却差不多
是亘古不变的，而且正是表层文化的不断变化产生了同
化（assimilation）作用而保护了深层文化的不变。即如严
复如此西化的学者，在晚年为其女儿择偶时，依然要看八
字，而且不准未来的女婿和女儿熟悉以后再订婚约，其心
念又何尝西化？这一点是足以引起我们的深思的。

假如齐国统一了天下

公元前二二一年，秦始皇统一了天下，这是中国历史上的一件大事，从此中国走上了秦文化的道路，垂二千年而不变。中华文化实际上是秦文化的延伸与发展，春秋战国时期的多元文化次第融合于单一的秦文化之中。秦文化的基本特征可以归结为三方面：中央集权、农本思想与文化专制。这三个特征从秦到清，一以贯之，不但始终无改，甚而愈演愈烈，直至晚清才开始出现动摇的迹象。

秦的统一固然有其必然性，但是东方六国完成统一大业的可能性并非不存在，魏、齐、楚都曾经强盛一时，尤其是齐国，始终是秦实行统一的最大障碍。战国后期，历威王、宣王、湣王三代，齐国都十分强大，当是时，鹿死齐手并不是不可能的事。我们且看《史记》的记载：公元前三五三年，齐威王"起兵击魏，大败之桂陵。于是齐最强于诸侯，自称为王，以令天下"。十二年后，威王又"救韩、赵以击魏，大败之马陵。……其后三晋之王皆因田婴朝齐王于博望，盟而去"（《田世家》）。桂陵与马陵之战就是孙膑与庞涓斗法的故事，这两大仗结束了魏国称雄的局面，此后东方大国唯齐而已。

接下来，在公元前三一四年，宣王又"令章子将五都之兵，以因北地之众以伐燕，……齐大胜"，五十天而亡燕（《燕世家》）。虽然由于齐国占领军的政策错误，燕后来又复国，但齐国的军事力量却对各诸侯国起了威慑作用。所以在公元前二八八年时，尽管秦昭王亟想称帝，但却不敢唯我独尊，而约齐湣王分称东西帝。两个月后齐湣王在人劝说下取消帝号，秦昭王闻讯也马上跟着取消，证明其时秦所惧唯齐一国。事实上，当时的齐国的确如日中天，取消帝号两年后，齐湣王"遂伐宋，宋王出亡，死于温。齐割楚之淮北，西侵三晋，欲以并周室，为天子。泗上诸侯邹鲁之君皆称臣，诸侯恐惧"（《田世家》）。此时之齐国已是走在武力统一天下的路上，几乎要天子自为了，事在秦最后统一四海前仅六十五年。虽然齐最终败于燕秦楚与三晋之六国联军，遂至中衰，但在统一过程中对秦构成威胁的始终是齐。在当时的人们看来，齐与秦一样地强大，所以直到秦汉之际，仍把齐称作"东秦"（《史记·高祖本纪》）。战国齐的强盛，并非无本之木，如若上溯至春秋时期，齐桓公更是不可一世，雄居五霸之首，曾九合诸侯，一匡天下。战国后期齐王的雄视诸侯，不过是齐文化生命力再度复兴的表现而已。虽然齐国政权在春秋战国之际由吕氏递嬗至田氏，齐文化并未因而产生断层。

既然齐国有统一天下的可能，那么，如果这个可能性成了现实，中国的历史会有点不同吗？这首先就要看齐文

化是否有别于秦文化。在习惯上，人们总是将秦国与东方
六国对立起来，因为六国最终都亡于秦，但若从文化的角
度来看，应该把齐和西方六国区别开来，尤其是秦、齐文
化的差异极其明显，如果齐文化当真推行到四海，则其后
二千年的历史恐怕要有点两样。对于秦、齐文化的差异历
来很少有人涉及，现在我们不妨来作皮毛的分析，以为治
史同行之谈助。

秦、齐文化的差异主要表现在下列几个方面：

政治制度

战国时期，列国逐渐建立了中央集权制度。中央集
权的表现形式之一是郡县制的施行。郡县制是对封建制的
否定，国君不再把新取得的领土分封给大夫，而是建立郡
县，直属自己，实行集权。七国之中，秦的郡县制最为完
善，商鞅变法的主要内容之一就是集小乡邑为县，县置
令、丞。令、丞皆由国君任命，国君通过他们而牢牢控制
地方。所谓"百县之治一形，则从，迁者不饰，代者不敢
更其制，过而废者不能匿其举"（《商君书·垦令篇》），意
思就是各县政治制度都是一个形态，则人人遵从，邪僻的
官吏就不敢弄权，接任的官吏不敢随便变更制度，由于过
失而废弛职务的官吏则不敢文过饰非。其他各国的郡县制
也都和秦国一样起到中央集权的作用。

七国之中，唯有齐国未曾实行郡县制，这是很特别

的。齐的地方行政制度偏向于分权，采取了五都之制。由于文献有阙，五都制的详情不很清楚，但可推而知之。据《左传》："凡邑有宗庙先君之主曰都，无曰邑。"也就是说，按理每国只应有一都，既齐国在国都之外又有与国都平行的其他四都，显见国都并不唯我独尊，地方行政权力分属于五都，而不尽集中于国都。不但行政权力分散，即军权亦不集中。上面提到齐起"五都之兵"伐燕，五都皆有兵，可见军权也是分散的。五都之制可能源于春秋时管仲的五属制，由《国语》所载，知管仲分齐国为五属，每属设一大夫专权治理，每年正月到国都述职。推测大夫拥有相当大的权力，故战国中齐威王即位后，有一段时间不理国事，但并不影响大夫各自治理一属的政事（《田世家》），可见齐国地方并非事事都集权于国君。齐国也有县，但与秦国的县并不一样。秦本土的县是由小乡聚集而来，比较大。战国时的齐县情况不明，但在春秋时，齐县很小。齐《叔夷钟铭》载灵公赐叔夷莱邑，"其县三百"，一次赏赐就是三百县，足见其县之小，大约也就是孔子所说的"十室之邑"罢了。与五都制相配合，看来齐国始终实行的是较为分权的都邑制。

秦国统一天下以后，将郡县制推行于四海之内，此后中央集权是二千年一贯制而不改，不但不改，而且集权倾向愈演愈烈。虽然其间有几度因地方分权过甚而形成分裂的局面（如汉末的军阀混战与唐后期五代的藩镇割据），但这并非中央政府主观愿望所造成，乃是出于客观形势的逼迫，而一旦新的统一局面形成之后，接踵而来的必然是更加集权的中央。秦汉时，郡县还是地方官的施政区域，郡守与县令都有相当的行政、军事、财政权力，至宋代以后，行政区划已变而为中央官员的施政范围了，地方分权越来越小，以至于清代，地方自主权几乎荡然无存，一举一动皆需听命于中央，毫无活力可言，遑论革新与改良。中央与地方的关系已从轻重相维变成内（中央）重外（地方）轻，且不可移易了。设想两千年以前如果是齐国统一天下，推行较为分权的地方制度，是否近代历史会有点不同？

经济思想

齐、秦经济思想的不同首先是取决于地理环境和生产方式的差异。秦人在起初是亦农亦牧民族，居于陇西一带，后来逐渐东迁，占据周人故地的渭水中下游地区，这里土质好（《禹贡》评九州土壤，以秦所在的雍州为上上），灌溉便利，是当时生产条件下最理想的农业区，于是秦人视农业为本比他国更重。以农为本的思想大约起自墨子，而至商鞅为烈。商鞅在秦国变法，鼓吹"治国……能事本而禁末者，富"（《商君书·壹言》）。在古代，农业是最直接创造财富的产业，农业发达必然导致国家富强，这就是战国后期，秦人和秦地大约只占天下三分之一，而财富却占将近三分之二（《史记·货殖列传》）的原因。秦并天下后，仍继续推行上农除末的方针，宣称："皇帝之功，勤劳本事，上农除末，黔首是富。"（《史记·秦始皇本纪》）但过分强调农本思想，却使得工商业的发展受到压抑，上面已经说到，西汉所设盐铁工服诸官，无一在秦国故地之上（唯有两个工官设在战国末年秦国所并的巴蜀地区），这虽然与秦地缺乏资源有一定关系，但与"事本禁末"的政策不能无干。

在人类社会发展初期，农业是积累财富的最重要手段，重农思想以至农本思想的产生是很自然的，这在世界各国的发展史上莫不如此。问题是这种思想一旦凝固起来，占据统治地位，并成为千年不变的国家政策时，就要阻碍社会的进步了，中国之所以成为亘古不变的农业国，从未发生过工业革命与商业革命，就与秦文化颠扑不破的农本思想息息相关。

二千年来，历代统治者无不奉"崇本抑末"为金科玉律，唯恐本末倒置，只满足于自给自足的小农经济，而不图更快发展。无需要则无发明，科学技术的进步也因此受到阻碍。直到清初黄宗羲才指出本末提法之误，他说："世儒不察，以工商为末，妄议抑之。夫工固圣王之所欲来，商又使其愿出于途者，盖皆本也。"（《明夷待访录·财计三》）但这一思想并不为专制帝王所接受，而行改弦更张之策。何故？因为提倡务本业黜末业还有一个重大作用，那就是稳定专制统治。商鞅早就意识到："民壹则农，农则朴（朴实），朴则安居而恶出"，"朴则畏令"

（《商君书·算地》），这样就把农民固定在土地之上，安土重迁，安分守己。后来的《吕氏春秋·上农》更明白地说：重农"非徒为地利也，贵其志也。民农则朴，朴则易用，易用则边境安，主位尊"。而对于统治者而言，安定与"主位尊"永远是优先于发展的，在安定的情况下能发展最好，若两者发生矛盾，则宁舍后者，而取前者。这也是农本思想长盛不衰的原因之一。

齐国的情形与秦国完全两样。在周初吕尚刚受封时，齐国国境尚小，多濒海之盐碱地，不适于农业生产，于是因地制宜，"通商工之业，便鱼盐之利"（《齐世家》）。亦即通过工商业来促进齐国经济的发展。这个方针十分成功，齐国因此而逐渐强大，疆域扩展，人口密集，到春秋齐桓公称霸之时，已有膏壤千里，农业也随之得到发展，到战国时已呈"粟丘如山"的景象。在齐国农业得到长足的发展之后，并未因此而不重视工商业，相反，在处理农业与商业的关系时，助齐桓公称霸的管仲提出"薄本肇末"的观点，既重视农业积累财富的作用，也不忽视通过商业活动促进流通，以增加社会财富。相应于这一思路，管仲设工商之乡六，士乡十五，并将士、农、工、商并列为国之四民（《国语·齐语》）。设工商之乡是齐国的特制，四民分工，并且地位半等是齐的创举，表明工商业在齐国有举足轻重的地位。农工商并重的思路在齐国长久贯彻下去，也同样造成齐国的富强。正如汉代桓宽在《盐铁论》中所说："富国何必用本农，足民何必井田也？"遗憾的是这种思想在汉代之后就不占上风了。

齐国工商业的发达情况于先秦文献仅片言只语，详情不备，但若从其在后世留下的痕迹来看，却能有清晰概念。在西汉，重要的手工业——盐、铁、工（以制造兵器与漆器为主）、服（造舆服），都归国家经营，根据《汉书·地理志》的记载，政府在产盐铁的郡县设有盐官和铁官进行管理，统计下来，全国范围内共设盐官三十六，铁官四十八，而仔细分析可以发现，其中有十二个盐官与十个铁官设在故齐国的领域内，也就是说，原齐国境内竟占了全汉三分之一的盐产地和五分之一以上的铁产地，由此可推知齐国当时盐铁工业的发达。此外，西汉设工官之县有八，有两个在故齐；设服官之县有二，其一亦在齐（参见拙著《西汉县城特殊职能探讨》，载《中国历史地理研究》第一辑）。可见先秦齐国手工业的领先地位是很显著的。倘使重视工商业的经济思想能贯彻于整个中国历史，或许晚清时也会有坚船利炮来对付西方的入侵。

齐国由于重视工商业，相应也就注重理财，管仲的轻重之术就是很高明的经济手段，是使齐国走上富强之路的重要因素。"齐桓公用管仲之谋，通轻重之权，缴山海之利，以朝诸侯，用区区之齐，显成霸名。"（《史记·平准书》）可惜由于秦的统一而使理财术与工商业同样受厄。近代以来，西方的经济思想流入中国，才引起人们重新评价管子轻重之术的兴趣。尤其是《管子·侈靡篇》所提倡的以消费促生产的思想，更使人觉得惊奇。设使齐国统一天下，工商之业得到正常发展，轻重之术与侈靡思想推向四海，中国会否是另一番模样？

在谈到秦、齐的经济思想时，必定要提到《商君书》与《管子》两本重要著作。对于两书的作者与写作年代，历来存在许多不同的意见，尤其是对《管子》更是言人人殊。但有一点共同的认识，那就是《商君书》体现的是秦国变法的指导思想，而《管子》则大抵是齐国社会思潮的总汇。前者一味地崇本禁末，后者却有《小匡》《轻重》《侈靡》等篇，表现出重视工商业、重视商品经济及市场规律，以消费促生产等他国所无的经济思想。这是齐国思潮胜于其他六国之处。齐人非不崇本节用，但不视其为强国富民的唯一法宝，这就是齐文化可贵的一面，也是齐文化在秦统一之后逐渐消融而令人觉得特别遗憾的一面。

学术文化

在文化方面秦所采取的是愚民政策，以维护专制统治。商鞅所说的"民不贵学问则愚，愚则无外交，无外交则国安而不殆"，就是秦国愚民政策的指导思想。秦始皇的焚书坑儒最为后世所诟病，但他其实并非焚书的始作俑者，商鞅变法时已经"燔《诗》《书》以明法令"（《韩非子·和氏》)，始皇帝不过是把这个做法放之四海而已。焚书的目的是为了闭目塞听，让老百姓永远愚昧下去。商鞅毫不掩饰地说："农战之民千人，而有《诗》《书》辩慧者一人焉，千人者皆怠于农战矣。"一个有书的聪明人就会使得一千个普通人不听话，怠于农事，倦于战备，书不烧还得了？秦国钳制思想有一个典型的实例：当商鞅开始变法时，秦人跑到国都反映新法令不便的人数以千计，行之十年以后，新法大见成效，那些原先以为不便的人当中有一部分又跑来表示新法之便，不料这些人却被商鞅认作乱民，全部流放到边地去，这以后老百姓再不敢对法令发表任何意见了（《史记·商君列传》）。钳制思想是为了稳定统治，因此只许百姓老实遵守法令，不许他们有"私义（自己的意见）"，对当政者批评指责当然不许，即歌功颂德也很危险。既无私义，则学术无从谈起，秦国从未形成任何官方与民间的学术团体就是这个缘故。

对比起来，齐国政治比较开明，言论较为自由。齐威王、齐宣王招致一大批文学游说之士，让其中的七十六人位居上大夫，"不治而议论"，从而形成有名的稷下学派，学派中人达到数百上千之多。其中著名的淳于髡、田骈、慎到、邹衍、接子、鲁仲连、荀卿等都出于此学派或游学于此，而且各有思想并不一致，甚或意见相左的著作。因此即单就稷下学派而言，也已具百家争鸣的景象。尊重知识的传统在齐国由来有自，从周初太公封齐始，就"修道术，尊贤智"，因而造成了一个"舒缓阔达而足智"的士大夫阶层。这不但在当时，即在后世也是罕见的特例。秦国君主则无此雅量，不要说"不治而议论"还能当大官，即对封禅稍表异议，就须遭活埋之厄，秦始皇的坑儒就是秦国文化专制政策的反映，虽然此事发生在他已得天下之后，专制的种子却是早就播下的。

即对一般老百姓而言，齐国的政策也并不强求思想一律，而是顺其自然。齐太公的"因其俗，简其礼"与管仲的"俗之所欲，因而予之；俗之所否，因而去之"是一脉相承的方针。提高老百姓的道德水准并非用行政命令的手段，而是采取强国富民的方法以达到"仓廪实而知礼节，衣食足而知荣辱"的自觉水平。这与商鞅激烈指责"常人安于故俗，学者溺于所闻"，从而采取强制性的"移风易俗"的办法显然有别。

宗教信仰

天上的世界只是人间世界的摹写，因此与集权的制度相应，秦国的宗教也表现出天帝独尊，群神簇拥的现象。秦人崇拜的神祇极多，但以天帝为尊，天帝就是君主在天上的影子。周平王东迁，秦襄公攻戎救周有功，才列为诸侯。秦襄公因为"居西陲，自以为主少皞之神，作西畤（畤即祭坛），祠白帝"。到战国时期，天帝由一而逐渐增为四，除白帝外又增加了青帝、黄帝与炎帝（即赤帝），各占天之一方。反映到地上，则表明天下尚未统一，而秦既祭四帝，显见有一天下之意。除天帝而外，秦人还有自然神、动植物神、人神厉鬼、灵物异象等多神崇拜，而且无神不设祠，无祠不致祭。更值得注意的是神祠的地理分布呈现出高度集中的现象，这与集权的倾向不无关联。神祠的集中地主要是秦国的故都西县和雍县，据《史记·封禅书》所说，西县（今甘肃天水西南）有数十座神祠，而雍县（今陕西凤翔）更是集中了"日、月、参、辰、南北斗、……风伯、雨师、四海、九臣……之属，百有余庙"。上述祭祀天帝的四畤也在雍县周围。雍州地势高，容易引起神人交通的幻想，这是一。雍县作为秦国都城又长达三百五十年之久，这是二。因此雍县在秦人的眼里始终是块圣地，连秦始皇的加冕典礼也要从新都城咸阳赶回雍县举行，因而雍县是以政治中心而兼宗教中心，体现出集权社会的特征。

但齐国的宗教形态却相反，是以众神平等和神祠分散为其基本特点。齐人的神祇远少于秦，最重要的只有八神，即天主、地主、兵主、阴主、阳主、月主、日主、四时主。八神之中，似无高下，即天主所祠者为天齐（齐通脐）渊水，在国都临淄南郊，虽则为齐国国名来源，亦未见特别尊贵，远逊于秦人对天帝之尊崇。同时八神的神祠分布在齐国的四面八方，除天主祠在国都外，地主祠在泰山旁的梁父山；兵主即蚩尤，其神祠在齐国西境的东平陆（今山东汶上县北）；阴主祠三山，今山东掖县北；阳主祠芝罘，在今烟台芝罘山南麓；月主祠莱山，在今龙口市；日主祠在齐国最东端——成山（今山东半岛最东端的成山角），因该地最早迎来日出；四时主祠琅琊，在齐国东南沿海（今山东胶南市南）。笔者两年前曾遍历了除阴主、地主与兵主以外的其他五神的遗迹，即以今天交通之便利，对其分散性亦深有感触（见本书《秦始皇东巡探踪》）。虽然八神的起源很早，但神祠的分布却大致是战国齐的范围，远非齐国初封的四境，看来神祠的布置与当时齐人的分权思想不能无关。齐的宗教还有与秦不同的另一个重要特征，那就是齐人的神多与海滨发生关系。在八神之中，就有五神——阴、阳、日、月与四时的神祠是在渤海与东海之滨。大海的虚无缥缈与时隐时现的海市蜃楼是造神的另一个源泉。

风俗习尚

工商业的发达必然刺激消费的欲望，因而齐国的风俗趋于侈靡，生活方面追求豪华奢侈，衣着尤为讲究，"织作冰纨绮绣纯丽之物，号为冠带衣履天下"。城市尤其生活丰富多彩，国都临淄"甚富而实，其民无不吹竽鼓瑟、弹琴击筑、斗鸡走狗、六博蹋鞠者"。不但生前奢侈，死后也要继续享受，因而齐国厚葬成风，随葬品都很丰富，单看齐景公殉葬的六百匹马就够令人吃惊。厚葬并非偶然的故事或个别人的喜好，而是有一套以消费促生产，以消费促就业的理论予以支持："巨培墱，所以使贫民也；美陇墓，所以文明也；巨棺椁，所以起木工也；多衣衾，所以起女工也。"（《管子·侈靡》）

秦国则不同，既以农业为基础，注重的是民以食为天，温饱是首要目标，超过温饱即为奢侈，所以秦国的风俗是节俭、是古朴。荀子描写其对秦国的观感说："入其境，观其风俗，其百姓朴，声乐不流汙，其服不佻。"不但衣着毫不时髦，连音乐也很纯朴。李斯对秦国音乐有比这更生动细致的描写："夫击瓮叩缶，弹筝搏髀，而歌呼呜呜快耳者，真秦声也。"瓮与缶都是日常盛水用的陶器，秦人却以之为乐器，并拍着大腿以为节拍，呜呜哑哑地哼着简单的曲调。这不但是秦人天性纯朴的反映，也是商鞅实行"声服（音乐杂技）无通于百县"政策的结果。

本来"节用"是农业社会普遍的观念，但在秦国表现得尤为突出。从考古发掘看来，战国时期的秦墓是节俭的典型，基本上不用礼器随葬，甚至不出任何随葬品，有鼎出土的墓葬只占墓葬总数的百分之二三，规格最高的墓葬也只有五鼎、四簋、二壶的随葬铜礼器（《新中国的考古发现和研究》，文物出版社，306页）。反观东方六国，即连小型墓也大都用陶礼器随葬，反差很大。

从文化样式而言，春秋战国时期是中国历史上最辉煌灿烂的时代。各种文化类型无不放射出璀璨的光芒，呈现出多元文化的发展优势。这种多元文化的基本格局在《史记·货殖列传》与《汉书·地理志》的风俗篇中有生动的描述，至今也还依稀以地域文化差异的形式表现出来。在差异颇大的多元文化类型中，要数秦、齐之别最大，以上所说的就是秦、齐文化差异的主要方面，而这几个方面又都互相关联。越是个体生产，越是离不开集权，一大堆单个的土豆只有靠袋子才能拎得起来，分散的、大量的小农经济，只有中央集权才能充分发挥其生产与纳税的效能。因此根深蒂固的农本思想必然导致中央集权的政治制度。而为了保证集权制度的正常运转，又需要被统治者的效忠，为此又必须采取愚民政策与文化专制主义。这就是秦文化的逻辑。反之，集体的、大规模的手工业生产以及沟通生产与消费部门，周流天下的商业活动，却需要开放，需要一定程度的地方与部门的分权，与之相应，思想文化也不容易保守。这是齐文化的特点。

从文化变迁的角度看，中国历史上有两次大变局，一是春秋战国，封建改而郡县；一是近现代，专制改而共和。郡县制的实质是将国家分成有层次的区域（行政区划）进行管理，变分土而治为分民而治，实现中央集权制，这是社会的进步。但集权过甚，则造成社会的停滞。在第一次变局之时，历史选择了秦文化，多元文化渐渐消融于小农经济的一元文化之中，如果当时是齐文化占了上风，则历史的进程会不会两样？可惜历史是不可能再现的，我们无法验证这一问题的答案。但是温故而知新，透过对历史的分析，我们似乎可以说，中国走另一条道路的可能性还是存在的。

中国历史上的禅让连续剧

中国古代的戏剧并不发达，不像希腊在纪元前就已有成形的悲剧和喜剧。这不发达的原因至今尚未有人给出可信的答案。但若从旁门左道来作解释，则似乎可以说中国人的现实生活有时就像在做戏，做戏又往往像是现实生活，两者既无大差别，戏剧的发达也就迟到宋元时代了。也因此，旧时的舞台最常用的对联就是：天地大戏场，戏场小天地。这种人生不过逢场作戏的意识不止在小民百姓如此，就是在政治舞台上也不例外。许多人也许没有注意到，中国历代开国皇帝的宝座竟然大部分不是用武力抢来的——至少在表面上是如此，而是由"甘愿"下台的皇帝所礼让出来的。

所谓千古一帝的秦始皇是由秦王政自我升格而来，并非取自他人，可置而勿论。第一个用武力夺得皇帝位子的是汉高祖刘邦，其次是汉光武帝刘秀。再往下情形就变了，皇帝宝座都是由禅让得来。汉禅魏，魏禅晋，晋禅宋，宋禅齐，齐禅梁，梁禅陈，这是魏晋南朝一系；北朝也一样：北魏统一了北方后又分裂成东西魏，东魏禅北齐，西魏禅北周，北周灭北齐再次统一北方后，又禅隋。隋统一全国，寿命很短，又禅唐。在一般人印象中，唐家天下是李世民打出来的，但其实在形式上却是由隋恭帝禅让给唐高祖的。唐祚绵延近三百年，禅后梁，开五代十国局面。五代与南北朝形势不同，法统混乱。五代是所谓的后梁、后唐、后晋、后汉、后周，但这梁唐晋汉周并不像南朝宋齐梁陈那样有序地先后交替相袭，而是时或并存的割据政权，与南方割据各国并无大差别。所谓五代是宋人叫出来的，因为宋代赵氏承后周而来，因此必须认定梁唐晋汉周之顺序为正统。就像晋继魏而立，就必须以魏为正统，而以吴和蜀汉为闰位。因而依明末清初大思想家王夫之看来，五代只是另一次战国局面而已，不足以称"代"。

事实也确是如此。梁未亡时唐庄宗已帝制自为，唐未亡时石敬瑭已由契丹册立为晋之儿皇帝，至于汉不过是晋之延伸而已，其始犹用晋之年号，后才更名为汉，而且仅仅维持了四年就为后周所篡，实在算不得一个像样的朝代。所以唐晋汉三代不由禅让而立。但这三代总共不过二十六年，也就是说五代只有这二十六年的天下不由禅让得来。后汉以后禅让的把戏又继续演下去，后汉禅后周，后周又禅宋，两宋相沿三百余年，至公元一二七六年方为蒙元帝国所灭。直到此时，从魏黄初元年（二二〇）开始的以禅让得天下的连续剧才算完全落下帷幕。

因此认真说起来，从秦始皇称帝到清帝逊位，首尾二千一百三十三年（公元前二二一至公元一九一二）的历代王朝，其中由禅让得来的天下却有一千零三十一年的连续性——如果略去五代唐晋汉的短期中断不计的话，几乎占去一半的时间。若以个别朝代计，则除北魏、辽、金、元、清五个少数民族建立的政权和两汉、明代三个汉人建立的王朝（王莽的新朝附骥于西汉末不计）外，其他王朝在法统上都由禅让而建立（与东晋并立的十六国和与五代并立的十国因其小而略去不计）。这似乎有点滑稽，但却是不折不扣的事实。当然所谓禅让只是做戏而已。准备上台的皇帝早已大权在握，即将下台的皇帝早已成为傀儡，被废或被弑本来只是举手之劳，但却不废不弑，而要留着他们亲自将龙椅拱手相让，而且还要再三求着新皇帝接受，而新皇帝也要装模作样再三谦让，最后不得已才不得不改朝换代，一切做得跟真的一样。

禅让制度起于传说中的尧舜二帝，但谁也没有亲眼见过他们是如何实行这禅让仪式的。中国历史上真正实践禅让制度，从曹氏父子开始。但这首次禅让的全过程拖得很长。东汉建安十七年（二一二）命曹操赞拜不名，入朝不趋，剑履上殿，这是要晋爵为公的前奏；十八年，策命操为魏公，加九锡；二十一年才进号魏王；二十五年操死，这一年才由其儿子曹丕受禅而为皇帝。前前后后花了八个年头，才由魏公进而为魏帝。魏禅晋的过程就大大缩短。景元四年（二六三），司马懿之次子司马昭受封为晋公，加九锡；第二年，即咸熙元年，就进位晋王；第三年，司马昭死，其子司马炎受魏禅而为晋武帝。首尾三年就完事。当然，司马昭从甘露元年（二五六）起就曾经固让加九锡、封晋公之命多次，因此魏禅晋的过程也还不算短。

真正把禅让的闹剧规范化并且速成化到跟演戏差不离，是在南北朝。据《南史》所载，以宋武帝刘裕的受禅为例，禅让的步骤（包括前奏曲）有以下这些：

义熙八年（四一二）十一月，进太傅、扬州牧，加羽葆、鼓吹，班剑二十人。翌年，辞去太傅、扬州牧及班剑；

九年九月，再授太傅、扬州牧，加羽葆，鼓吹，班剑二十人；只受羽葆、鼓吹、班剑，其余固辞；

十一年四月，再授太傅、扬州牧，剑履上殿，入朝不趋，赞拜不名，加前部羽葆、鼓吹；八月，固辞太傅、州牧，前部羽葆、鼓吹，其余受命；

十二年十二月，加位相国、总百揆、扬州牧，封十郡为宋公，备九锡之礼，加玺绂、远游冠、绿綟绶，位在诸侯王上。

十三年十月，进为宋王，加十郡益宋国，并前为二十郡。

元熙元年（四一九），命宋王冕十有二旒，建天子旌旗，出警入跸，乘金根车，驾六马，备五时副车，置旄头云罕，乐舞八佾，设钟虡宫县。

二年六月，晋帝禅位于宋。于是刘裕即位于南郊，设坛，柴燎告天，升坛受禅。刘宋王朝宣告建立。而后封退位的晋帝为零陵王，以一郡之地的租税供养他。许其载天子旄旗，乘五时副车，并照旧奉行晋朝正朔，礼乐制度仍行晋典，向新皇帝上书不称为表，新皇帝回答其表书也不称为诏。一句话，仍然当他那个小圈子里的万乘之尊。

以上这一幕接一幕的戏据说都是模仿唐虞（即尧）汉魏而来，但实际只是汉魏禅让制的规范化。若更简要地说，则下列几步是不可省的。第一步：加位相国，封为公爵，以十郡之地建公国，备九锡之礼；第二步：晋爵为王，再加十郡为王国；第三步：使用天子的服饰和仪仗；最后一步：升坛受禅。后来的宋禅齐，齐禅梁，梁禅陈，都是如此这般，只是速度快多了。萧道成从受封齐公，到受禅为齐高帝，上述步骤无一不备，但总共只花了一个多月时间（从昇明三年三月初二到四月二十三日），萧衍从受封梁公到受禅为梁武帝也只有两个来月（从中兴二年正月二十五日至四月初三），陈霸先从受封陈公到受禅为陈武帝则仅一个月挂零（从太平二年九月初五到十月初十），真是计日程功，不似过去逾年累月，费时费事。

叙述南北朝史事的正史有两类，一是通史式的南北二史，一是断代的八书。《南史》与《北史》分述南朝与北朝时期的全史，八书即《宋书》《南齐书》《梁书》《陈书》，以及《魏书》《北齐书》《周书》《隋书》，分述各朝的断代史。这两类书基本内容相同，但各有所侧重，必须对照着看，才能得到近似的史实。单看一类就不免成为假象。就以禅让一事为说，南北二史描摹的主要是台前戏，八书还兼写了一些幕后戏，或者也可以说，南北二史像是明星的剧照，而八书还将演员的生活照放在一起作对比。八书本纪中的禅让仪式被描写得有声有色，淋漓尽致，封建公爵的策文，旧皇帝禅位的诏书、策书和玺书，新皇帝祭天的祷文都是长得可厌，而且代代相因，透着面目可憎的模样，但在八书中却没有一篇不是全文刊载，照本宣科，就好像作者本人也陶醉在谦恭礼让，一派祥和的气氛中，其实所有这些都只是台前戏，幕后的真实却充满了刀光剑影、血污腥气。禅让其实是篡位的同义词。没有逼宫，没有生命的威胁，哪里来的权力转移？既然卧榻之旁都不容他人鼾睡，更何况把卧榻都让与他人？我们试来对照几出戏的台前与幕后，看看其间的差异有多大。

戏目：南朝宋禅齐

台前： 宋顺帝昇明三年（四七九）三月初二，诏萧道成进位相国，封十郡为齐公。萧道成三让，公卿敦劝固请，乃受。四月初二，诏进齐公为王。四月二十日，宋帝禅位。萧道成又三辞，这回是宋帝王公以下固请，乃许。二十三日，萧即位于南郊，设坛柴燎告天。礼成。齐朝建立。

幕后： 萧道成其人非有大能耐，亦"无寸功于天下"（王夫之语），只是乘宋代末年之昏虐而窃其国、弑其君。早在宋后废帝时，萧道成就密谋废立，最终使人弑之而另立顺帝。于是后来所谓顺帝禅让的把戏都是萧道成自导自演。所以当宋顺帝逊完位出东掖门时还懵懵懂懂地问：

"今日何不鼓吹？"（见《南齐书》）完全忘了自己已经没了天下。

戏目：东魏禅北齐

台前： 武定七年（五四九）四月，魏帝进高澄位相国，封齐王，食五郡，邑十五万户。八月，高澄遇弑而亡，其弟高洋执政。八年三月十六日，进封高洋齐王，食五郡十万户。五月十二日，进高洋位相国，食十郡，邑二十万户，加九锡殊礼。十四日，魏帝逊位别宫，使大臣奉册禅位。高洋累表固辞，诏不许。十六日，高洋即位于南郊，升坛，柴燎告天。大赦，改元天保。礼成，北齐建立。

幕后： 东魏末年，魏帝已成高氏傀儡，高欢、高澄父子相继执掌朝政。高澄某次陪东魏帝饮酒，举着大杯子说："臣澄劝陛下酒。"东魏帝情知自己日子不长，闷闷不乐地答道："自古无不亡之国，朕亦何用此生！"高澄闻言大怒，心想你到现在还要摆谱，遂厉声斥曰："朕！朕！狗脚朕！"并使底下人殴魏帝三拳，然后扬长而去（见《北齐书》）。试想这样的狗脚皇帝还敢不行禅让吗？不过高澄运气不好，未挨到受禅之时，就被一仆人挟私恨所杀。有意思的是，被杀之时，高澄正在与心腹们署拟新朝的百官名单。高澄死后，其弟高洋终于受禅为帝。

然而比起五代的后梁、后周和北宋来，南北朝诸帝又似乎要正派得多了。后梁的朱温连杀唐末二帝而丝毫不加掩饰，急于登上帝位连历来遵奉的禅让过程中的繁文缛节也一概不要。其禅让的把戏把幕后都演到台前来了。朱温本一无赖,参加黄巢起义后,又投降官军背叛起义,并且在平定起义的过程中逐渐膨胀成最强大的藩镇,封为梁王。于是开始挟天子以令诸侯,逼唐昭宗迁都洛阳,靠近他的老巢开封,以便易于篡位。迁都前后先杀唐之大臣、宦官以至唐昭宗左右的打毬供奉、内园小儿等。而后又派人刺杀昭宗(当然后来也恸哭于昭宗灵前,并杀凶手以塞天下谤,一切与所有历史上的阴谋家的作为没有两样),另立年仅十三岁的昭宣帝,这时就迫不及待地想登大宝之位。他的爪牙和唐朝宰相拘泥于魏晋以来禅让的成规,打算先封朱温以大国,以魏王为号,而后加九锡,再受禅。不料朱温根本耐烦不得这些劳什子排场,闻讯大怒,不受魏王封号,竟把制定禅让方案的爪牙也杀了。其猴急之状跃然纸上。

于是唐禅后梁的仪式就将历来的种种啰唆一概免去。天祐四年正月十七日,唐昭宣帝遣御史大夫向朱温传达禅代之意。三月二十七日,昭宣帝降御札禅位于梁,敕宰臣张文蔚等备法驾往开封。这会儿,朱温也早已急不可耐,准备粉墨登场,先改自己的衙门为金祥殿,受百官称臣,自称曰寡人。四月十日,张文蔚等人至开封。十六日,朱温更名晃(因早在此前温已改名全忠,表示忠于唐朝,此时自己当了皇帝,没有忠于自己的道理,故再度改名)。十八日朱温正式披衮冕,即皇帝位。不但从来的先封大国,再加九锡的预备阶段省去了,而且连筑坛受禅,柴燎告天这一绝不可无的神圣化仪式也略掉了，剩下的只有俗气的置酒设宴的庆贺。

不过比起郭威与赵匡胤来，朱温又还是显得老派了点。因为他到底还是等旧皇帝先禅了位，才正式穿上新龙袍。而郭威与赵匡胤却是先黄袍加了身再补行禅让仪式，至此，禅让这块遮羞布已经完全遮不住篡位的奇丑了。后汉隐帝被弑后，朝廷军权全部掌握在郭威手中。但郭出身微贱，还缺少做天子的威望，不敢公然篡位，只能和其他大臣一道拥立后汉高祖的侄儿刘赟为嗣皇帝。但这只不过是权宜之计。刘赟还远在徐州当节度使，到开封还要一段时间。郭威就利用这一空隙制造兵变而黄袍加身，建立后周政权。

兵变过程不长。后汉乾祐三年（九五〇）十二月初一，郭威兵发开封，北上抵御契丹入侵。十九日，渡黄河，宿于澶州。翌晨，将出发，将士数千人忽大噪，逾垣登屋而入郭威居处，要求郭威天子自为，有人并撕下一片黄旗，披在郭之身上，簇拥郭威南行返京。二十三日，郭威回到开封城外，百官出迎拜谒劝进。与此同时，嗣皇帝刘赟已西行至宋州（今河南商丘），郭威略施小计，用武力解除刘赟的武装，然后迫后汉太后废赟为湘阴公。二十五日，太后下诰（按传统，太后的命令只能称"教"，太上皇的命令才能称"诰"，但郭威为了加重其分量，要起草者将教改称诰），以郭威为监国。九天后，亦即翌年正月初五，太后再次下诰，授郭威符宝。于是郭威入开封城，即皇帝位，建国号周，改元广顺。

郭威本一无赖，年轻时曾在脖子上刺一雀儿，故外号为郭雀儿。当朝议决定立刘赟为嗣皇帝时，凡明眼人都看得出执掌大权的郭威必定要篡位。传闻刘赟的生父刘崇为了证实此疑，特派人来探虚实。郭威对来使信誓旦旦，说自己绝不想当皇帝，并指着自己的脖子说：世上哪能有刺青天子？然而不过一个来月，中国历史上却真的出了一位刺青天子。

郭威篡位虽然明目张胆，但依然规行矩步，先当监国，再当皇帝。而且禅位所需文件也算齐全，汉太后两次下诰，都是颇有文采的大块文章，虽为郭威一手操纵，却让人读了也觉得蛮像回事。后来北宋的开国皇帝赵匡胤，完全师从郭威的故伎，但却表演得粗糙不堪。不但兵变过程更短，而且走出京城不到几步便掉头回兵，更加上连禅位诏书也是临时才凑上一份，实在不像样子。

宋人李焘著《续资治通鉴长编》，一开头写的就是全本赵匡胤篡权的过程：

建隆元年（公元九六〇年，这一年的开头几天其实还是后周的显德七年，宋取代周以后才改元建隆）的大年初一，镇、定二州报告契丹与北汉联军入侵。其时周世宗柴荣去世不久，由其七岁的儿子继位，后周正处于所谓主少国疑的局面。朝廷闻得警报，急忙派遣殿前都点检赵匡胤带兵北上抵御。初二，副都点检慕容延钊带领前军先行出发。这时整个京城开封都传闻，正式出兵之日，朝廷将策立点检赵匡胤为天子。五代的经验告诉老百姓，在这种易代之际，必有大乱发生，因此争相为逃匿计，但朝廷之上对此谣传竟然全不知情。初三，大军出城，纪律甚严，民心稍安。当晚，军队走到陈桥驿宿营。此处离首都不过数十里之遥。将士群相商议：周帝年少，尚未亲政，即使我等为国家出死力抗敌，也是白搭，还不如先拥立点检为皇帝再北上不迟。初四凌晨，众将士拥入赵之寝所，以黄袍加其身，并扶掖上马，往南而行，复入开封。其时宰相范质等人还早朝未退，闻听此变，张皇失措。范质（此人是周太祖郭威一手提拔）下殿死死攥住另一大臣王溥的手说：我们那么仓促派兵遣将，是犯了大错了。其时他已经明白是上了大当，所谓契丹南侵不过是一纸假情报。范质的心情极其紧张，以至手指甲掐入王之手中，几乎划出血来，王溥也一时答不出话来。

赵匡胤入城后，回到其公署里。不久，将士们已拥着范质等人前来。赵呜咽流涕说：我受世宗厚恩，但为六军所迫，竟不得不做出此等事来，真是愧对天地。范质等人还来不及答话，赵之部下罗某已挺剑大喝：我辈无主，今天一定要立新天子。赵匡胤叱之不退。范质等人都无所措手足。还是王溥乖巧，降阶先拜，范质不得已，也只好随之下拜，于是群呼万岁。接着，赵匡胤赴崇光殿行禅代礼。召后周之文武百官各就各位，一直忙乱到傍晚，文武两班方才排定。但万事俱备，仍欠东风，还缺少一份至关重要的法定文件——周恭帝的禅位制书。想不到又有翰林学士陶某其人，像变戏法似的，把禅位制书从袖中取出说：制书成矣。于是赵匡胤遂正式即位，禅让的合法仪式乃告完成。

前后只用了四天，赵匡胤篡夺后周政权的过程便已全部完成，而作为篡权合法化的禅让仪式就更简单，一天之内就唱完全出。这是中国历史上最简单最装模作样的过场。在这出戏中，幕前幕后已无分别，都暴露于光天化日之下了。至于更加隐蔽的幕后戏，如契丹入侵是否真情报？陶某的那份制书到底从何而来？都只能是一个永远的谜。李焘是宋室忠臣，在《续资治通鉴长编》中于赵氏篡位之举已经曲为之说，描写赵匡胤起初如何地不愿意背叛后周。但即使如此，在说到陶某出示制书后，无可奈何地写了"遂用之"三个字。说明这一切都是假把戏，既不知制书从何而来，也未记载制书的内容，甚至也不知制书宣读与否，只是"遂用之"而已，三个字就把赵匡胤等人的篡位情貌凸显在读者眼前。

赵匡胤同样是靠制造兵变而登上大宝，只是青出于蓝又胜于蓝。郭威一行北上抗击契丹，尚且过了黄河，行军至澶州，离首都开封有数百里地，而赵匡胤只走到开封城外不远的陈桥驿就转身回到开封。郭威仓促之中只用黄旗一角披身，而赵匡胤却早就准备好黄袍了。郭威以速成法兵变篡位，整个过程到底还花了一个月零五天，赵匡胤却只用四天，这要算是历史上最简单最装模作样的篡权过场，也是中国历史上最后一幕禅让悲喜剧（于旧皇帝是悲，于新皇帝则是喜）。

如果说魏晋南北朝的禅让尚称得上是正式剧团的多幕剧、独幕剧，到后周禅宋则完全是草台班子的胡闹了。同时，在过去，皇权的神圣性一直是被特别强调的，改朝换代被看成是天命的转移。所以由禅让得位的皇帝一定要举行隆重的告天仪式，以示其合法性。但唐末长期的藩镇割据已经造成军士自行拥戴节度使的局面，最后变成自行拥戴皇帝了。所以赵匡胤的心腹赵普——后来以半部《论语》治天下而闻名——在陈桥兵变时赤裸裸地说，皇权的转移"虽云天命，实系人心"。既然如此，告天的仪式自然不必举行，只要酬劳拥戴的将帅军士就行了。

中国文化的弊病之一就是做戏的文化。明明抢了人家的东西，还要被抢者声明是主动赠送的。中国自古讲究君臣大义，讲究上下之别。帽子再破不能套在脚上，鞋子再漂亮不能戴在头上。君臣关系不可颠倒。逐鹿中原得来的天下无可非议，但由臣子篡夺君主之位则备受指责。为了掩盖篡位，所以发明禅让。于是相沿成习，以至于唐朝天下本是从群雄角逐中所得，却也要以禅让的形式来显示其合法性，唐高祖无形中将自己降低到篡位者的行列中去了。观众和演员都知道禅让不过是在做戏，但于篡夺者来说有了这块遮羞布，就心安理得，于被篡者而言，也觉脸上有光，虽不情愿，总比当场被杀要强。所以也有比较甘心让位的，如晋恭帝。当有关部门草拟好禅位诏书要他签字时，他表示这个字签得甘心。因为从二十年前桓玄专政时，东晋的命运就已岌岌可危，多亏有刘裕才苟延残喘了二十年，真正够意思了。而对旁观者来说，这样的戏也看得下去，比看幕后的刀光剑影心理上要好受得多。因而禅让连续剧得以长演不衰。

最后一幕禅让戏虽然出演在宋初，距近现代已经很远，但产生禅让制的文化背景远未消失。辛亥革命之所以不成功，也受了这种文化的影响。清朝理论上是由革命所推翻，行动上却是袁世凯逼宫的结果。袁世凯虽是民国的总统，实际上有如新朝的皇帝，在他心目中，总统的合法性是由清帝的退位诏书而来，并非革命人民所赋予。清帝的退位诏书这样写着：

> 今全国人民心理多倾向共和，南中各省既倡议于前，北方诸将亦主张于后，人心所向，天命可知。予亦何忍因一姓之尊荣，拂兆民之好恶。是用外观大势，内审舆情，特率皇帝将统治权公诸全国，定为共和立宪国体，近慰海内厌乱望治之心，远协古圣天下为公之义。袁世凯前经资政院选举为总理大臣。当兹新旧代谢之际，宜有南北统一之方，即由袁世凯以全权组织临时共和政府，与民军协商统一办法。

这哪里是退位诏书，分明是一纸禅位诏书，明确地将全国统治权禅让于袁世凯，怪不得袁氏最终仍然要走上称帝的道路。

禅让的把戏虽越演越不成体统，但后来的人们只记得实行禅让制度的始作俑者，将他们钉在历史的耻辱柱上，对于后来的仿效者，却不大理会了。可怜的"司马昭之心路人皆知"，臭名远扬直至今日。其实司马昭还着实辞让了好几次太傅、推迟了加九锡的时间，只是刚开始人们还不大习惯司马氏这种明目张胆地将篡位掩盖在禅让外衣下的行径，所以不齿于司马昭的作为。若比起南朝诸位皇帝来，曹氏和司马氏也算得是正人君子了，曹操和司马懿父子三人到底还是有点羞答答，自己都没有当上皇帝，而是让儿孙来得现成的天下。同时对于禅了位的汉魏皇帝仍然善待其终。而南朝开国诸帝却都是及身自代，没有一个留着让儿子去接受禅让的。并且对禅了位的前朝皇帝非鸩则杀，无一终其天年。只是此时人们已经看惯了以禅让为篡权手段的把戏，见怪不怪了。子曰：始作俑者，其无后乎！真是一点不差。以禅让为篡位自曹操始，世人皆目之为奸雄，而其后奸雄之甚于操者不知凡几，受到的唾骂则远不如他。冤枉哉曹操！麻木哉世人！

非无类非无非类，无深言无非深言

峨眉山的一个和尚癖嗜山水酷爱旅游到了极点，但又以未能遍探天下之名岳大川为憾，到了老年，着急得很而又无计可施，只好把希望寄托在来生，在临坐化之前，向他的徒儿宣布，将要往台州临海王家托生。有一等出热的掐指一算，老僧化去之年月日正是临海王士性的生辰甲子。此王士性盖何人哉？何以有人造出这样的神话来编派他？看官莫急，且待在下慢慢道来。

话说明代后期，社会风气已然发生巨大变化。士人追求个性解放，向慕实学已蔚为时尚，许多人主张"不必矫情，不必逆性，不必昧心，不必抑志"，提倡"率性而行"。个性解放的标志之一，就是从书斋走出来，投身于自然与社会之中，这是往雅里说。如果粗俗点说，就是有许多读书人和当官的开始满天下闲逛，或者忙里偷闲地逛，以领略天然山水与人文景观之趣。其中有特别爱逛的人，自然就成为新闻人物，被人编成故事或神话作为茶余饭后的谈资了。王士性逝于万历二十六年（一五九八），而上面那个神话是差不多同时代的一个人钱希言编的，载于万历四十一年成书的《猱园》里头。可见王士性在生前，至少在死后不久就已是大名鼎鼎了。特别爱逛的人，在现代被称为旅行家，近年来又有改为旅游家的趋势。这时看官们又要发话了，明代是有大旅行家的，但我怎么只知道有徐霞客，从来没听说过王士性这个人呢？这就是常言所道的人事沧桑，说来话长了。

其实倒退六十年，徐霞客也不是那么有名的。二十年代末，地质学家丁文江将徐霞客留下来的一部书《徐霞客游记》——有了这部书，徐先生就不但是大旅行家，而且是大地理学家了——重新整理出版，并为他写了一个年谱。在《游记》里头，徐先生记载了许多前人所未注意到的自然地理现象，其中最重要的是关于石灰岩溶洞（学名过去叫喀斯特，现在称岩溶）的描述，这是世界上有关这一自然景观的最早记叙。过去总以为岩溶现象是十九世纪末前南斯拉夫学者在该国喀斯特地区最先进行研究的，不料《徐霞客游记》的记载却比他们早了整整两个世纪，这当然是光荣无比，很为国人挣了面子。这以后，徐先生就越来越出名，特别在学术和爱国挂钩——凡是有学术贡献的人，必然是爱国的——之后更是如此。开了许多的纪念会，写了无数的纪念论文，时至今日，徐霞客先生的名字是无人不知无人不晓了，不但如此，连徐家的先人也大大沾了光，徐霞客列祖列宗的大名也上了《徐霞客家传》而得以传世。但是王士性就没有这个运气，几乎不大有人知道他。虽然他的著作《广志绎》在十年前已标点出版，但没有什么人注意到它的价值，更不明白单凭这本书，就足以使王士性跻身于大地理学家之林而毫无愧色，所以看来造舆论的事真是不可少的。

王士性生于嘉靖二十六年（一五四七），比徐霞客早了差不多四十年，三十岁时中了进士，以后相继在河南、北京、四川、广西、云南、山东及南京等地做过官或担任过临时差使，在来往这些地方时，又经过除福建以外的所有其他省份，所以足迹遍及当时的两京十三省。他好游成癖，时人称他是"无时不游，无地不游，无官不游"。而且每游必有文采斐然的游记和纪游诗留下来，这些作品后来结集为《五岳游草》。这本书主要是旅游文学，而不是严格意义上的地理著作。但是该书的序言却表明了他的一个极其重要的地理观点，那就是："吾视天地间一切造化之变，人情物理、悲喜顺逆之遭，无不于吾游寄焉。"这里的"造化之变"指的就是自然环境及其变迁，"人情物理、悲喜顺逆之遭"则意味着社会、人文现象的变化。换句话说，无论是自然地理还是人文地理都是他所感兴趣的。在这一思想的指导下，他在游历中认真观察各地的地理环境、民情风俗、宗教文化、物产交通，并比较其间的差异，首先写下两卷《广游志》。到了晚年息游之后，不满足于《广游志》的过于简单，又潜心思考，殚精竭虑，撰就了《广志绎》一书。

这两本书和《徐霞客游记》一起成为我国近世地理学开端的标志。在此之前，我国古代的典籍向来分为四大类，即经史子集四部，地理类书籍从来就是历史学的附庸，被划在史部内，读地理是为了解经与释史。所以二十四部正史里头，大多设有《地理志》（或称郡国志、州郡志）专篇。同时自唐代以后，又有全国地理总志的编撰，譬如《元和郡县志》《太平寰宇记》《大元一统志》分别表示唐朝元和年间、北宋太平兴国时期和元代的全国地理情形。反映某一地区地理状况的地方志（简称方志），从宋代以后也兴盛起来，每州都有自己的《图经》问世。加上有关典章制度的专著，如《通典》《通志》和《文献通考》中也设有《州郡典》《地理略》《舆地考》等篇目，所以论起地理典籍的数量来，我国在世界上是首屈一指的。但是这些地理志、总志和方志所重点表示的是行政区划的变迁，用行话来说，就是重点突出的是沿革地理的内容。所谓"沿"指的是对前朝的继承，"革"是指对上代的改变。任何一朝的政区必是对前一代政区有沿有革的延续。由于有以上这些地理典籍的存在，我们就得以知道，在二千年内，我国的政区是如何从秦代的三十六郡和一千个县变化到今天的三十一个省（市、自治区）和二千多个县（市）的。在这一方面的研究，世界上没有哪个国家能比我们先进。

沿革地理是一门古老的学问，现在研究政区变迁的学问已被归入政治地理的范畴。政治地理是人文地理的一个分支，而不是它的全部。人文地理还有经济地理、文化地理、军事地理等分支。文化地理还可进一步分出风俗地理、宗教地理、语言地理；经济地理也可以有交通地理、产业地理、人口地理等分支。此外人文地理还应该研究人地之间的关系。但是在上述这些分支中，我国古代地理典籍中的资料就不如沿革地理丰富了。譬如《史记·货殖列传》和《汉书·地理志》有关于秦汉时代民情风俗的精彩描述，根据这些记载我们甚至可以勾画出西汉的风俗区域来。但是后代这样全面地记叙就很少，以至于《大清一统志》的风俗部分竟然还照抄《汉书·地理志》的内容，而不顾地理现象发展变化的事实。

当然，在我国也还有另一类为数不多的地理著作，如《禹贡》《山经》和《水经注》等。前两篇当为战国时作品，但不知何人所撰；后一书则为北魏郦道元所著。《禹贡》被纳入儒家五经之一的《尚书》中，提高了其神圣性；《山经》则被包括在说部《山海经》内，蒙上了神奇的色彩。其实前者是经济地理和理想的政治地理两篇文字的组合，后者是出色的自然地理作品。至于《水经注》则是一部极有价值的地理奇书，它以叙述水道的分布为纲，将人文地理与自然地理的内容融会其中，成为千百年来学术界的研究对象。但是所有古代的地理著作，无论是自然的还是人文的，多半是作者间接知识的产物。即使被誉为是郦道元亲自"访渎搜渠"而写成的《水经注》，其实认真分析起来也主要是靠剪裁六朝以前的地记、图经而组成的。

所以，完全依据自己对于社会和自然的缜密细致的观察而写成的地理著作从明代后期才开始。而且只有到王士性和徐霞客的大作出现，地理学才真正突破历史学的藩篱，成为一门独立的学问。

明人的游历考察多注重自然山水，《徐霞客游记》就偏重自然现象的描述，独有士性亦并重考察人文现象，这正是他高人一招的地方。中国古代人文地理虽然比较发达，但保持长盛不衰的主要是对于疆域政区沿革变迁的记述，而于文化、经济、风俗等领域则缺乏比较系统完善的研究。究其原因，乃是侧重文献的考证和口耳相传的见闻，而缺乏实地考察的缘故。王士性批评这种"借耳为口，假笔于书"的作风，因此他所记载所分析，"皆身所见闻也，不则，宁阙如焉"。也因此，他能够对亲见亲闻的事物和现象，进行深入的理论思维，以探索地理学的内在规律。因而《广游志》《广志绎》与《徐霞客游记》不同，它们不是日记式的旅游实录，而是在实地考察之后，对于所得材料去粗取精、整理排比并加上理论思维的地理著作，所以在篇幅上虽比不上《徐霞客游记》，但论内容的丰富与对地理学的贡献不但毫不逊色，恐怕还要略胜一筹。因为描述型的地理著作虽以《徐霞客游记》为极致，但描述型而兼理论型的地理著作却以《广志绎》为开端。"绎"者，归纳推理也。

在王士性的地理著作中最令人注目的是，他深刻地认识到地理学的区域性特点。因此他首先以全国范围作为区域研究的对象，写成了《广游志》，分析各地自然环境（如地脉、形胜、风土）以及人文因素（如少数民族、宗教、方言）的差异。在"地脉"部分，他详细阐明了以北龙、中龙和南龙为三大主干的山脉分布系列，这是唐代僧一行"山河两戒"说以来的最新发展。在"形胜"一节中，他分析了明代两京十三省的自然地理基础，认为其分划大致是合理的，过去从未有人对于政区的地理背景作过这样的分析。在全书的最后一段，王士性又历数各地的方言差异："声音，八方各以其乡土，不纯干正声，难以彼此相消也。有一郡一邑异者，亦有分大江南北异者。……若一省一郡异者，如齐鲁发声洪，维扬腰声重，徽歙尾声长……"

晚年息游之后，王士性不满足于《广游志》过于简单的论述，更作《广志绎》五卷，以全面深入地表达自己的地理学思想。第一卷"方舆崖略"是全国地理总叙，第二卷至第五卷是各地分论，依次为两都（北京、南京）、江北四省（河南、陕西、山东、山西）、江南诸省（浙江、江西、湖广、广东）和西南诸省（四川、广西、云南、贵州）。"方舆崖略"是《广游志》的延伸，从全国的范围继续分析地理现象的地域分异。例如在经济地理方面记述各地聚散货物之异说："天下马头，物所出所聚集处。苏、杭之币，淮阴之粮，维扬之盐，临清、济宁之货，徐州之车骡，京师城隍、灯市之古董，无锡之米，建阳之书，浮梁之瓷，宁、台之鲞，香山之番舶，广陵之姬，温州之漆器。"在文化地理方面注意到南北科举人物多寡的不同："江北山川彝旷，声名文物所发泄者不甚偏胜；江南山川盘郁，其融结偏厚处则科第为多。如浙之余姚、慈溪，闽之泉州，楚之黄州，蜀之内江、富顺，粤之全州、马平，每甲于他郡邑。"甚至在饮食习惯方面也指出南北的差异："海南人食鱼虾，北人厌其腥；塞北人食乳酪，南人恶其膻；河北人食胡葱蒜薤，江南畏其辛辣。而身自不觉。此皆水土积习，不能强同。"

除"方舆崖略"外，《广志绎》的其他篇章深入地阐明各省内部的地域差异现象，构成色彩纷呈的地理马赛克。例如，对于浙江风俗文化的差异，王士性就有精辟的见解："两浙东西以江为界而风俗因之。浙西俗繁华，人性纤巧，雅文物，喜饰馨帨，多巨室大豪……浙东俗敦朴，人性俭啬椎鲁，尚古淳风，重节概，鲜富商大贾。"而浙东的风俗又可细分为三区："宁、绍盛科名逢掖，其戚里善借为外营，又佣书舞文，兢贾贩锥刀之利，人大半食于外；金、衢武健负气善讼，六郡材官所自出；台、温、处山海之民，猎山渔海，耕农自食，贾不出门，以视浙西迥乎上国矣。"这里所划分的浙江风俗文化区，就基本上与当时浙江省所属十一府的区划相一致，并且直到今天也仍然可以作为划分浙江文化区的参考。中国历代行政区划的变迁虽然以政治因素最为主要，但也受着自然环境的制约，以及经济、文化乃至军事等因素的影响。因此行政区划往往与自然区划、经济区划或文化区划存在某种契合。在浙江，这一点表现得尤其典型。

王士性虽以政区作为区域研究的基础，但却不以之代替其他类型的区划。例如，他注意到语言在文化分区中的重要标志作用。他说：潮州"其俗之繁华既与漳同，而其语言又与漳、泉二郡通，盖惠作广音而潮作闽音，故曰潮隶闽为是"。也就是说，就行政区划而言，潮州虽然隶属广东，但在文化分区方面却应该与福建的泉州与漳州同属一区。四百年前而有如此见识，的确不同凡响。

在经世实用思潮的影响下，王士性还产生了后来称之为"郡国利病"的思想。用今天的话来说，就是注意观察与分析各地自然环境与人文环境的长处（利）和短处（病），以确定环境对某种社会需要的适宜或者有利的程度。这实质上已初具现代地理学的评价研究的雏形。举个例说，他在评论杭州西湖作为旅游胜地时就独具慧眼："游观虽非朴俗，然西湖业已为游地，则细民所借为利，日不止千金，有司时禁之，固以易俗，但渔者、舟者、戏者、市者、酤者咸失其本业，反不便于此辈也。"这活脱是现代人的经济眼光了。作为封建士大夫，他不便鼓吹旅游业，但却曲折地表达了杭州的地利。清人已注意到王士性的这一思想，所以康熙十五年杨体元在《刻〈广志绎〉序》中说，王士性"志险易要害、漕河海运、天官地理、五方风俗、九徼情形，以及草木鸟兽、药饵方物、饮食制度、早晚燥湿、高卑远近，各因时地异宜，悉如指掌。使经纶天下者得其大利大害，见诸石画，可以佐太平"。如果我们夸大点说，在王士性那里地理学似乎已是一门应用科学了。

值得注意的是王士性还具有动态性的观念，认为地理现象是在不断变化发展的。譬如说，他明确指出中国经济文化重心出现转移的现象。他说："江南佳丽不及千年。孙吴立国建康，六代繁华，虽古今无比，然亦建康一隅而止，吴、越风气未尽开也。……至残唐钱氏立国，吴越五王继世，两浙始繁。王审知、李璟分据，八闽始盛。然后宋分天下为二十三路，江南始居其八焉……赵宋至今仅六七百年，正当全盛之日，未知何日转而黔、粤也。"生在明代，他不但注意到经济重心已从北方转移到江南，而且还推测有继续转移到岭南和西南的可能。这是何等高明的见识！

地理现象的变化不仅表现在地域上的转移，还表现在新现象的产生。例如，明代扬州就由于盐商的麇集而出现养瘦马的畸俗："广陵蓄姬妾家，俗称养瘦马，多谓取他人子女而鞠育之，然不啻己生也。天下不少美妇人，而必于广陵者，其保姆教训严，闺门习礼法，上者善琴棋歌咏，最上者书画，次者亦刺绣女红。至于趋侍嫡长，退让侪辈，极其进退浅深，不失常度，不致憨戆起争，费男子心神。故纳侍者类于广陵觅之。"这一畸俗一直延续到清末民初。

在人地关系方面，王士性认为自然环境对于人的行为方式有着决定性的影响。他以浙江为例说："杭、嘉、湖平原水乡，是为泽国之民；金、衢、严、处丘陵险阻，是为山谷之民；宁、绍、台、温连山大海，是为海滨之民。三民各自为俗：泽国之民，舟楫为居，百货所聚，闾阎易于富贵，俗尚奢侈，缙绅气势大而众庶小；山谷之民，石气所钟，猛烈鸷愎，轻犯刑法，喜习俭素，然豪民颇负气，聚党与而傲缙绅；海滨之民，餐风宿水，百死一生，以有海利为生不甚穷，以不通商贩不甚富，闾阎与缙绅相安，官民得贵贱之中，俗尚居奢俭之半。"这是中国古代

"广谷大川异制，民生其间者异俗"思想的发展。

西方最明显表现出与这种地理环境决定论思想相类似的是黑格尔。他在《历史哲学》中，将世界分为高地、平原和滨海三类地区，以蒙古、阿拉伯，中国、印度、埃及和欧洲作为这三种类型地区的代表。进而认为高地"居民之特色，为家长制的生活"，"绝无法律关系的存在"。平原农耕人民闭关自守，农业"按着四季而进行，土地之所有权与各项法律关系又随之而生"。沿海的人民则被大海"激起了勇气，要去超越那有限的一切。海邀请人类从事征服，从事海盗式的掠夺，但同时也鼓励人类从事商业与正当的利润"。不过黑格尔生活的年代比王士性已晚了二百多年。

既然地理环境对于人类社会有如此重大的制约作用，那么当环境发生变迁时，文化的重心就会出现相应的转移，这就是所谓"天运循环，地脉移动，彼此乘除之理"。所以王士性在《广游志》中说："自昔以雍、冀、河、洛为中国，楚、吴、越为夷，今声名文物，反以东南为盛，大河南北，不无少让何？客有云，此天运循环，地脉移动，彼此乘除之理。余谓是则然矣。"又说："今日东南之独盛也，然东南他日盛而久，其末势有不转而云贵、百粤？如树花先开，必于木末，其随盛而花不尽者，又转而老干内，时溢而成萼，薇、桂等花皆然。山川气宁与花木异？"文化重心的转移自有其更深刻的原因，但是企图以动态性观点结合环境决定论来作解释，却数王氏为第一人。

明代虽然旅游成风，但并非人人都是地理学家。尽管观察的是同样的大千世界，但所得印象和收获并不一样。王士性当时已觉察到这一点，所以他在《广志绎·自序》中说："夫六合无涯，万期何息，作者以泽，量非一家。然而言人人殊，故谈玄虚者，以三车九转，而六艺之用衰；综名实者，尚衡石铸刑书，而结绳之则远；揽风雅者，多花间草堂，而道德之旨溺；传幽怪者，喜蛇神牛鬼，而布菽之轨殊。"王士性自认与这四种人不一样，他所重的是地理现象。所以他接着说："余志否否，足版所到，奚囊所余，星野山川之较，昆虫草木之微，皇成国策、里语方言之臜，意得则书，懒则止。榻前杖底，每每追维故实，索笔而随之。非无类，非无非类；无深言，无非深言。"所谓"意得则书"的意，就是在理论思维后的发现与发明，写下来的自然就是"深言"大义了。王士性也颇为自负，认为自己的著述并不是感性材料杂乱无章的堆砌（非无类），而且也不是这些材料的简单整理排比（非无非类）；自己的书并没有什么了不起的见解，但又无处不闪烁着真知灼见。

王士性深入细致的观察与缜密独到的思想，给明末清初的学者以巨大的影响。清初，杨体元将《广志绎》"遍质之博雅君子，如曹秋岳夫子、沈大匡先生、沈次柔、顾宁人、项东井诸同学，咸谓是书赅而核，简而畅，奇而有本，逸而不诬"。就中以顾宁人即顾炎武所受影响最巨。顾氏是清初朴学大家，研究者众矣，但是很少有人注意到顾的地理学思想实渊自王士性。

顾炎武的三大著作，无例外地都打上王士性影响的印记。《天下郡国利病书》和《肇域志》是顾氏在"历览二十一史以及天下郡国志书，一代名公文集及章奏文册之类"之后，才编著成的第一等作品。后者为"舆地之记"，前者为"利病之书"。所谓"利病"，就是王士性对于各地地理背景优劣分析的发展，是经世实用思想在地理方面的实践。也就是说，在《天下郡国利病书》中，"有关民生之利害者随录之，旁推互证，务质之今日所可行而不为泥古之空言"。不但如此，在第一卷《舆地山川总论》中，顾氏更是全文照录了王士性《五岳游草》里"地脉""形胜""风土"三节文字（这三节文字本来在《广游志》中，因《广游志》后来与《五岳游草》合刊，后人遂以为出自《五岳游草》），足见顾炎武对王氏地理观的佩服。且由于王士性著作流传不广，后人读《利病书》，甚至把王氏的思想当成顾炎武的思想来引用，尤其是其中关于"天运循环，地脉移动"的思想。

《肇域志》是未完成的稿本，至今尚未刊刻过。该书按省分述各地的地理现象，具全国地理总志的性质。顾氏在各省的最后，都抄录了《广志绎》相关省份的几乎全部内容，而冠以"方舆崖略"的总称。顾炎武这样做，显然是因为《广志绎》兼有保存地理资料与启发思维的重要价值。此外，奠定顾氏朴学大家地位的笔记式名著《日知录》，也同样看得见王士性的影响，例如在"州县赋税"

一节中就引用了《广志绎》卷一关于各地赋税负担悬殊不均的分析，而后提出自己的见解："然则后之王者审形势以制统辖，度幅员以界郡县，则土田以起，征科乃平，天下之先务，不可以虑始之艰，而废万年之利矣。"顾炎武的思想对于清代学术发展起着巨大的影响，因此王士性的地理学观点也就间接地影响了后人。然而，由于清代文网綦严，乾嘉时期的学者走入了考据的胡同，除了沿革地理一枝独秀外，自然地理和人文地理的其他分支都走了下坡。也因此王士性自清代中叶以后就逐渐被人遗忘，《广志绎》一书的康熙刻本今已不见，若非《台州丛书》保留乡贤著作，我们今天说不定只能从顾炎武的遗书中去寻找王士性思想的吉光片羽，而看不到《广志绎》的全帙了。除了三种地理书外，王士性又有《王恒叔近稿》一种，及另篇著述若干，都经过校勘整理，纳入《王士性地理书三种》一册中，由上海古籍出版社推出，以飨同好。

我国的人文地理研究有着久远的传统，《史记·货殖列传》与《汉书·地理志》开了系统研究的先河，其后若断若续均未能超出《史》《汉》的水平，可以说直到《广游志》和《广志绎》问世，才算跃上了一个新台阶。清代乾嘉以后人文地理只讲疆域沿革，解放以来地理学界则重自然，轻人文，所以作为人文地理学家的王士性长期受到冷落。最近几年，人文地理呈现一派复兴景象，王士性的研究开始引起注意，希望这一研究能深入下去，以有助于促进整个人文地理学的发展。

点石成金、披沙沥金与脸上贴金

做学问的事有时真是说不得的。有人开玩笑说：做学问只好比别人快半拍。与别人同步，没人看得上你；比别人快几拍，没人看得懂你。左右你都没有名气。这虽是负气的话，却并非全无道理。就拿不远不近的三个人来说吧。

清朝乾嘉之际，由于两方面的原因，一是政治上的，文网綦严，思想方面的文章不能写，于是都挤到学术上去了；二是学术上的，明末学术流于空疏，大家都腻味了，于是追求起实学来。于是在经学、史学、小学方面都取得了绝好的成绩。就中史学方面赫赫有名的三家村便是钱大昕、赵翼与王鸣盛，各自的代表作则是《廿二史考异》《廿二史札记》与《十七史商榷》。从乾嘉起直到今天，多半是三家并提，不分轩轾。如果真要分个高低的话，大部分人不是先及王，就是先说赵，很少把钱大昕放在第一位的。

张之洞的《书目答问》，举列史部的参考书至多，上述三书——也仅此三书——被归在总考证类，显然比其他局部考证，如考纪元、考地理、考某史地位要高。但此三书的排列顺序是王、钱、赵。入民国后，给青年学子开书目蔚为风尚。先是胡适之开了《一个最低限度的国学书目》，接着梁启超也来了一篇《国学入门书目及其读法》，胡、梁之后又有吴虞的《中国文学选读书目》。胡之书目太过偏颇，史部书几不入选，梁为纠偏，补了许多史书，但于上述三书只选一种，即《廿二史札记》。吴以为胡、梁两家书目范围都太大，于是开了一个小型书目，书目虽小却三书均有，只是顺序为赵、钱、王。

除了书目之外，梁任公又专门有《中国近三百年学术史》皇皇巨著，详论清儒治学之成绩。在谈到旧史之注释及辩证一类书时说：

> 清儒通释诸史最著名者三书，曰：廿二史考异、十七史商榷、廿二史札记。三书形式绝相类，内容却不尽从同。钱书最详于校勘文字，解释训诂名物，纠正原书事实讹谬处亦时有，凡所校考，令人涣然冰释。……王书亦间校释文句，然所重在典章故实。……赵书每史先叙其著述沿革，评其得失，时亦校勘其牴牾。而大半论"古今风会之递变，政事之屡更，有关于治乱兴衰之故者"（自序语）。但彼与三苏派之"帖括式史论"截然不同，彼不喜专论一人之贤否，一事之是非，惟捉住一时代之特别重要问题，罗列其资料而比论之，古人所谓"属辞比事"也。清代学者之一般评判，大抵最推重钱，王次之，赵为下。以余所见，钱书固清学之正宗，其校订精核处最有功于原著者。若为现代治史者得常识助兴

味计，则不如王、赵。王书对于头绪纷繁之事迹及制度为吾侪绝好的顾问，赵书能教吾侪以抽象的观察史迹之法。陋儒或以少谈考据轻赵书，殊不知竹汀（大昕晚年自号竹汀居士——笔者按）为赵书作序，固极推许，谓为"儒者有体有用之学"也。

梁任公从学以致用出发，推崇赵书固无可厚非，但说钱书不如王、赵，则我极为钱氏鸣不平，而为王氏脸红也。依在下之陋见，钱、赵、王三人之学问有龙虎狗之别，《廿二史考异》是点石成金之著，《廿二史札记》是披沙沥金之作，至于《十七史商榷》最多只好算脸上贴金之滥竽。

《商榷》一书，说对了的地方，治史者多半均能自己悟到，至说错之处在在皆是，误人不浅。任公言该书是绝好的顾问，殆过甚之词，恐怕一则因为未曾细读该书（以任公之才无须此顾问），二则被其架势与大言不惭所惑。《商榷》一书有百卷之烦，细目至千余条之多，一副教师爷的模样。书前有序，序曰："学者每苦正史繁塞难读，或遇典制茫昧，事迹胶葛，地理职官，眼眯心瞀，试以予书为孤竹之老马，置于其旁而参阅之，疏通而证明之，不觉如关开节解，筋转脉摇，殆或不无小助也。夫以予任其劳，而使后人受其逸；予居其难，而使后人乐其易，不亦善乎。"自诩自负之甚无过于此也。反观钱氏，为人谦和，虽于经史、地理、律历、训诂、音韵、金石、目录之学无所不通，无所不精，然从未有此炫耀之语。给人作序则尽说好话（当然说过头了也不好），上面任公所引为赵书作序如此，他如为洪亮吉作序也如此。洪氏本不长于地理，所著《三国疆域志》《东晋疆域志》与《十六国疆域志》，皆是不成功之作，然不自知，钱氏为其作序又好言有加，致世人以为洪书真有可取之处，故连任公也说：北江之学长于地理。显然也是受钱序之影响。

以上只是大略言之，至于论据，则需详细说来。

一部《廿二史考异》处处皆点石成金之语，不是因为其多谈考据而这样说，而是因为其考据高明，使不可读或读不懂之典籍变成可读可懂之史书而这样说。太艰深的例不必举，只需举一简单的：

《后汉书·光武本纪》载：十三年"省并西京十三国：广平属巨鹿，真定属常山，河间属信都，城阳属琅琊，泗水属广陵，淄川属、高密，胶东属北海，六安属庐江，广平属上谷"。这是说，东汉光武帝十三年的时候，把西汉十三个很小的王国（这些王国都只辖三四县之地，而级别与领有三四十县的郡相当，是不合理的现象，是西汉削弱诸侯王国势力的结果）取消了，将它们的地盘并入邻近的郡，这一举措自然是对头的。问题是根据上面的记载，数来数去只省并了九国，哪里来的十三国？唐朝的章怀太子李贤给《后汉书》作注（当然是别人捉刀），对这一段话表示不解："据此惟有九国，云十三，误也。"

千百年来，读过《后汉书》的人不知凡几，硕学鸿儒济济如也，但是没有一个人读出名堂来，也就是"误也"的感觉而已。直到钱大昕出，方才破了这个谜。他指出光武帝省并的既不是十三国，也不是九国，而是十国，上面那段记载错了，应改成这样："省并西京十（三）国：广平属巨鹿，真定属常山，河间属信都，城阳属琅琊，泗水属广陵，淄川（属）、高密、胶东属北海，六安属庐江，广阳属上谷。"只去掉"三""属"两个字就豁然贯通了。但这并非钱大昕想当然的结果，他是有根据的，他对照着《续汉书·郡国志》读，才读出毛病来。该《志》北海国下说，省淄川、高密、胶东三国，以其县属。《志》在另一处又说，世祖（即光武帝）省并郡国十。因此钱大昕才肯定《光武纪》的记载错了，并指出错在哪里。唐以前无印刷术（此话非学术性语言，因为近来颇有人论证印刷术发明于唐以前，虽然区区并不同意此说，但此处并非争辩之地），一切典籍靠手抄流传，讹误在所难免——即今日排版已用电脑，又何尝一字不误，由李贤之注又可知《后汉书·光武纪》之误在唐初已经存在。

上面这个例子于《廿二史考异》，真正只是小儿科而已。还有比这棘手得多的疑难杂症也同样药到病除。再举一例：东晋南渡以后设置许多侨州郡县，以安置北方流民，这些州郡县都以流民的原居地命名。南朝刘宋为了将这些州郡县与北方同名者区别开来，在地名前加上南字，如南青州、南兖州等。但唐朝人写《晋书》时却以为侨置州郡在东晋一开始就加有南字。这个错误沿袭千有余年，竟无人觉察，也是直到钱大昕读《晋书》时才读出名堂来，破此千年之谬。反观《十七史商榷》，类似的发明却绝无仅有。不但没有，有时还要生出新的毛病来。这里也举一例说明之。

《商榷》卷二十三有一条"名字郡县义例不定"，说明《汉书》列传中提及传主本贯时郡县写法无一定之规。此条所说本极浅显之事，不说亦可，既说则需准确，但王鸣盛说说就说出纰漏来了。王说："苏建，杜陵人；儿宽，千乘人；贾谊，雒阳人。此但言县无郡者。"其实千乘既是县名，又是郡名，王氏有何根据说此处之千乘是县名而不是郡名？但这个毛病还小，接下去毛病就大了："路温舒，巨鹿东里人；卫绾，代大陵人。此但言县无郡而又著其乡者。"王鸣盛误以为此处之"代"是县名，而"大陵"是乡里名，其实大陵是太原郡的属县，在景帝削藩以后，代国仅有太原一郡，所以太原大陵习惯上也可称代大陵。以是《汉书》所记卫绾的本贯是郡（用国名代替）县皆有，而并未"著其乡"。王鸣盛自然见不及此，翻翻《汉书·地理志》，发现代郡并无大陵县，于是便胡乱猜测，以为这里的代是县名，而县名之后的地名必然是乡里名了。《商榷》的识见大抵如此。这样的书又何能当读史者的顾问，遑论"绝好的顾问"呢。

也许有人会说，低级错误有时连极高明的棋手也免不了，恐怕不足为据。那么再举"高级"之一例。《商榷》卷四十"许邺洛三都"条说魏武（曹操）之世先后三都：

建安元年迎天子迁都许；至九年灭袁氏后迁都邺；至末年又自邺迁洛。并嘲笑陈寿写《武帝纪》时在迁邺迁洛时皆未能直揭明数语，使观者醒眼，稍病蒙昧云。王氏此条貌似大发明，实则无一语不误。先师谭其骧著文斥此条之妄，指出有国方有都，说魏都要从曹操建安十八年受封魏公算起，此前不得有魏都，这是一；自建安元年汉献帝迁都至许，到延康元年禅魏止，许始终是汉都，不得目为魏都，这是二；建安九年曹操到邺，是就任冀州牧，不得目为迁都，这是三；建安十八年魏国既建，邺以冀州州治兼为魏国国都，终操之世不改，并无迁洛之事。不但操未曾都洛，即操死，其子丕嗣为魏王及受汉禅称帝亦皆在邺，这是四。魏武仅有邺一都至明，而王鸣盛读书疏略，既不解何为国都，又好强作解人，遂有魏武三都之谬说。似此谬说可做"孤竹之老马"乎？

越是无知的人越是要自以为是，越要嘲笑别人不行，但是这也难怪，有人往往吃这一套，只看谁吹得凶，就认为谁有本事。王氏的盛名多半是他自己吹出来的（当然如钱大昕等人不予揭破，也有责任），读史者不求甚解，也就被他蒙住了。王氏不但直接笑话陈寿，也间接讥讽过班固，目的不是别的，借此抬高自己耳。他在《汉书·高帝纪》中读到"云中、雁门、代郡五十三县"，"太原郡三十一县"后就大放厥词说："云中雁门代郡《（地理）志》凡四十三县，此云五十三；太原《志》凡二十一县，此云三十一；四误为五，二误为三，余姑勿深考。"其实《高帝纪》说的是汉初的状况，而《汉书·地理志》所表示的是汉末的情形，两者相去二百年，形势已经完全不同，《高帝纪》所载一点不误。王鸣盛不懂这层也就罢了，因为弄明白这个中曲折的确较难，可笑的是他不仅要强不知以为知，还要虚张声势地说"余姑勿深考"，倒像真的是班固错了似的。

王氏不但不讲道理随便指责人，而且毫无根据任意下结论。古书并非不误，《考异》就专在正误，且分析致误之由。《商榷》东施效颦，一方面常以不误为误，而妄下雌黄，另一方面却又将疑点当信史，外加自己的葫芦判。《汉书·武帝纪》载：元狩四年，徙关东贫民于陇西、北地、西河、上郡、会稽，凡七十二万五千口。且不说此处所载徙民会稽之事可疑，尚需探究，即使对此事无疑，也只能到此为止，不能妄加引申。而王氏除深信不疑外，还无中生有地说："会稽生齿之繁，当始于此，约增十四万五千口也。"言之凿凿，似若有据，实则无根游谈，真不知十四万五千是如何捏造出来的。

如果王鸣盛做《十七史商榷》是为了自娱自乐倒也罢了，无奈他老人家是要做"孤竹之老马"引人识途，这就麻烦了，又由于名人效应，就更麻烦了，被引入歧途的人还以为找着了正道。所以学者引王说为据的不在少数，以《商榷》为名著更是历来的共识。王鸣盛去世已近二百年，与在下毫无瓜葛，之所以历数其短，非为其他，只因受其蔽惑者至今仍屡见不鲜，似乎除了余嘉锡先生很客气地说过一句：王氏"平生著作，考证疏略者往往而有"之外，再无人对《商榷》讲过什么坏话了。

平心而论，《商榷》亦并非毫无见识，只是偶一有之也不过作常人语，若以名著视之，直是屈杀了它，若视之为脸上贴金之庸作，倒是恰如其分的。钱大昕氏虽然未直接批评过王鸣盛，但他在《廿二史考异》序里的一段话又安知不是在暗讽西庄先生一类人呢。钱氏云："而世之考古者，拾班范之一言，摘沈萧之数简，兼有竹素烂脱，豕虎传讹，易斗分作升分，更予琳为惠琳，乃出校书之陋。本非作者之誊，而皆文致小疵，目为大创，驰骋笔墨，夸曜凡庸，予所不能效也。更有空疏措大，辄以褒贬自任，强作聪明，妄生疴痒，不卟年代，不揆时势，强人以所难行，责人以所难受，陈义甚高，居心过刻，予尤不敢效也。"真是痛快淋漓，犹如后世不点名的批判，虽未必针对王氏（王是钱妻兄，钱入赘王家虽受气不少，但未必报复于此），然用于其身上，固将严丝合缝矣。

对于赵翼的《廿二史札记》，钱氏倒还是佩服的。《札记》之高并不在其考证的功力，赵翼是不擅长此道的，历来的书目将其归入考证类，并不合适。杨树达先生认为《札记》与《商榷》都是"钩稽史实"类著作，只有《考异》才属于"考证史实"类。这是很有见地的。也因此钱大昕所窃叹于《札记》者只是"其记诵之博，义例之精，论议之和平"，所赞赏于瓯北者，只是其"持论斟酌时势，不蹈袭前人，亦不有心立异。于诸史审订曲直，不掩其

失，而亦乐道其长"，而不是其考证功力。的确，《札记》
主要是论，非仅一人一事之论，而且及于一群人、一类事
的论说。因此赵翼的功夫主要是花在史料的爬梳整理排比
上面，以期从中得出史籍未曾明言的，比较隐晦的史实，
然后再加以自己的议论。例如在"明言路习气先后不同"
一条里，他把《明史》中所有上书言事的事例全都搜集在
一起，加以排比，得出如下结论：统观有明一代，建言者
先后风气不同，自洪武以至成化弘治间，朝廷风气淳实，
建言者多出好恶之公，辨是非之正，不尽以矫激相尚。正
德嘉靖之间，渐多以意气从事。万历中，张居正揽权久，
科道皆望风而靡，言路为之一变；万历末，皇帝怠于政
事，廷臣益务为危言激论，以自标异，于是部党角立，另
成一门户攻击之局，言路又一变。明末宦官当权，借言官
为报复，而言官又借宦官为声势，言路再一变而风斯下，
至于明亡。

　　正史是按纪传表志的体例来写的，本纪是按年的大事
记，列传是重要人物的传记，表是贵族世系或重大事件的
格式化（大部分正史都偷懒不做），志是重要典章制度的
记叙。这样的体例（其实任何体例都免不了）必然使得很
多互相关联的史实分散在不同的卷帙中，研究历史的人就
要从中去寻找自己所需的史料，再连缀成篇。例如上述有
关言路习气的变化，在《明史》里绝不可能有专门记载，
经赵翼一爬梳整理，读者就看出道道来了。实际上现在许
多史学论文性质与《札记》并无二致。只是搜集史料的范

围更加扩大，从正史至于稗史，至于笔记档案，至于出土文献；讨论的问题更加多样，从政治至于经济，至于文化艺术，至于凡人琐事。如此而已。正因为如此，以今天的眼光看来，《札记》里的每一条实则一篇小论文，有些条目与今天的论文题目简直一模一样，如"明初吏治"条，若再加上研究二字，不是可以投向任何史学杂志吗？赵翼对自己这本书也是很自负的，自比是《日知录》（当然当成是别人称赞的话，并且自谦"则吾岂敢"）。

搜集史料的功夫很细，有时真像沙里淘金，屎里觅道，这种功夫在东洋那边可说是发挥得淋漓尽致，甚至于一篇论文尽管没有任何结论，其中的史料也极其可观。而这种细致的踏实的功夫对于研究史学的人是一项必要的基本的训练，因此《札记》在今天对青年学子依然有它的参考价值。但是《札记》的学术价值也仅在于此，不宜随意拔高。如果说《廿二史考异》足以振聋发聩的话，《廿二史札记》则只是启思开窍，不好同等看待的。《札记》一书成于乾隆六十年，比《考异》晚了整整十五年。颇疑赵瓯北心仪《考异》之作而不能之，遂变通而著《札记》。

乾嘉之际这三大史学名著，学术水平的高下虽然依次是先《考异》再《札记》再《商榷》，但三书所得到的待遇并不与这一座次相称。名气最大的是《札记》，几至无人不知。记得一份发行量很大的杂志（不知是否是《读者文摘》）曾列举过中国历史上最著名的二十来种著作（注意！仅仅二十来种），其中就有《札记》在。事实上三书之中，《札记》的版次的确最多，不知被印过多少次，数年前中华书局还有校注本问世。《商榷》则次之。除五十年代重印过解放前的国学丛书本外，不久前中国书店又影印过广雅丛书本。只有《考异》最不行时，解放后除了与《商榷》同时重印那一次外，再未见印过。做学问的事有时真是说不得的。真正是应了杨树达先生那句话："考证史实，为事较难，而所得反小；钩稽史实，为之者较易，而收获反丰。"

以上只是就书论书，并因书而及人，如果因人而及书，并就人论人，则可说的书与事更多。书则如钱氏另有《三史拾遗》和《诸史拾遗》各五卷以补充《考异》之未尽处；又有《十驾斋养新录》实符合梁任公所谓"为现代治史者得常识助兴味"的标准；赵氏在《札记》前尚有《陔馀丛考》一书，其中读史笔记不少，但程度不如《札记》；王氏在《商榷》外又有《蛾术编》，亦不过尔尔之作。事则如钱大昕的慧眼识人，王鸣盛的为官不廉，以至于有人怀疑《札记》并非赵翼所作……还是打住吧。

正眼看世界的第一人

　　鸦片战争放远了看，是一个标志性的大事，今天绝大多数的学者都将它作为中国古代史与近代史的分界。但在当时，中英之间的这场交战并未在整个中国社会引起冲击性的影响。战争的失败只是偶然，《南京条约》也不过是疥癣之疾，老大中华依然沿着自己的轨道蹒跚踉跄，局面正如数十年后王韬所描绘的那样："其时罢兵议款，互市通商，海寓晏安，相习无事，而内外诸大臣，皆深以言西事为讳，徒事粉饰，弥缝苟且于目前。"调侃点说，唯一的明显变化只是数量不小的一批挑夫失了业，因为茶叶和蚕丝不用千里迢迢地从江浙和福建挑运到广州出口，已能就近在上海、宁波、福州和厦门放洋了。

　　但是往深处看，鸦片战争到底还是给中国带来了深远的影响。别的不说，鸦片战争的炮声至少给我们送来了全新的世界意识。中国人向来只有天下的观念，而无世界的意象。历代中原王朝的疆域就是天下的范围，天下的四周则是四夷——东夷、南蛮、西戎、北狄的居处。根据夷狄进于中国则中国之的原则，中原王朝的四至逐渐扩大，也就是天下的范围越来越大，因而四夷的所在也越推越远。尽管中国和四夷的关系有如此的变化，但中国人的天下观念却一成不变，天之所覆，地之所载，就是中原王朝与四夷的共同体，除此而外，不知道有其他比天下更大的地理概念。明末的李之藻，是一个热爱地理知识的高级官员，他所画的天下地图就是明代全部版图的十五省图。直到他看到利玛窦带来的世界地图，才明白在天下以外还有那么广阔的空间，中华帝国不过处于世界的一隅而已。为了与中国原有的天下概念相区别，利玛窦将自己的世界地图称为《坤舆万国全图》。但是利玛窦的地图只在高级官员和知识分子之间流通，一般人并不知晓。另一方面，即使是认可了《坤舆万国全图》所表达的世界概念的人，也多对中国偏于全图一隅的画法在心理上不能认同，利玛窦因而不得不改绘他的世界图，将中国置于世界中央。因此从根本上的意义说来，明清之际的西方传教士尚未能使中国人走出天下的阴影。

鸦片战争才真正使中国人切身地感到世界的存在，在七万里之外竟然存在一个能打败数千年文明古国的蕞尔小夷，而这个小夷的疆域又竟然只相当于闽粤的台、琼二岛而已。这么远的距离，那么小的国家，光是这两个数字就足够使中国人深切地认识到，传统的地理观念必定存在着某种毛病。于是就在战争期间与战争之后究心于世界地理，产生了两部具有划时代意义的地理著作，一是魏源的《海国图志》，一是徐继畲的《瀛寰志略》。梁启超说："此二书在今日诚为刍狗，然中国士大夫之稍有世界地理知识，实自此始。"从来的研究者们都把这两部书等量齐观，而在这基础上比较两者的得失与高下。但是认真说起来，这两部书的背后却隐藏着两种截然不同的"世界"观。《海国图志》并不是严格意义上的世界地理书，魏源根本没有走出天下观念的限制，只是把四夷的范围推向极致而已。"海国"二字其实就是新形势下的四夷，以中国为天下的概念没有根本的变化。《瀛寰志略》则是名副其实的世界地理图志，徐继畬客观地将中国降为万国之一，走出"天下"的阴影，进入世界新境，瀛寰就是世界的意思。

《海国图志》与《瀛寰志略》之所以有这样的差异，是魏源与徐继畬两人著书的指导思想不同所造成的。

魏源是晚清有名的思想家，积极的经世实用派。还在鸦片战争之前就已应江苏布政使贺长龄之邀，代其编辑《皇朝经世文编》，意欲以经世的手段来解决走向没落的封建王朝的积弊。鸦片战争爆发，中国遇到了一个前所未有的强敌，屡战屡败。这个号称英吉利的强敌在中国的典籍上从未有所记载，朝廷上下莫不亟欲了解其历史地理背景，并且寻求对付的办法。在这种情况下，产生了以林则徐为代表的一批睁眼看世界的先进人物。林则徐在两广总督任上，派人翻译西方报章，编成《四洲志》一书，反映了世界地埋的概貌。但这部书始终没有刊刻过，未对公众产生任何影响。一八四一年六月林则徐因鸦片战争事遭贬，北上途中在京口（今镇江）与魏源见面，嘱其编辑

《海国图志》。估计魏源的《海国图志》就是在《四洲志》的基础上编成的。所以在这本书的部分卷目下有欧罗巴人原撰、侯官林则徐译、邵阳魏源重辑的字样。林则徐所译当是指《四洲志》原文部分，而魏源重辑则是在《四洲志》本文外。《海国图志》中还常在某些段落下注有"原本"或"原无今补"的说明，这里的原本应该也是指《四洲志》原文。

《海国图志》完成于道光二十二年（一八四二）十二月，魏源记其成书时间曰"时洋艘出江甫三月也"，正是鸦片战争结束，《南京条约》签订后三个月。据《贩书偶记》，孙殿起曾见此刻本，言其为木活字本。上海今存有道光二十四年聚珍版本，聚珍版实即活字版，当与孙氏所见同为一版。《海国图志》不知起手于何时，但即使从前一年的六月受林则徐之托算起，也不过一年半时间。而在同一年秋天，魏源还完成了《圣武记》一书十四卷。在一年之中，同时写作两部书，只能是急就章，以抄撮现成的文献资料为主，无遑考订，所以这两部书后来都经过不止一次的修订再版。

《圣武记》与《海国图志》是两部互为表里的书。《圣武记》是为了"长自己志气"，将清初以来获得胜利的战事一一开列出来，从满洲灭明开始，到康熙戡定三藩，乾隆十全武功，以至道光重定回疆，只要能表现列祖列宗的英武事迹的历史记载都不放过，其用意很明显，乃是为了激励国人的志气，既然二百年来列祖列宗都立于不败之地，这次对付英夷的战争，我们岂能轻易认输。《海国图志》虽然不便说是"灭他人威风"的书，但作者在书中处处把英国当成岛夷来对待，意图仍在说明其不足惧。

一八四四年刊刻的《海国图志》是五十卷本，到一八四七年时增补为六十卷，到一八五二年时更扩充为一百卷。前人多以百卷本与《瀛寰志略》相比照，其实以时代而论，先应以五十与六十卷本为基础来作比较。但无论是哪一种刊本，《海国图志》都不是一部纯粹的地理书。它实由三部分组成，头一部分是表达魏源自己海防思想的"筹海篇"；末一部分是杂录，包括有关官员的筹海言论，夷情备采，洋炮图说等实用的内容；中间部分才是世界地理，分量虽大，但重要性不见得在前后两部分内容之上。有人常提到《海国图志》在日本广为流行，产生巨大影响，实则许多日本刻本都只是部分译本，五十年代中期的最初的几种译本甚而仅是"筹海篇"的翻刻而已（见增田涉《西学东渐与中国事情》），因为日本当时急于从中英鸦片战争吸取经验教训，而"筹海篇"是对付外来侵略最有针对性的言论。也由此可见《海国图志》的最主要作用是在表达魏源"以夷攻夷"，"以夷款夷"，"师夷长技以制夷"的策略，至于传播世界地理知识则在其次。同样道理，魏源在《圣武记》十四卷中，也用了四卷专门谈自己的见解，最后一卷史是专门议论兵事之作。同样也不是纯粹为歌颂中国称霸的历史而作。

正因为经世实用派绝对不会为学术而学术，任何学术都是拿来为一定的政治目的服务的。所以即使世界地理的分量占去《海国图志》全书的绝大部分，那也不是为地理而地理，也是为了筹夷之需要，而这个"夷"又集中地指英夷。魏源在这本书的卷二（五十卷本，以下若不加说明皆以此本为说）"圆图横图序"中就宣称："绕地一周皆有英夷市埠，则筹夷必悉地球全形，故观图但观英夷本国之图，非知考图者也，读志但阅英吉利本国数卷，非善读志者也。"

在各大洋的分卷中，复将这一思路详加阐明，即："志南洋实所以志西洋"，"志西南洋实所以志西洋"，"志小西洋实所以志大西洋"，"志北洋亦所以志西洋"，"志外大西洋亦所以志大西洋"。一切集中到志大西洋去，而英夷则在大西洋之中。志西洋，志大西洋，就是为了志英夷。世界各国地理不过是英国地理的陪衬而已。这是《海国图志》的偏差。

《海国图志》还有另外一个更大的偏差，那就是仍然维持天下的观念。魏源虽然睁眼看到了世界各国，但反映到头脑中的还是一个以中国为中心的世界，这样的世界与过去的天下并无本质的区别。因此体现到具体写法上，《海国图志》就与一般的世界地理书有所不同。

首先是中国不在其中。任何世界地理图志的写法都不外是先全球，后分洲，再分国。但《海国图志》有全球图，有亚细亚总说，而亚细亚之后却无中国，不但无中国且无朝鲜。这种写法不脱"天下"的牢笼，不以平等的眼光看待中国与世界其他各国的关系，仍把世界各国视为化外之地，当成四夷（而朝鲜更是中国的藩属），只不过在新形势下将它们改称为海国就是。对于"海国"的涵义，前人和时贤似未多加注意，这里必须赘上数语。海国一语唐宋以来已经见于诗文之中，原指近海地域，后来衍为海外之国的意思。中国的地理环境相对孤立，古人想象中国的四周是四海环绕，其他国家都在四海之外。因此海内与天下其实是同一个意思。魏源把他所写的书称为《海国图志》，实无异于称之为四夷图志。所以从根本上来说，魏源并没有走出"天下"的观念。绝大多数中国人在当时也都停留在这一水平之上。颇负盛名的地理学家张穆就称赞徐继畬的《瀛寰志略》"考核之精，文词之美，允为海国破荒之作"。

其次，《海国图志》的基本体例与一般的地理书不同，其基本框架不是分洲，而是分洋。先把全球分洋为东南洋、西南洋、小西洋、大西洋、北洋、外大西洋六大块，而后把各洲附在各洋底下。各洋前面所加的方位词，即所谓东南、西南、小西（相当于近西的意思）、大西（实即远西）、北、外大西等等，都是相对于中国的方位而言的。这种体例仍然是中国中心思想的体现，将世界各国地理围绕着中国来叙述。当然，欧洲中心论者也同样有近东、中东、远东的说法。但在正式的世界地理著作中，仍要分洲列国，并不以通常的习惯称呼作为科学的术语。魏源既以分洋为基础，就不得不与分洲的正常安排相凿枘。洋有六，而洲仅四，结果只有小西洋相应于利未加洲（非洲）、外大西洋相应于亚墨利加洲（美洲）是完整的。大西洋相应于欧罗巴洲但无俄罗斯，东南洋和西南洋相应于亚细亚洲（亚洲）而无中国，北洋则仅相应于俄罗斯一国。显得不伦不类。

在六洋之下，魏源再分别辑录各个海国的地理资料。并且在东南洋之下还将海国分别为海岸之国与海岛之国，对比起古人来，这是一个小小的进步。因为魏源到底已经明白，有许多国家其实与中国在陆地上是连在一起的，并不处于四海之外，但他并不愿放弃海国的概念，而是巧妙地将与中国在地域上相连的国家称为海岸之国，这样一来与真正的海外之国（即所谓海岛之国）合起来仍可以叫作海国。在其他五洋中，魏源虽未在目录中注明海岸国或海岛国，但很显然，除了英国，都被当成是海岸国。故他在《海国图志》卷三十三说，因为英国是海岛国，所以放在大西洋的最后。这样一来，所有世界各国，都无例外地不归于海岸国就属于海岛国。只有中国特别，是与海国相对立的国家，自然处于超凡的地位，不是世界中心还能是什么？虽然魏源仍然应该归入睁眼看世界的先进人物之中，但他所看到的世界却是畸形的，他以自己的主观意识将世界纳入新形式的"天下"的框架之中。这种主观意识魏源已清清楚楚地写在书"叙"的末尾："传曰：勠荒于门，勠治于田，四海既均，越裳是臣。叙海国图志。"原来他憧憬的未来世界仍是千百年来帝王将相梦寐以求，而且曾经在一定范围内实现过的"四海既均，越裳是臣"的境界。可惜自从鸦片战争以后，这种境界是永远不会再现了。

当然，这里无意于贬低《海国图志》的作用，虽然魏源的主观愿望并不可取，但在客观上却让读者了解到了世界地理的面貌。而且魏源到底是一血性男子，他大声疾呼对于国家的蒙难，对于采取什么策略能使国家雪耻洗辱，是"凡有血气者所宜愤悱，凡有耳目心知者所宜讲画"的。他自己写作《海国图志》就是"讲画"的结果，是血性的体现。而且书中所表述的师夷长技的策略和所辑录的外国地理知识使人耳目一新，更加上他的"世界"观能被任何最保守的人物所接受，因此《海国图志》一问世就受到各种人物的欢迎。这是与徐继畬《瀛寰志略》的遭遇完全不同的。

徐继畬本是山西五台人，天缘巧合地在两广与福建做了十多年官，尤其是因长期连续供职于福建，使之与外部世界有了密切的接触。鸦片战争的当口，徐继畬正在汀漳龙道的任上，其驻地与厦门仅一水之隔。厦门的沦陷，他是亲眼目睹的，也已做好抗敌及殉国的准备。但英人攻陷厦门以后，即移兵北上，骚扰整个沿海地区，至于进入长江，兵临南京城下，强迫清政府签订了城下之盟——《南京条约》，鸦片战争以满清政府的失败告终。不用说，鸦片战争的失败给这位亲临前线的人极大的刺激。一定是这种刺激引起了他研究世界地理的热忱。如果考察徐继畬撰写《瀛寰志略》的动机，则除此之外还要加上常被人们忽略的一点：徐氏本人对地理学研究有着学者式的热情，他在传统的舆地考证方面曾经有《尧都辨》《晋国初封考》以及《两汉幽并凉三州今地考略》（计划中《两汉郡国今地考略》的一部分）、《汉志沿边十郡考略》之著，并主修《五台新志》。舆地考证需要逻辑推理，与现代科学手段有共通之处。所以在著述《瀛寰志略》的过程中，也时时可见他的追根问底的精神。

鸦片战争结束当年，徐继畬即升任福建布政使，任职四年有余，又升福建巡抚。就在这两任职务的公余之暇，他用五年时间（一八四三至一八四八）搜集资料，数易其稿，写成了十卷本的世界地理著作——《瀛寰志略》。以五年的时间才写成十卷本，比起魏源以一年时间就辑成五十卷，四年后又增补为六十卷相比，毋乃太慢。这一方面说明徐继畬显然不如魏源才思敏捷（当然魏源作为幕僚也许公务轻松得多），更重要的还在于徐著与魏书不同，它是一部纯粹的地理著作。《瀛寰志略》并不以提出具体对付夷人的办法为己任，而是从学术的角度来编撰一部体例谨严的世界地理志。因此他不以撮抄和堆砌现成资料为满足，而是要对到手的资料加以缜密的考证，有所弃取，再将可靠的信息进行有序的编排，从而成为条理清楚逻辑严密的著作。虽然以今天的眼光看来，所有的地理书都必须如此，但将其与同时代的《海国图志》来比，就显出高下之别来了。《图志》的资料直接抄自各种有关的地理书籍，并不加以改造综合，而是如写资料长编一样，原文照录，不同资料中的重复或歧异也一仍其旧。由于缺乏研究，有的资料就放错了地方，如混瑞士与瑞典为一国，以波斯为印度所属等等。正因为《瀛寰志略》不是简单地辑录现成的文献，而是广征博采能够到手的文字与口头资料，加上自己的逻辑思维，并且形成有机整体的一本著作，所以才费时费事，下面我们就会看到他是如何对待到手的资料的。

因为兼办通商事宜的需要，徐继畬经常来往于福州与厦门之间，自一八四三年冬以后，并有一段时间长驻厦门。就在这段时间里，他以比较快的速度编成了《瀛寰志略》的前身——上下卷的《瀛寰考略》稿本。徐继畬在《考略》的识语中叙述成稿的经过说："道光癸卯冬，余以通商事久驻厦门。米利坚人雅裨理者，西土淹博之士，挟有海图册子，镌板极工，注小字细如毛发，惜不能辨其文也，暇日引与晤谈，四海地形，得其大致，就其图摹取二十余幅，缀之以说。说多得白雅裨理，参以陈资斋《海国闻见录》，七椿园《西域闻见录》，王柳谷《海岛逸志》，泰西人《高厚蒙求》诸书，是曰《瀛寰考略》。"这个识语写于甲辰（一八四四）秋七月，说明《考略》是在不到一年时间里头编成的。推测徐原来是打算将这个稿本付刊的，所以在识语的木尾写道："此说虽略，聊以为嚆矢云尔。"但最终却没有付刊，原因可能是对自己的这个初稿还不够满意，同时魏源五十卷本的《海国图志》又已行世，所以他反而不急于出版《考略》，而准备进一步充实初稿，编辑一本更有分量的世界地理志。

这以后，他更加广泛地搜集资料，除在雅裨理处看到的地图以外，又搜罗新的更加详细的地图册，以及各种有关文献，哪怕片言只语，只要有用可信，都加以采录，同时不断请教不同背景的西洋人，使自己的地理知识越来越丰富，而且越来越正确。在总共五年的时间里，他不断修订所临摹的地图和图说，易稿数十次，才终于完成《瀛寰志略》一书。他在《志略》的前言中讲述成书的经过说：

> 明年（指一八四四，即成《考略》的当年）再至厦门，郡司马霍君蓉生，购得地图二册，一大二尺余，一尺许，较雅裨理册子尤为详密，并觅得泰西人汉字杂书数种。余复搜求得若干种。其书俚不文，淹雅者不能入目，余则荟萃采择，得片纸亦存录勿弃。每晤泰西人辄披册子考证之，于域外诸国地形时势稍稍得其涯略，乃依图立说，采诸书之可信者，衍之为篇，久之积成卷帙。每得一书，或有新闻，辄窜改增补，稿凡数十易。自癸卯至今，五阅寒暑，公事之余，唯以此为消遣，未尝一日辍也。

由此已可知《瀛寰志略》是熔铸作者多年心血的佳构，并非赶一时潮流的草率作品。但徐这里所说，远未写尽他对《志略》精益求精，力求尽善尽美的刻苦研究精神。一些与他有过接触的外国人的记述，以及《志略》本文中的一些片段插叙，似乎更能说明这一点。

在西洋人中，除了雅裨理以外，先后担任英国驻厦门和福州领事的阿礼国及其夫人也曾经向徐提供过世界地理和历史资料。据《中国丛报》披露，阿礼国夫人还专门为他绘制了一张世界地图，她把图中英国、法国和俄国所控制的地区用不同颜色区别开来。在收到这张地图以后不久，徐就去信询问该图把阿富汗省略掉的原因，"到底是它与波斯合并了呢，或者已经不是一个独立国了"？显示出他对于了解世界真相的执着。在一八四五年底至翌年初访问福州的传教士乔治·史密斯，更是吃惊于徐对当时世界情势的熟悉与对世界地理的热忱：

在对世界各种各样情况的了解上，在思想的解放程度上，该省代理巡抚（指徐继畲）都远远地超过当地政府的其他任何官员。……他比他的国人要进步得多。在与英国领事交往时，他提到欧洲现代史上许多著名事件，表明他对欧洲政界事务有全面的了解……一连好几个小时，他兴趣盎然地谈论地理。在一本价格昂贵的美国出版的地图上，他贴遍了中文名字。

这一记述从另一角度让我们窥见了徐继畲是如何写作他的《瀛寰志略》的，史密斯访问期间正是徐写作这部书的中途。

徐继畬为学术而学术的精神体现在他对所得资料都要详加甄别，而不是一概信从。或者是择善而从，或者存两说而得其实。譬如在《瀛寰志略》卷三，徐说他曾看到美国人的地图上印度分为二十多国，但雅裨理告诉他，这是印度旧时部落（按实即土邦）之名，"自英吉利据印度后，有分析，有改革"，已与该图不同。后来徐继畬自己又看到英国人所画的印度地图，的确与美国人所绘有异，因此，他就在《志略》中同时列出两张图，以示印度地理的变化。但是更加可贵的是，对自己不能理解的说法，他绝不盲从，而是记下其疑点。尽管他的最初的世界地理知识来自于雅裨理，但并不以雅之语为必是。卷四引雅氏的话说，锡兰（今斯里兰卡）为天竺（印度）本国，今称五印度为天竺，乃世俗相沿之误。但徐对此说表示了他的怀疑说："按《后汉书》即以天竺为身毒，似非以一岛之名概全土。雅裨理所云，不知何所据也。"

徐继畬写《瀛寰志略》以客观真实为第一标准，只要他认为是"可信者"就予采用，而不管其来源是否权威。这种过于执着的态度甚至于使他在理解日本地理方面被引入歧途。他以为日本是中国的近邻，唯有中国人了解日本最为彻底。于是《瀛寰志略》中的日本地图不采用西洋人准确的经纬图，而用中国人过去极不准确的旧图，结果反而致误。虽然这一错误不该发生，但却反衬他的客观精神，这就是他能正眼看世界的根本原因。

由于著书的旨趣不同，对学术的态度不同，使徐继畲的《瀛寰志略》与魏源的《海国图志》有几个根本性的差异。首先，是"瀛寰"与"海国"的对立。海国是旧有之词，这在上文已作了解释，而"瀛寰"一语，却可能是徐的发明，这一点一直未引起任何人的注意。中国向来只有天下的概念，所以没有适当的词来表示世界的意象。明末以来，先进士大夫们已知"天下"之外别有洞天，于是发明了"坤舆"一词来表示世界的概念。利玛窦命名他的世界地图为《万国坤舆全图》，这"坤舆"二字想必是明末士大夫们替他起的。坤舆其义并不深奥，就是大地的意思。"瀛寰"一词在徐继畲以前未之见，很可能是他最先使用。他因为知道地球上是水多地少，大地如同浮在水面的岛屿一样，瀛即大海，瀛所寰者，全世界也。瀛寰自被徐继畲用以表示世界的概念以来，在晚清盛行了好一阵。至世纪之交才为"世界"一词所替代。"世界"原是佛教语，后被用来译 world，才赋以现代的意义。《瀛寰考略》的命名体现了他走出天下的开始。

其次，是处理中国与世界的关系。《海国图志》既是以海国视四夷，自然在书中不提中国，视中国在海国之上。而《瀛寰志略》既是以瀛寰为世界，自然要把中国摆在其中，因此徐继畲很自然地把皇清一统舆图置于亚洲总图之后。但是当他把已刻的头三卷送给好友张穆后，却接到张的回信，劝他把中国地图放在亚洲地图前面。张穆说："本朝舆图必应那（挪）居亚细亚图之上，尊说不必更动，即已吻合。春秋之例，最严内外之防。执事以控驭华夷大臣而谈海外异闻，不妨以彼国信史姑作共和存疑之论，进退抑扬之际尤宜慎权语助，以示区别。至周孔之教不宜重译，正如心之精神不淆于我府，倘有邪气攻心，则卢、扁为之色变。前明徐、李止缘未洞此义，遂而负谤至今。"张穆十分称赞《瀛寰志略》一书，但却把它置中国地图于亚洲总图之下的做法看得很严重，上纲上线到春秋大义的原则问题上去。须知张穆不但并非保守人物，而且也是一个杰出的地理学家，专擅西北史地。既然张穆都这样看，其他人的观点只会更加偏激，于是徐继畬只好违心地把皇清一统舆地全图放在亚洲全图之前，我们今天能看到的就是这样的版本。所幸张穆的信今天仍在，才让我们了解到，要走出天下的观念有多么难，而徐继畬的思想是如何地走在其他先进的中国人的前面。

第三，如何对待泰西列国，尤其是如何看待英国。依《海国图志》则比较简单，一"夷"以蔽之就是。但《瀛寰志略》既是世界地理图志，就必须视各国为平等，不能有华夷之别。不但如此，还必须客观地描述各国的地理情势，而不能以自己的喜好随意褒贬。徐继畬正是这样做的。《瀛寰志略》除了个别地方及引用他人之语外，不用夷字。尤其是称当时的大敌英国为英吉利，而不称英夷，称英国领事李太郭为英官，而不叫作英酋，这在当时几乎无人做得到。即使在今天也可以想象得到，当时去鸦片战争之败仅五六年，这种做法不被抨击为崇洋媚外才怪。当然，崇洋媚外这个词当时还未出现，当时用的是"张大外夷"、"张大英夷"这样的说法。除了不称洋人为夷以外，徐在事实上还称颂了西方的制度与人物，使得"张大外夷"的罪名不但当时而且在事后牢牢地套在他的头上。这在后面将作进一步的分析。

以上三点可以说是徐书与魏书的根本差别，当然在这三点之上还有一点最重要的不同，那就是徐书是纯粹的地理书，而魏书则不那么纯粹。这一点本文开头已经说到。借题发挥自己的策略思想并非不可以，只是由于太过注重经世致用，求用的功利心情过于迫切，使得魏源常常过于轻信，将迂腐的错误的传闻当成制胜之道。如认为安南人可以借泅水之能力，潜入敌船底下，用凿子将船底凿穿，达到沉船的目的。这种传闻其实幼稚可笑，魏源却当成可靠战术载入书中。其他如提议勿在海上御敌，勿在海岸御敌，而要诱敌深入，到峡湾深处才利于歼敌，也都是迂人之说。要之，魏源过多地注意到战争中的纯技术的问题，或者说是单纯军事观点，而不触及大清帝国制度性的毛病。就如内人打架，若只注意到对方拳脚的套路，而不去注意两人强弱的差距，以及产生差距的根本原因，是不见得能取胜的。而且魏源最脍炙人口的以夷制夷，以夷款夷，师夷之长技以制夷之三策，只有师夷一说较新，其余两策都是中华帝国历来的老套头，并无新意。所以师夷一说历来为人所称赞，且成为洋务运动的指导方针。但若再寻根探源，即连师夷一策也早在二千余年前已为赵武灵王所实行，其胡服骑射的改革就是活生生的师夷之策。但当时这一策略获得成功，而二千年后的洋务运动却以失败告终。当然，我们无意于苛求魏源，在长期天朝大国的意识形态的禁锢下，包括魏源在内的大批先进中国人的认识水平只能止于此。

但是反观徐继畬，则其态度与大多数人有所不同，他从表面上看来是为地理而地理，所以《瀛寰志略》表现为纯粹的优秀的地理著作。但在骨子里他其实也在寻访富强之道。他所着眼的主要不是技术性的问题，而是中西制度方面的差异。而且不但注意中外的不同，也究心西洋各国的差别。例如，他曾问雅裨理说，俄罗斯在世界上疆域最为辽阔，何以其国力只能与英法相当，而不能独霸一方。这一问题的背后就隐藏着"中国的疆域也是极其辽阔，何以竟败在小国之手"这样的疑问。雅氏的回答我们无由得知，但估计不会全从技术方面找原因。所以《瀛寰志略》注重的是泰西各国制度上、风俗上的特殊之处。如讲到英国，就提到其都城有公会所，内分爵房与乡绅房（即国会的上议院和下议院），详细地介绍了其代议制度，并说"大约刑赏征伐条例诸事，有爵者主议；增减课税筹办帑饷，则全由乡绅主议。此制欧罗巴诸国皆从同，不独英吉利也"。虽无明显的称赞之词，要皆暗含颂扬欧洲民主制度的大义。徐还不带偏见地称许英国人的优点，说他们"心计精审，做事坚忍，气豪胆壮，为欧罗巴诸国之冠"。对于一个仇敌，竟用如此赞语，焉不授人以"张大英夷"之把柄？

然英国尚存王制，而美国则连一姓之天下亦不存，徐继畬因而彰明昭著地颂扬美国民主制度：

（华盛）顿乃与众议曰：得国而传子孙，是私也。牧民之任，宜择有德者为之。仍各部之旧，分建为国（即 state），每国正统领一，副统领佐之，以四年为任满。集部正议之，众皆曰贤，则再留四年。否则推其副者为正。副或不协人望，则别行推择乡邑之长，各以所推，书姓名投匦中毕，则启匦，视所推独多者立之，或官吏，或庶民，不拘资格。退位之统领，依然与齐民齿，无所异也。各国正统领之中，又推一总统领，专主会盟战伐之事，各国皆听命。其推择之法，与推择各国统领同，亦以四年为任满，再任则八年。

徐是如何地心仪西方民主政治，由此一目了然。而且他不惮重复，在叙述美国地理一卷的最后更加明确地说："米利坚合众国以为国，幅员万里，不设王侯之号，不循世及之规，公器付之公论，创古今未有之局，一何奇也。"虽然这里一句未及中国的制度，但这是不比之比。美中之间何者优，何者劣，不是一清二楚吗？更有甚者，他还专门用一段评语赞美华盛顿总统：

按华盛顿异人也，起事勇于胜、广，割据雄于曹、刘。既已提三尺剑，开疆万里，乃不僭位号，不传子

孙，而创为推举之法，几于天下为公，骎骎乎三代之遗意。其治国崇让善术，不尚武功，亦与诸国异。余尝见其画像，气貌雄毅绝伦。呜呼！可不谓人杰哉。

不但赞其个人品质，而且拿中国的三代禅让制度与之相比隆，这不等于是当着和尚骂秃驴？

徐不但探寻西方国家何以致富强之道，也注意西方有些国家由强而弱的教训。如对西班牙就有这样的评语："然（西班牙）近年衰弱已甚，且贫苦者何也？富而无政，虽秦隋不免覆亡，况区区之夷国乎！"当然这种话也是有影射之嫌的。

有以上这些例子，就难怪《瀛寰志略》不见容于一般的士大夫，"甫一付梓，即腾谤议"。大部分人都认为他张大外夷，不但保守者如此看，如李慈铭在徐被撤福建巡抚一职后，几乎是以一种幸灾乐祸的语调说：

阅徐松龛太仆继畲《瀛寰志略》……其用心可谓勤，文笔亦简净。但轻信夷书，动辄铺张扬厉。泰西诸夷酋，皆加以雄武贤明之目。佛英两国，后先令辟，辉耀简编，几如圣贤之君六七作。又如曰共主、曰周京、曰宸居、曰王气、曰太平、曰京师。且动以三代亳岐洛邑为比。于华盛顿赞其以三尺剑取国而不私所有，直为寰宇第一流人。于英吉利尤称其雄富强大，谓其版宇直接前后藏。似一意为泰西声势者，轻重失伦，尤伤国体。

况以封疆重臣著书宣示为域外观，何不检至是耶？……其褫职也以疆事，而或言此书实先入罪案，谓其夸张外夷，宜哉。

即连中国第一位驻外使节郭嵩焘，这位以言论过于先进而被时人目为汉奸的人物，在读到《志略》后也感到该书对外夷的赞美有言过其实的地方，直到光绪二年（一八七六）他外出为使，方才悟到"徐先生未历西土，所言乃确实如是，且早吾辈二十余年，非深识远谋加人一等乎"？

《瀛寰志略》所描述的世界地理形势基本上是客观的，但客观态度与专制制度并不相容。咸丰元年（一八五一），清廷以徐继畬在英人入居福州神光寺事件上处理不善为由，免去了他的福建巡抚职务。在这一事件中，徐的举措并无失当之处，其所以获罪，主要是他不以英夷的概念普施于所有的英国人身上，认为普通的英国人入居福州城内，既无任何安全问题，也并未有使中国人失面子的地方，可惜当时的清议却是激烈反对洋人入城，徐自然难于为自己辩白。除了这个表面原因导致徐被撤职外，时人都认为《瀛寰志略》也是获罪的根由之一，"见者哗然，谓其张大外夷，横被訾议，因此落职"。上引李慈铭的说法不是没有道理的。因此，在专制制度下客观有时是要招惹是非的。思想的过分先进，往往产生悲剧效果，后来郭嵩焘的遭遇与徐继畬就有相似之处。

真能体会徐继畬著书深意者，恐怕只有数十年后的王韬一人了。王韬在《瀛寰志略跋》一文中，虽然指出魏书与徐书"各有所长"，实则以徐书为上，并指出徐书之作自有其深意在：

中丞之作是书，殆有深思远虑也乎？其时罢兵议款，互市通商，海寓晏安，相习无事，而内外诸大臣，皆深以言西事为讳，徒事粉饰，弥缝苟且于目前，有告之者，则斥为妄，而沿海疆圉晏然无所设备，所谓谍远情，师长技者，茫然无所知也，况询海外舆图乎？

王韬已注意到魏书是在战争中作，应急需而已。而徐书则是战争结束，条约已订，五口已开，局面安定下来后的深思熟虑之作，并非一时之呐喊，而是试图通过客观世界的描述，点出外人优胜之处，以徐图中国富强之道：

中丞莅官闽峤，膺方面之寄，蒿目时艰，无所措手，即欲有所展布，以上答主知而下扶时局，而拘文牵义者动以成法为不可逾，旧章为不可改，稍有更张，辄多掣肘。中丞内感于时变，外切于边防，隐愤抑郁，而有是书，故言之不觉其深切著明也。呜呼！古人著述，大抵皆为忧患而作；顾使中丞不得行之于事，而徒见之于言为足惜已。

当然徐继畬并非生而知之的圣人，他对客观世界的认识也是有一个发展过程的。在甲辰《瀛寰考略》稿本与戊申《瀛寰志略》刻本之间，他还留下五种其他稿本，任复兴先生分别将其定名为：渠藏稿、第三稿、过目稿、校定稿、北图稿，试比较诸稿与《瀛寰志略》的差异就大致可见这一发展的脉络。

在甲辰稿《考略》的地球总说中，曾有过这样一段话："雅裨理又云，南极、北极之下，以半年为日，半年为夜，其说太奇，余未敢遽信也。"可见在刚与雅裨理接触时，徐的地理知识还是很欠缺的。但在《志略》当中，这句话已被删去，说明他已相信雅氏之说。又同稿中希腊部分不过四十来字，认为其为"西洋小国也"，说明他对希腊历史缺乏了解，但到过目稿中，他已明白"希腊为大西洋立国之祖"。这两例说明在数年中，他增加了许多丰富的世界历史地理知识。

徐继畬对客观世界认识的提高不仅表现在历史地理知识的增加，更重要的还在于从天下观念向世界意识的转化。在甲辰稿《考略》里，他一仍中国人旧惯，称洋人为夷。在英吉利国部分，满篇皆以英夷为说，时而讲"英夷劲兵，皆阿尔兰之人也"，时而又曰"印度在中国西南，即所谓天竺佛国，英夷商舶，时至其地"。但到刻本《志略》，除了引他人语外，正文把夷字差不多全去掉了（称西班牙为夷国，恐怕是改而未尽），视洋人与华人平等，毫无鄙视之意。

又，在过目稿希腊部分里本来有段按语说：

按希腊为大西洋立国之祖。桔木从迦南来，始教土人以稼穑，创宫室，造舟车，习文字，时在商之中叶。前此固榛狉如鸟兽也。迦南即犹太地，在亚细亚之西界。迦南风教之开，由于西域，西域由于中国。盖自中古数圣人，创制以前民用，至唐虞而东渐西被，声教暨乎流沙之外矣。

这是典型的以中国为中心的天下观，而在刻本中这段话完全删去了。上面这两种变化反映了他走出天下，进入世界的渐进过程。

其实徐对自己的离经叛道并非毫无意识。他在《瀛寰志略》的刻本中，就修改了稿本中一些触忌讳的地方，例如在卷五瑞士一节文字的最后，他本来在北图稿上有以下的按语："按瑞士地，西土之桃花源也。……花旗人甘明者，尝游其地，极言其山水之奇秀，风俗之淳古，余不禁悠然神往也。"悠然神往什么意思？莫不是想叛国？于是这最后一句终究改成了"惜乎远在荒裔，无由渐以礼乐车书之雅化耳"，与原意已经完全背离。

但在关系另外一些重要的原则问题时，徐却始终不改其初衷。如称赞华盛顿的一段话，在《考略》初稿里已经全有，至四年后的刻本乃一字不改。这段话是很容易招来麻烦的，徐并非不自知，所以在初稿中，曾把"几于天下为公"一句删去，但删了以后肯定觉得十分不痛快，于是在旁边又将这六个字重写一通，并且加上圈点。国人的普遍意识是老子天下第一，将洋人捧得与中国圣人一样高，不只是触专制制度的霉头，抑且是刺痛了中华沙文主义情绪。上引李慈铭的日记就特别忌恨这一点。可见徐作这样的比较是要有巨大的勇气的。今天有些学者却以为徐将华盛顿的功业与三代相比不伦不类，未免有点看人挑担不吃力了。

李慈铭批评徐继畲的一段话写于咸丰丙辰（一八五六），当时他还不过是一名二十七岁的青年，而徐却已是一位六十来岁的老人，年龄和思想的反差不能不令人深刻感到徐继畲思想的先进程度。

鸦片战争把中国推入到世界之中，使中国出现了一批睁眼看世界的先进人物，但是由于中华沙文主义思想的长期禁锢，使得这些先进人物的大多数不能不带着主观意识的框架来看世界。他们的眼睛是睁开了，但映入他们眼帘的却是一个比过去大大扩展了的新"天下"，而不是一个全新的世界。在这个新天下里，四夷被推向全球，而中国仍被当成是主宰天下的天朝大国。他们之中只有极少数的几个人能够跳出这个局限，而以极其冷静客观的眼光来看待新世界，徐继畲就是这极少数几个人中的佼佼者，我们可以毫不夸大地说，他是近代第一个正眼看世界的人物。徐把中国放进世界之中，放在与世界各国平等的地位上，看到了他人的长处，理解了自身的毛病。虽然这些毛病没有被指明，但却尽在不言中。他并不是一个说教者，也并不急于拿出自己的筹夷方略，他只是平静地把客观的世界地理知识贡献给国人，试图使国人能通过认识世界来认识自己的国家，从而发愤图强跻身于世界民族之林。他自己是由研究地理出发进而具有民主思想，他的《瀛寰志略》也使不止一代的士子走上同样的道路。在这一点上，不但魏源不能与他相比，一些比魏源更加出色的人物也难于与他相提并论。

中国人历来以为认识了自己，那些汗牛充栋的历史文献就是自我认识的反映，所以我们很容易拿自己和自己比。但这只是一种直线式的不完全的认识，还要加上认识世界，理解自己在世界上的地位，才算完全认识了自己。徐继畬最伟大之处，即是教会了国人如何通过认识世界来认识自身。就这点而言，徐继畬是永远值得纪念的，而不在于《瀛寰志略》这本书是否过时。他生于一七九五年十二月四日，就在他诞生的前两年，乾隆皇帝拒绝了英国马戛尔尼使团开展中英贸易的要求，关紧了本来可以打开的大门，然而这扇大门却又不得不在半个世纪之后，在一种屈辱的情势下被迫打开。乾隆皇帝是不认识大清帝国的。

今天我们已经完全认识自己了吗？

一个华化了的英国人

　　一九九二年二月二十五日，英国将发行六枚一套的邮票，以纪念威廉·麦士尼诞辰一百五十周年。这个麦士尼虽然祖籍英国泽西岛，但是在他七十七岁的生命中，却有五十九个年头是在中国度过的，其中还有三十年与其他洋人几乎没有多少联系，而生活在中国人的圈子里。他娶过三个中国妻子，而且全是小脚女人；生了个儿子，大名叫斌，小名叫沪生。他遍游中国大地，远至新疆喀什，晚年居住在上海，一九一九年老死于汉口。他精通汉语，熟悉中国文化，是一个彻底华化了的英国人。英国已经有专门研究这个传奇人物的专家，但是中国似乎还没有什么人知道他。《近代来华外国人名词典》有他的条目，可是把他的自传文章 *The Life and Adventures of a British Pioneer in China*（《一个在华英国先驱的生活和奇遇》）中的 Pioneer 错成 Prisoner（囚犯），可见撰写条目的人并未见过原文。研究华化的外国人，或者被外国文化同化的中国人，是中外文化交流史的重要课题。中国历史学家早就注意及此，故陈垣有《元西域人华化考》之作。但是对于近代洋人的华化，却好像还没有什么研究。我以为麦士尼此人倒是个范例，值得我们进行分析。

麦士尼从一八九五年起，在上海创办了名为《华英会通》（*Mesny's Chinese Miscellany*）的周刊。这份杂志的核心部分是将有关中国的一切事物，诸如历史、地理、政治、经济、文化、军事、产业、风俗、礼仪……列成条目，再用英语加以翻译和解释，以便于西方人了解中国。这一部分有点像英华分类词汇，所以当时有些评论说它既不像杂志，也不像词典。分类词汇之外就是两种长篇连载，一种是自传式文章，一种是"中国的进步"。到第三、第四卷后，又增加了新闻摘要、上谕恭录等内容。麦士尼的一生活动主要都记录在这些连载的自传上，另外一些则以自己为例的方式从分类词汇部分透露出来。麦士尼还在《华英会通》上写过一个简单的履历，并把清朝政府对他的嘉奖令也登了出来，综合这些资料，我们大致可以知道他的简历如下：

八四二年（道光二十二年）十月九日生于泽西岛特立尼迪教区。一八五四年夏离家当海员，一八六〇年（咸丰十年）第二次鸦片战争结束后到中国，在香港待了一年。一八六二年（同治元年）为左宗棠办理浙江军装，在解运军装通过长江太平军封锁线时，于福山镇被太平军所俘。一年多后，在南京被释，旋入汉口海关。一八六四年在汉口开办湖北铜铁厂。一八六七年又为左宗棠办理英法文案，翌年正月（以下月份均为夏历）经左保奏赏给四品顶戴。四月离汉口，作为川军安果营教习，参与平定贵州苗民起义，一八六九年底被加以参将衔，并赏戴花翎。川军撤离后留贵州办理洋炮局务，旋随同武字全军克复香炉山，随案保加副将衔。一八七三年清廷权授其中国副将并赏给颖勇巴图鲁名号。一八七五年（光绪元年）担任山东巡抚丁宝桢幕僚，又参与筹划修建淞沪铁路。明年三月返贵州再办洋炮局务。一八七八年三月请假归国，翌年十月护送清政府驻柏林使节刘锡鸿回到广东，越年又到贵州。一八八〇年被赏以三代二品封典，同年八月赴新疆哈密帮办俄事。第二年在山西为张之洞办理洋务，张所条陈的十九项革新措施就是他的主意。一八八三年在云南襄理军务，隔年由毓英推荐到福建船政局供职。一八八四年六月到上海，其时正值中法之战，他致电兵部衙门投效闽江军务。翌年在广州被两广总督张之洞委以帮办军工厂事务，并以军械接济台湾抗法，一年后因此事又赏加总兵衔。一八八九至一八九〇年间两度到安徽北部赈灾，一八九四年在东北投效，第二年在上海创办《华英会通》。一九〇〇年到北京供职，五年后又回上海重办《华英会通》。他既是英国皇家地理学会会员，同时又是历史学会会员，还是亚洲文会中国分会成员。

麦士尼在中国的经历极其丰富，足迹遍及全国，他既当过太平军的俘虏，曾对太平天国大加赞赏；又长期服务于清王朝，担任过多种职务，与众多的达官贵人私交甚笃。左宗棠曾赠他一联云："能将万人无躁气，不同凡品在虚怀。"他不认为中国文化落后，而认为它是与西方文化不同的一种文化。因此他认为西人父子同名不合道理，欣赏中国人按辈分排行取名的高明。他不但以 William 的谐音为自己起了个"为能"的名字，而且对中国朋友给他取的号"问皋"极为得意。由于长期生活在中国，并在此娶妻生子，当官为宦，他几乎把自己当成中国的一分子了。他自述创办《华英会通》的缘起说：余"现已年近古稀，不能为国为民，值此中外通商交涉日繁，中国之识洋文者千有其一，而西人初至中华者茫无头绪，特作华英会通一书，将中国各种要端，先贤名儒，忠臣孝子及官场酬酢译成四大部，先解明其义，次注其西音，俾西人阅之，虽素未习华文者一目了然，及华人阅之，即可因华而悟西，实属两有裨益"。此处的"为国为民"已纯是中国人的口气了。

麦士尼自十八岁来到香港，到七十七岁死于汉口，六十年间仅回过老家一年多，其与中国文化结下深缘，真是再自然不过了。《北华捷报》的评论甚至认为，自马可·波罗以来，除去几位外国传教士外，没有一个外国人比他更熟悉中国和中文了。这篇短文无法将他的一生做出完整正确的评价，只想借此引起大家的兴趣，对于他和与他类似的华化的洋人进行必要的研究，以有助于了解整个近代化的进程。

范约翰和他的《中文报刊目录》

范约翰，本名 John Marshall Willoughby Farnham（约翰·马歇尔·威洛比·法纳姆，一八三〇至一九一七），以范约翰和樊汉作为汉名。范氏是美国北长老会教士，一八六〇年三月来华，在上海传教，寓华整整五十七载。

本文无意为范约翰的一生作出全面评价，只想指出，他在中国近代新闻出版史上应占有一席之地，而我们过去却未给他留下地位。简而言之，范氏的贡献约有三端：利用美华书馆进行职业培训，造就一批早期的出版人才；创办《圣书新报》，主办《小孩月报》与《画图新报》；调查中文报刊出版发行情况，编有《中文报刊目录》。

范氏的所作所为，自然都离不开为宗教服务的目的，但在客观上却对我国的新闻出版事业起了重要影响。商务印书馆两任经理夏粹芳、高凤池，以及鲍咸恩、鲍咸昌（印刷所长）等都出自其门下。他所主办的杂志年代较早，延续时间长，影响面大。《圣书新报》创刊于一八七一年，是我国最早的（上海）方言杂志，《小孩月报》和《画图新报》（包括其后身）出版均达四十年之久。尤其是他所编制的《中文报刊目录》，是我国现存最早与最完善的早期近代报刊资料，具有重要的史料价值。可惜这一史料过去从未获得足够的重视，教会人士没有大加推崇，新闻界则多未见到原文，致使它埋没多年，未发挥应有的作用。因此这里打算对这份《目录》的价值进行简要的介绍。

一八九〇年五月，在上海召开了在华基督教传教士第五次大会。这次大会准备得很充分，还在一年多以前，就已确定了会议日程、报告人及报告题目，范约翰的报告就是《论报刊》。他调查中文报刊的详细过程今已不明，我们只能推测必定是为了准备报告而去进行这次调查的。辛卯年（一八九一）八月的《万国公报》，转引了《直报》所载《中国各报馆始末》一文，据该文说："故前有耶稣教会派人查考中国各报始末，去年已经布列，除《京报》外，自始至今共有七十六种。"去年也者，即一八九〇年，就是召开上述大会那一年；所布列者，显然即范约翰作为其报告附录的《中文报刊目录》。《直报》的报道只有一点小错误，那就是《京报》应包括在七十六种之内，而不是之外。

范氏的报告和《中文报刊目录》都收入该次大会的《记录》（*Records of the General Conference of the Protestant Missionaries of China*）之中。据现在所知，在范约翰之前，没有人对中文报刊作过如此全面的调查，因此范氏《目录》是中国近代早期新闻史的一份极可宝贵的史料。可惜，一百年来，这份资料被完全忽视了。中国第一本新闻通史著作——戈公振的《中国报学史》，丝毫不提及此《目录》。稍后，美国人白瑞华（Roswell Sessoms Britton）著《中国报纸》（*The Chinese Periodical Press 1800-1912*），在参考书目中列举了范氏的报告与《目录》，但依然没有引起中国新闻出版史界的注意。五十年代，张静庐编辑中国出版史料，最早只列入李提摩太的《中国各报馆始末》，而不知道李氏资料的源头乃是范氏《目录》。六十年代，台湾曾虚白著《中国新闻史》，洋洋洒洒数十万言，在注释中引用了许多早期原始资料，如照录一九〇一年《清议报》一百号所登《中国各报存佚表》（内列存佚报刊一百二十四种），但对比此表更早也更重要的范氏《目录》还是只字未提及。然而查相同时出版的，由金与克拉克合编的《晚清西文报纸导要》（F. H. H. King & P. Clarke, *A Research Guide to China-Coast Newspaper 1812-1911*）又再次利用了范氏《目录》的资料，也还是没有人注意到。八十年代，方汉奇先生编著《中国新闻事业史事编年》，已知道有范氏其人，但却误以为他所"宣布"的七十六种报刊是出版于一八六〇至一八九〇年间，且全属基督教系统。

何以新闻史界竟然有许多行家对范氏《目录》懵然不知，而有的专家既已经听说有范氏"宣布"的材料，又为什么不去追寻研究其原文，而让错误的第二手、第三手资料牵着鼻子走？这真是令人不解的现象。

范氏《目录》所载列的七十六种中文报刊，除第一种《京报》外，其余七十五种都是晚清外人创办或是国人受西化影响而创办的新型报刊，这些报刊中最早的创刊于一八一五年，最迟的到一八九〇年三月（即传教士大会开幕前一个多月）。七十五种中，最后三种是罗马字的方言或官话的宗教月刊，另外七十二种是汉字报刊。七十二种之中，有十一种在国外出版，其他六十一种在中国境内出版。七十六种报刊中，宗教系统的有四十种，世俗的有三十六种。

中国早期新闻史史料异常缺乏，不但出版期较短，名气较小的报刊湮没不彰，就是颇有影响的报刊也往往弄不清其身世。因此范氏《目录》所载资料弥足珍贵，这些资料既可以补阙，又可以纠谬。补阙又有两方面：一是补充我们过去毫无所知的报刊，二是补充我们仅闻其名而不知其详的报刊的详情。举例来说，《目录》至少就补充了一般新闻史著作从未提起过的六种报刊：广州的《小孩月报》、伦敦的 *The Flying Dragon Reporter for China, Japan & The East*、《武汉近事编》《词林画报》、一八八八年创刊的《福音新报》与《万古无双》。除此而外，还有两种报刊也是前所未闻，一是《东洋新报》（一八七六年发刊于日本），一是《华美日报》（一八八四年创刊于美国）。但不知此二报会不会就是《华字新报》和《美华新报》的别名，值得进一步研究。

至于对已知报刊详情的补充就更多了。范氏对所录报刊一般都记载了创刊、终刊年月、出版地、性质（宗教或世俗）、形制（另张或册页）以及主笔（或主办人），对有些报刊还写明了售价和发行份数，这些内容都极有参考价值。有学者曾花费许多精力考证《华字日报》创刊于一八七二年，如果他先读到范氏《目录》，这工夫就不用花了。又，对于我国最早的（上海）方言杂志《圣书新报》，过去一直不知其创办人是谁，一查范氏《目录》便知是范氏本人。再有，由近代早期改良主义者王韬创办的《循环日报》，长期以来都难以确定其创刊年月。戈公振说在"同治十三年春"，曾虚白说在"同治十三年（一八七四）"，美国研究王韬的专家柯文（Paul A. Cohen）则说在一八七四年元月五日（同治十二年十一月十七日）。然而这三说都不准确，据最近的发现已确知该报创刊于同治十二年十二月十八日（一八七四年二月四日）。查范氏《目录》所载，该报创办年月为一八七二年十二月（范氏《目录》不详至日），从表面上看来，似乎也有问题，其实不然。此处一八七三年略当同治十二年，而十二月仍以夏历计（清代因实行夏历，西人将其改为公历时，常常只改皇帝年号为公元纪年，而于月份日期则仍夏历不变，因为要改就需查阅专门历书，十分麻烦），显然比上述所引三氏之说准确。此外该报曾有启事曰："周年酌取阅费五大圆"，亦与范氏所载报费五元同，可见范氏《目录》的资料来源相当可靠。

范氏目录的纠谬作用也值得注意。试举一例为说，过去新闻界只知有一八七四年创刊于福州的《小孩月报》，并误以为该报一八七五年迁往上海，由范约翰接办。其实，据《目录》所载，范接手的是广州的《小孩月报》，原由著名的传教医师嘉约翰（John Glasgow Kerr）主编。这是范氏亲历之事，自是信史。可惜从来没有人知道这一点。

范氏《目录》的价值当然不止于此，同时它也还存在些许不足之处，请参看今年《复旦学报》第一期拙文的分析，此处不赘。我还想着重指出的是，中国早期新闻出版业与基督教会存在密切的关系，我们应该注意从教会的资料中去发掘新闻出版史料，重新修订补充现有的新闻出版史，范氏《目录》不过是其中突出的一个实例罢了。

从莫里循文库到东洋文库

东洋文库的故事是一个很长的故事，光是引子就可以说上三天三夜。我们只能长话短说，拣要紧的讲。

故事的头一位主人翁是一个英裔的澳大利亚人乔治·莫里循（G. Morrison），生于一八六二年。此人从小就极富冒险精神，还在十八岁的时候就利用假期，沿着澳大利亚南海岸徒步旅行达六百五十英里（一英里为一点六公里余），几个月之后又乘独木舟沿墨累河漂流而下，在六十五天里漂了一千五百英里。一年不到，他又作为一名普通海员，航行到南太平洋斐济、萨摩亚等岛屿。紧接着，又领着一支探险队扬帆新几内亚，在回来的路上他搭乘的是中国舢板，这是他第一次与天朝大国相识，那时他当然不会想到，自己的后半生竟会在这个他始终也没学会其语言的国家里度过。就在舢板靠岸后，他随即开始了一项更为惊心动魄的冒险行动——从澳大利亚北端的卡奔塔利亚湾徒步走到南端的墨尔本，行程二千零二十三英里，历时一百二十三天，赤手空拳，孤身只影，甚至连指南针也不带。他所走的路线，正是二十一年前一支配备完善的有名的探险队所走过的路线，那支探险队遭到失败，所以当莫里循取得成功时，竟被当地一家报纸嘲笑为一场骗局。

莫里循少年时向往的是作一名报纸的驻外记者，但是上大学时，却遵父嘱选择了医科。大学毕业后，他环游世界以求职。由欧洲而北非，由美洲而太平洋诸岛，最后到达远东。又由于错过了开往日本的轮船，乃在一八九三年转而到了中国。翌年二月，他身着长袍马褂，甚至还装了假辫（为的是省钱，如果是洋人打扮要多花三倍的旅费），从上海动身去仰光，先由长江上溯至重庆，再由重庆陆行到缅甸。行程三千英里，破费十八英镑——大部分的路程是走过去的。在云南染上了鼠疫，差点死于非命。此行的结果是下一年在伦敦出版的《一个澳大利亚人在中国》，该书的问世使莫氏声名大噪，精确的观察与独到的分析证明了他极适于新闻报道工作。所以当他向《泰晤士报》求职时，得到了积极的回应。他终于实现了少时的梦想，戴着医学博士的衔头，去过驻外记者的生涯。

然而当《泰晤士报》委派莫里循职务时，他首先选择的仍然不是中国。他最后被派驻北京也纯属偶然，只是他想要去试试看而已。不想这一试就是十五年，而后又外加八年的中华民国总统府的顾问，这是当初谁也未曾预料到的。一八九七年三月，他到了北京，成为《泰晤士报》首任驻京记者。出于职业的需要，也由于他本人的收藏癖，他开始了长达二十年的，收藏一切有关中国的西文书籍的努力。当时的北京几乎谈不上有什么值得一提的西文藏书。唯有李鸿章的英文秘书，美国人毕德格曾经收集了一些，后来当他一度归国时，委托上海的某书商代为出售这些藏书。等到他再次来华，收回未售出的残书时，已经是七零八落了——整套的书被拆开了卖。

于是莫里循开始系统地收集，只要是有关中国问题的，不论是书籍，是杂志，是小册子，是地图，还是单张的图片以至片言只字无所不收。只要是用西方语言撰写的，不管是英、法、德、俄、荷、拉丁、西班牙、葡萄牙、意大利等文字，还是瑞典、丹麦、挪威、芬兰、波兰、匈牙利诸语种，甚至希伯来语、土耳其语、威尔士语都无所不藏。当时北京西文书籍的价钱是很便宜的，许多书是七折八扣卖的，若与后来的书价相比，有些书贱到等于是白送。只是在日俄战争以后，当美国各图书馆把注意力转移到中国来的时候，书价才一个劲儿地向上蹿。可是那时莫里循文库的基础已经奠定了。

莫里循文库的最大特色是其完璧性。莫氏既把焦点定在中国，则有关中国的印刷物，即使一张传单也不漏。对于当时还在世的作者，则亲自写信求其著作目录，以求全责备，连论文一页也不脱。所以至今，在莫里循文库中，连莫氏在北京租房的契约，总统的宴会的菜单都还原封不动地保留着。对于书籍而言，则新刊与吉本尽搜无遗，同一著作的不同版本也一网打尽。以致今天该文库中还有未曾切边，未曾有人读过的新本。有些书简直是为收藏而收藏，并不是为阅读而搜集。因此当今天的读者发现在文库中竟然保存着从一四八五年最初的拉丁语版本，到二十世纪初出版的近五十种《马可·波罗游记》，还有十七、十八世纪来华的基督教传教士的所有著作，以及一百二十种英、法、德等欧洲诸国的学会所出的定期刊物、中国的海关报告、驻华各领事报告时，他们必定同时领教了莫里循那种搜书务尽的收藏癖。莫氏起初为自己藏书所定的范围是：有关在国内与海外的中国人，从任何方面反映中国及其属国的过去与现状的，任何一种欧洲语言的著作。后来，这一范围有所扩大，包括到中亚、西伯利亚、日本、暹罗、印度支那和马来亚，还有一小部分涉及菲律宾、印度、缅甸与锡兰（今斯里兰卡）。所以莫氏也把自己的文库称作"亚洲文库"。

《泰晤士报》驻京记者的生涯使莫里循得到很大的名声，当时在北京甚至有过这样的说法：列强各国只在北京设立了公使馆，唯有《泰晤士报》派驻了大使馆。当然，他当时的所作所为都是代表英帝国主义在华的利益，这是毋庸讳言的。辛亥革命后莫里循辞去《泰晤士报》的工作，而去就任袁世凯的政治顾问的职务，这一职位一直延续到第四任总统徐世昌时期。莫氏后来很后悔自己的这一举措。因为总统顾问的职位不过是一种摆设而已，重大的事情根本不同他商量。因此，在一九一七年的时候，他回到澳大利亚去看看是否可能开始第二个人生。而作为这一打算的准备工作之一，便是出让莫里循文库。这一消息一经传出，买主接踵而至，其中美国的哈佛、耶鲁及加利福尼亚大学最为积极。莫氏向美国人开价三万五千英镑，对方一口答应。其实莫氏早有主意，他已想好即使不能把这些藏书留在中国（因为没有中国买主），也要尽可能将它留在远东。这样便引出了这个故事的第二个主人公，日本人岩崎久弥。

岩崎久弥是日本三菱财团奠基者岩崎弥太郎的长子。久弥的叔父岩崎弥之助在十年以前就买下了——此事说来同样令人痛心——清代目录学家陆心源的皕宋楼，其中包括一百二十种宋本，一百种元本和大量明以后的珍贵刻本，共达四万卷，庋藏于静嘉堂。岩崎久弥学他叔父的样，也开始收购有学术价值的书籍。他曾买过英籍德裔比较语言学家麦克斯·穆勒的藏书——其价值当然不能与莫里循文库相比，然后将它捐赠给东京大学。对于莫里循的开价，岩崎没有丝毫的犹豫。尽管当时一英镑当于十日元，一日元当今一千日元以上，是一笔很大的数目。莫氏还有其他一些条件，岩崎也一一答应了。那一年的八月八日，莫里循在致中国地质地理学家丁文江的信中，简单地叙述了交易的经过：

前些时候你曾问到我的藏书是否售出。当时它还没有卖出去。我只是向日本人开价，他们是否会接受当然不能肯定。然而，今天这件交易已经完成。我的这套藏书在适当的时候就会转移到东京去了。我定出一个条件，那就是要让这套藏书和从前一样对一切认真学习的学者开放。它一定得保存完整并以我的名字命名。更进一步，这份藏书必须随时增补，使它赶上时代。它的买主就是有名的岩崎久弥男爵，他买过麦克斯·穆勒的藏书，尽管穆勒的藏书很蹩脚。我的藏书要卖掉觉得很难过，但要维持它也是一个很大的负担，使我的时间和财力都大感紧张。我本来希望它能留在北京，可是办不到……

当然，在交易的过程中，岩崎一点也没露面。协议是横滨正金银行（今东京银行）中国支行监理小田切万寿之助氏代签的，藏书是由东京帝国大学文科大学助手（后来成为该校教授，东洋文库首位主任，对东洋文库的发展起着关键作用）石田干之助来验收押运的。岩崎只是出钱而已。莫里循把藏书让售与日本的消息一时成为世界性的话题，欧美的报纸杂志都突出地报道了这件事，中国与日本的新闻界更是长篇累牍地发表评论。大多数人都对这份穷二十年之力所搜集的，富有学术价值的藏书移出北京表示遗憾。八月二十九日转让手续办妥，之后，总数二万四千册藏书分装在五十七个大木箱里，先由货车运往天津，然后乘日本邮轮到达横滨，再由铁路送至东京，存放在一座三菱仓库里。起运时，应日本驻华公使的要求，中国政府派出军队担任运输警卫。为了防止湿气的侵入，每个箱子都外包铁皮，所有的书在装箱前都用纸包好。到横滨后，担心书箱被海水溅湿，不用又快又便宜的驳船，而用火车

130

运到东京。存入仓库时，又怕箱子堆压受损，于是全部平列在地上。安排不可谓不严密，考虑不可谓不周到。

但是怕什么来什么。就在这些书到达仓库的第四天，一场特大的台风袭击了东京，雪上加霜的是随之而来的一阵海啸，海水冲进仓库，所有书箱都泡在水里达数小时之久。结果可想而知。三分之二的书不同程度地受损。新闻报道纷纷扬扬，莫里循极其心痛，指责日本方面不肯多花钱严密包装，致遭此厄。书之厄有四：水火虫兵。莫里循文库已经万幸地躲过一次兵灾——那是义和团攻打外国使馆区时，莫氏刚把藏书从马建忠（著名的《马氏文通》的作者）故宅撤往肃亲王府，马氏故宅就被烧毁了。后来又躲过了一次震灾—— 一九二三年关东大地震时，如上述穆勒藏书严重受损，而莫氏文库却安然无恙。更后来，在第二次世界大战将要结束时，莫氏文库被疏散到宫城县乡下，途中既未遭空袭，堆在米仓里有四年之久，竟也未罹鼠患（日本战败后，盟军理事会的澳大利亚成员曾建言，以莫氏文库来抵战争赔偿，但当到实地视察，发现他们先贤的宝物与大米杂然而陈的"惨状"时，也就息了此念）。独有此次，书刚到日本，就遭此天灾，似乎有点在劫难逃了。好在水厄不如火灾彻底，受损的书都采取各种手段复原修补及重新装订，绝大部分都抢救过来了。

据说正是由于穆勒的藏书受损于大地震，使得岩崎久弥打消了将莫里循文库捐赠给任何机构的念头。于是就在一九二四年，以莫氏文库为基础建立了东洋文库，今年恰是该文库的七十大寿。还在东洋文库建立以前，莫氏文库就已经不断地加以充实，七年之间就增添了二万五千册，超过原有的藏书数。同时新文库的藏书范围也相应扩大，地域上从中国及其附近地区扩大到整个亚洲，语种上从西文扩大到汉语及各该国的母语。当莫里循文库还是岩崎久弥的个人文库时，采购书籍的费用是予取予求不受任何限制。东洋文库建立后，则以岩崎氏二百万元基金的利息作为日常支出。今天，东洋文库的藏书总数已经超过七十万种（一幅图版是一种，一部汉籍几十上百册亦是一种），是当初莫里循文库的三十倍。除莫氏的二万四千册洋书（西文书的日本叫法）外，还有四千部中国地方志和丛书，八百余种中国的族谱，清朝刊行的满蒙文书籍，各种藏文佛经及藏文图书，以岩崎文库为主的和汉书，一万五千种阿拉伯语、土耳其语及波斯语资料以及五百万卷缩微胶卷。这样丰富的库藏自然与东洋文库过去的财力雄厚息息相关。当然，东洋文库从藏书总量上还不能与美国国会图书馆、大英图书馆、法国国立图书馆等大馆并肩而立，但就庋藏亚洲研究的有关文献而言，却是首屈一指的世界级图书馆。它有着其他国家图书馆所没有的特色藏书——其中许多是绝无仅有的珍品（不少被日本列为国宝与重要文化财富），每年吸引着络绎于途的各国访问学者。

还在八年以前，恩师谭其骧先生就在这里找到了现存我国最早的历史地图集——《历代地理指掌图》的南宋版本，并将其复制回国，交由上海古籍出版社出版。于是国人才得以知道天壤间竟然尚存此一孤本，而在过去能参考的只是错得离谱的明刊本。去冬今春之际，笔者应日本学术振兴会之邀到日本作短期研究工作，东道主是东洋文库的图书部长斯波义信教授，于是我有幸得以在该文库充任四个月的外国人研究员。当文库研究员的最大好处就是能自由出入书库，这是连文库外的日本学者也十分羡慕的。因为在出纳台填单子等候出书，是既费时间又不方便的，尤其是当你需要同时比照数十本书的时候。我在日本的课题是：《中日欧语言接触研究》，一个词要翻上几十部词典，站在书架前随意翻阅的优越性就特别明显了。何况一个读书人能够每天优游于书海之中，本身又是何等赏心之事！于是我日日徜徉于书库的甬道之上，只苦日短，惟恨假（日）多，在无所不翻之后，方始觉得莫里循当日与东洋文库后来主事诸公搜书眼力的不凡。

这里我不来细数那些众所周知的珍稀古本，而想略举一些在过去是极其普通极其平常的东西，现在却成为罕见而且有用书籍的例子。《大清缙绅全书》在刊刻当时几乎是毫无价值的东西，绝对是藏书家不重、目录学不讲、图书馆不收的"三不"产品。现在国内似乎没有一个图书馆有其全套，去年我因事欲查道光十年至辛亥三年间的晋江知县题名，遍寻京沪二地各大图书馆皆不得全，而在东洋文库站在书架前一个多小时就抄全了。清末民初的报纸杂志种类繁多，但保留下来的多是政论、学术、实业与综合性报刊，至于市井小报或俚俗画报以及少数民族语报章类多不存。像《东洋文库》所有之《两日画报》与《新铭画报》国内不但实物无存，而且连报刊目录亦不见载；又如民初为表示五族共和而创刊的藏文、蒙文与回文白话报，在国内也极罕见，了解的人很少。

然而因为研究方向的关系，我最倾心的还是莫里循的旧藏。尤其是那些中外辞典及词汇集、供外国人学习汉语及各地方言、供中国人学习外语的教材以及多达七千种的各种各样的小册子。辞典与词汇集都是工具书，工具过时了就要被淘汰，词汇随时代前进而不断翻新，老辞典就不断被抛弃，所以很少有图书馆把旧辞典一本本保留下来的。可是莫氏却极有眼光，只要能到手的中外辞典，他一本也不丢，使之成为一个几近完整的系列。这里有来华第一个新教传教士马礼逊（R. Morrison，与莫里循五百年前是一家）于十九世纪初所编的六卷本汉英—英汉字典，但是这并不算稀奇，稀奇的是以此为始，至一九一七年——莫氏藏书出让的当年——问世的德国人赫墨龄所撰英汉（官话）辞典为止，其间所有洋人和国人所著的英汉与汉英辞典以及词汇集、会话本差不多网罗无遗，例如对于新闻业和促进中英语言接触有大贡献的邝其照（现在差不多已被人忘光），不但其《华英字典集成》的两种版本被收入，而且连其英语应用手册《应酬宝笈》也不遗漏，甚至连商务印书馆光绪三十二年出版的，不到巴掌大的《袖珍分类英语》也赫然在目，我很怀疑恐怕现在连商务印书馆本身也不一定找得出这本书来了。这里还有光绪十四年同

134

文馆出版，俄国教士柏百福与巴第编的《汉俄合璧韵编》，但这也还算不得孤本，要在其前二十一年由瓦西里也夫所编的，在圣彼得堡出版的第一部汉俄辞典才是值得莫氏炫耀的稀觏书。抑有进者，中外辞典里还有一批是方言与外语的对译辞典，这些方言不但包括吴、湘、粤、闽、客家等南方方言，还包括北方方言的次方言，如南京话（江淮官话）、汉口话与云南话（西南官话）。对汉语方言的研究者来说，这批书（再加上外国人学习方言的教本）不啻是一座宝库，因为除此而外百余年前的方言再无其他系统与科学的记录资料了。

上述这些辞典在别的图书馆或个人藏书中也许能偶尔碰上一些，但要系统完整则不可能，就这个要求而言，莫氏的这部分藏书在世界上要算得上是独一份了。对辞典的搜集要求其系列性，并非为藏书而藏书，而是有其实际用处的。例如，"经济"一语在本来意思是"经世济民"，宝姑娘劝宝二爷多关心的就是这类书。从什么时候起，"经济"变成Economy这个意义了呢？有人认为是从一八九六年的《时务报》第十四册那篇《日本名士谈经济学》起，其实不然，那还是日本译者用的，并非中国人所用，所以《时务报》编辑特地在"经济"二字下注明：中国所谓富国养民策也。梁启超其时虽以"满口新名词"闻名，但起初却极力避免在日本已经普遍使用的这个新"经济"，曾尝试以资生、生计、平准、理财等词来代替，但都流行不起来，到本世纪初乃不得不照搬日本人的新义。

而反映在英汉辞典上，则是一九〇八年颜惠庆所编《英华大辞典》开始以"经济"来对译Economy（当然不是该辞典首用此译义，而是说明该义当时已被普遍认可）。而洋人所编辞典收入此义则更在其后。如果没有一整套系列辞典在，我们就无法知道是哪部辞典最先登录此义了。而这点对研究词汇发展史是极为重要的。辞典而外，莫里循所搜集的许多研究中国语言的专著也同样极有价值。譬如我们从中可以发现，上一世纪九十年代就有一位德国学者绘制了汉语方言地图。而中国语言学家们却都以为，最早的汉语方言地图是本世纪二十年代传教士所绘、发表在《中华归主》上面的那幅。

剩下的篇幅只能用来提提那些小册子了。从某种意义上说来，这些小册子比那些大部头的著作更加可贵。如果不是有搜藏癖的人，谁会不惮其烦地去收集那些只有二三十页甚至十来页的印刷品呢。更值得一提的是七千多份小册子竟然也由东洋文库职员细心编成目录，再分门别类地装订起来，以便读者查阅。大部分小册子今天在任何图书馆都不可能找到，其价值自不待言。其中的精彩内容无法毕举，只能申其二例。一是民国六年陕西北界主教重印的《中华字母问答》，这是天主教会设计的拼写汉字的一套字母的教材。这套字母不但与通行的教会罗马字母不同，与清咸丰十年方济各会所设计的拼写法"古经法子"也有区别，但是在汉字拉丁化运动史研究领域里似尚无人提起。二是商务印书馆初版的辜鸿铭《痴汉骑马歌》，至今封面依然色彩斑斓，这是国人首次以汉诗的形式翻译英语诗歌的尝试。这本小册子和商务初年的其他出版物一样，不载出版年月，也许国内也极罕见了。商务在我国外语教育史上地位极其重要，可惜它自己恐怕还拿不出从建馆伊始至今的一整套外语辞典与外语教材的样本来，这只要读读其遗漏甚多的出版书目便知。

东洋文库不但是一个图书馆，同时还是一个研究机构和出版机构。除了图书部以外还有研究部和总务部，有兼职研究员八十人，出版刊物六七种，每年有春秋两季定期的东洋学讲座，又有不定期的特别讲演会、研究会，还有时不时的展览活动，还和外国的研究机关交换访问学者，这些我们都无暇顾及了。何况即使把东洋文库的所有藏书作个概略的介绍，也至少还得花上十倍的篇幅，因此我们只能就此打住。

书同文与广方言

　　我自然不是藏书家。当藏书家的基本条件是有钱有闲有空间，我则一样都没有。更重要的是藏书家所藏之书必须品位高尚，虽然不一定都是宋椠元刊或天禄琳琅所散出，要皆善本、孤本或珍稀刻本无疑，而且书的内容也必定是喻世之经典或载道之文章，唯有这样的书才能越陈越香，从而与藏家相得益彰。但是我"藏书"的起点却很低，兴趣常常集中到那些"藏书家不重，目录学不讲，图书馆不收"的杂书上去。商衍鎏老先生的《清代科举考试述录》中，用这"三不"来指那些与时俱逝的八股文选集。但是属于"三不"的书看来远不止时文制义一类，晚清以来各种形式的中外双语词典、书院课艺、时务汇通甚至许多短命的报纸杂志似乎都可以囊括进去。这些书的浮沉足以从侧面反映一个时代的风貌，因此不嫌贻笑大方，挑选几种略加介绍。

　　就从近在手头的两本书说起吧，一是《英字指南》，一是《增广英字指南》。后者购于数年以前，纯属偶然。那天到外文旧书店，翻检半日，无一中意者，回头想走，就在回头的一刹那，瞥见架上一本书，书脊是褪白了的深蓝色，书名已经模糊，取下来一看，竟是这本《增广英字指南》。商务印书馆出版，原无版权页，估计当是一九〇一年或稍后印行的。明知这种书可遇而不可求，但仍希望能买到未曾增广过的原本。想不到今年也碰巧遇上了。这回是在古籍书店，因为是线装书。虽然只有一册残本，但也珍同拱璧（见笑！见笑！）。这一册是第一册，序文目录俱全，与增广本一对照，问题就来了。原本刊行于光绪五年，即一八七九年。书分六卷，序有五篇。增广本只在卷末加上"新增文规译略"及"英文尺牍"两项而已，其余率由旧章。而序却删去两篇，其他三篇落款日期也都删去。这是生意眼，因为教科书、工具书贵新厌旧，商务不愿让人看出是二十多年前旧书的翻版。今人同样如此，未可厚非。

《英字指南》的作者是杨勋，字少坪，江苏阳湖（今常州）人，上海广方言馆的毕业生。广方言馆是李鸿章升任江苏巡抚后，仿照北京同文馆建立的学习外国语言文字的学校。外语学校而以同文、以广方言为名，今天看来可笑，昔日却是天朝大国的自慰方式。秦始皇统一天下而书同文、车同轨。满清老大帝国，英法蕞尔小夷，故虽学旁行斜上，仍要不忘同其文。《英字指南》有一篇广东巡抚刘瑞芬所写的序就说："呜呼！昔孙寯、祖珽、刘世清之辈，并以能通洋语见遇时主、位列显要，少坪有志用世，其出而襄圣代同文之化，可拭目俟也。"时清朝丧权辱国已甚，而达官们仍津津乐道于"同文之化"，似又不仅可笑而已。

设立外语学校的主张，早由郭嵩焘（此人被顽固派目为汉奸）在咸丰九年（一八五九）提出，但是没有下文，三年后才由恭亲王奕訢付诸实现，正式成立京师同文馆。再过一年才有上海同文馆（后来才改名广方言馆），随后又有广州同文馆，更往后，各地乃有方言学堂陆续出现。被迫跟外国人打交道，还被迫依靠外国译员，甚至依赖操洋泾浜外语的"露天通事"，谁能保证其中无诈（李鸿章正是以此为由要求建立上海同文馆）？可是在鸦片战争以后的数十年间，却一直处于这种可悲状态。同治间，当乌里雅苏台（蒙古）与俄国发生关系时，朝廷要总理各国事务衙门派遣翻译，奕訢却回答说，我这里从来就没有过通事的编制，而同文馆学生学习不久，还当不了翻译，还是依靠俄国懂满文的人吧。听起来像是天方夜谭。一方面是外国人拼命要探听中国的虚实，学习中国的语言，了解中国的文化，欧洲第一部汉语词典早在十八世纪前叶就已出版，俄国的第一部满俄大词典也于一七七六年著成，后来更有俄人巴第编纂《汉俄合璧韵编》（我手头有同文馆排印的半部）。英国人在这方面也不落后。新教教士马礼逊来华后，苦读汉语，在嘉庆道光之际，就已出版了六巨册的汉英—英汉字典。其后洋人所编此类字典层出不穷。另一方面却是国人对洋文毫不讲求，视翻译为低等职业，同治元年（一八六二）唐廷枢（后来成为赫赫有名的康白度）所编《英语集全》，或许竟是国产第一部英汉分类词汇集。

上海广方言馆开办三十来年，为大清帝国培养了五百名以上的外语人才。与北京、广州两地相比，上海毕业生质量最高，他们中的许多人后来都成了驻外使节，位居显要。杨勋因要尽孝养之责，未到北京供职。因为他是英语科班出身，又受美国传教士林乐知亲炙，登门请教英文的人很多，据其自称"数年之内不下三四百人"，所以在同治十一年就已辑成《中英万言集》，后几经修改重编方有此《英字指南》。其本意是为教课用，后在盛宣怀等人的资助下，由美华书馆印行。其书核心部分是卷三卷四的"分类字学"，也就是今天的分类词汇。当时没有音标，只能用汉字注音。唐廷枢是广东人，《英语集全》用粤语标音；杨勋是常州人，《英字指南》自然以吴语记音。所以 son 在前者注为"新"，而后者记为"生"。国人接触英语，最先从广东，随后由上海，难怪英语外来语中多有粤腔与吴调，鸦片（opium）与沙发（sofa）就是两种腔调的代表词。

《英字指南》的第五、六两卷是"贸易须知"与"通商要语"，显然是适应时人学习英语的实用目的，有如时下外贸金融专业的吃香一般。卷一、卷二则是拼读与书写的教材。其中有一小节为"英国语与美国语无异说"，说明美国人使用的语言就是英语，此说看似多余，其实不然。因为奕䜣在同治间的奏疏中还特意提到美语与英语

"大略相同",并不确切知道两语实为一语。国人对外洋的认识并非自来浅薄,许多国家的古代史甚至赖中国之史书以传。但是清代中叶以来不但闭关自守,甚且闭目塞听,自然对外部世界一无所知,以致如林则徐那样睁眼看世界的第一人,也会认为英军不利陆战,因为绑腿使他们的膝盖无法弯曲。因而昏庸之辈将德意志、奥地利、比利时当成子虚乌有,认定此乃英夷为渔利而捏造出来吓唬吾人的,似乎也不为奇了。

在杨勋著《英字指南》时,已经有多种同类著作问世。杨批评它们"略而不详,泛而不切,殊觉拉杂"。可惜这些书现在已难有觅处,不知杨说是否有理。即杨本人的另一作品《英文指掌》亦不知其印行与否。但有一点可以肯定,《英字指南》必受到当时社会相当的欢迎,所以时隔二十来年,商务仍要用它再出增广版。后来在商务充当英文编辑,并以《英语模范读本》名扬一时的周越然,小时候似乎就拿这本指南当过课本。他在《六十回忆》中说:"余十无意中购得《英字入门》一册,著者上海人曹姓。余从卷首起,朝夕自习,不上半年,全书毕矣。读音依照申江口气,草书亦能效慕。"颇疑《英字入门》乃《英字指南》之误书,因《指南》既以申江口气注音,且又有草书字母示范,只是作者并不姓曹,姓曹的只是写序的,因为是第一篇序,故或许被周氏误记了。

语言接触(Language Contact)是语言学以及文化史研究的重要课题,遗憾的是,我们对中外语言的接触似乎没有进行过什么研究，像《日本英学发达史》《日本英语书学志》之类的书（这类书在日本何啻百千），我们一本也没出版过。前一本书详细地编写了日本人接触英语的过程，后一本书则把日本初期的英语书一本本地做了提要，而且附有书影。更有甚者，早期日语与外语的双语词典现在几乎全都予以影印出版，以供专门家研究。中华文化号称源远流长，文物典籍浩如烟海，可惜学者所重唯有经史子集四部，其余则不屑一顾，遂使宝贵文化史料散失不少。倘若我们真正打算从事文化史研究，则对史料亟应求全责备，即如语言接触一项，无论洋人或国人之有关著作，不管其为词典韵编，抑或课本教材，皆应加意搜求，始能看出历史的发展脉络。今去晚清尚不为远，若有同好略加留意，想来如《英字指南》一类书籍，当不难罗致也。

书中自有富强术？

上海有份半月热门书排行榜，分文艺与非文艺两栏，每栏五本，在最近的一期上，荣登非文艺榜首的是上海交通地图，其余四种则是《股票搏击技巧》及其伯仲。可惜倒退一百年尚无这样的排行榜，我们无法确知当时热销的究竟是些什么书，但"有种种迹象表明"，除了长盛不衰的时文范本、科场闱墨外，在清代同光之际，要算《西学大成》《富强丛书》与《时务通考》一类书籍最为畅销。

自从那场名叫鸦片的战争以来，天朝大国老是败于蕞尔小夷，起先以为是偶尔失手，后来才悟到确实是技不如人，于是渐渐酝酿起一场学习西方科学技术的风潮。这一风潮的青萍之末乃是同文馆的格致之学。同文馆本是学习外国语言文字的学校，后来听从美国人总教习丁韪良（William A. P. Martin）的建议，增加了西洋科学技术的科目。丁氏在同治五年（一八六六）自撰《格物入门》一书七卷，其内容分别为力学、水学、气学、火学、电学、化学和测算举隅。书名自然来自《大学》："致知在格物"。于是先是格物，后是格致，成了西方科学的代名词。

丁韪良任职期间，正是徐继畬管理同文馆事务的时候。徐氏在前已有《瀛寰志略》行世，这本启蒙性质的世界地理全书广为流行，为他赢得很大荣誉。但当丁韪良请他为《格物入门》作序时，他却老老实实地说："余受而读之，皆闻所未闻。"也就是说，直到十九世纪六十年代，一些先进的士大夫对西方科学技术也还不十分了解。

《格物入门》的初版没有见到，见到的是光绪十五年的增订版。这一版以"同文馆集珍版"的形式刊行，纸白、墨黑、字靓，而且派头不小，书长近一尺，书前并有李鸿章等要人的序。据丁氏自序说：该书"迄今行世已久，辱承士大夫谬奖，内地既为广传，东洋亦屡行翻刻"。可见从初版到增订版已足足风行了二十年。此风还远刮日本，正好适应了明治维新以后的需要。集珍原版并非人人能备，于是又有普及的巾箱本出现。巾箱本、缩印本的刊行都是畅销流行的标志。自《格物入门》之后，介绍西洋科技的书籍层出不穷，或西人自编，或中西人士合译，无虑成百上千。比如曾任同文馆英文教习及江南制造局编译的傅兰雅（John Fryer），就编辑了一套《格致须知》，从光绪八年到二十四年才陆续出齐，包括《地志须知》、《电学须知》、《化学须知》、《全体须知》（即解剖学）、《植物须知》等三集二十二种"须知"。其他如《格致启蒙》《格物探源》《格致举隅》等不一而足。连丁韪良自己也又写了一部《格物测算》。但是光有科学技术的学习显然不够，洋枪造了，洋炮买了，中国还是屡战屡败。于是有识之士认为还要讲求西洋各国的典章制度，也就是说，要学习包括格致与典章制度在内的西学，才能臻中国于富强。

"西学"一词何时问世，尚待考证。但自光绪八年丁韪良《西学考略》出，此语就广为流行了。丁于光绪六年请假归国，两年后回到北京，写成此书，记其周行各国，咨访政教之梗概，比较中学西学的不同。其时他到中国已有二十年，深知中国之弊不只在于科学技术的落后，还有风俗政教方面的缺陷。所以此书之用意乃在于通过西学的介绍，以说明中学应该改进之处。此后，以西学冠名的书籍不知凡几，正如王韬所说："近时所译西国各书纷然错出亦甚夥矣，门径既多，头绪又繁，阅者如适宝山，茫然不知所取材，何则？以无贯串之者也。"于是以贯串为目的，合众书为一书的西学丛书和类书在八十年代很快应景而出。其中《西学大成》要算是较早出现的一部。该书在光绪十四年出版，共分十二编，从子编到亥编依次为：算、天、地、史、兵、化、矿、重、汽、电、光、声诸学，将有关的西学书籍的全部或部分辑入其中，查阅十分方便，因而此书发行量很大，一再重印，至光绪乙未（一八九五）版，板已经有些模糊了。除《西学大成》外，广为流行的还有《西学启蒙》《西学通考》《西学三通》《西学军政全书》《西学自强丛书》，甚至于《西学时务总纂大成》，应有尽有。这些书越出规模越大，收录范围也越来越广。国人做事讲究天王盖地虎，你有大成我则有通考；你有通考，我则有三通，一物降一物是也。因此发展至本世纪初的《西学三通》，其篇幅竟达五百零八卷之巨，号称"摭西书数千部，分门别类，删其繁，去其复，汰其杂而陋者，定为'西政通典'、'西史通志'与'西艺通考'"三部分。这里的政、史二类不言自明，艺即艺术（也可叫术艺），并非指的 Art，而是 Science & Technology，正如廿四史中的艺术传，并非为画家、音乐家或书法家树碑，而是为卜者、医者和畴人立传。换句话说，此书政史艺三类自谓已把西学内涵囊括无遗，直可与唐代杜佑《通典》、宋代郑樵《通志》、元代马端临《文献通考》相媲美。

西学既成时髦，如何利用西学来为现实服务，便是"时务"的责任，于是又有《时务通考》之类的丛书产生。以光绪二十三年出版的《时务通考》为例，该书正续编共有四十册之多，分列三十一卷，除科学技术部分外，加入"约章"、"律例"、"商务"、"教务"等内容，以备当时事务的需要，故以时务为名。

如果说鸦片战争只是震动沿海地带的话，半个世纪后的甲午之败却是震撼了举国上下。岂但西洋船坚炮利，连全盘西化的东洋竟也能置我于死地，可见不但西学必须看重，即东学亦应讲究，于是"新学"一词又悄然出现。西学乃与中学相对立，泾渭分明；新学则和旧学相比照，内涵更广。只要不是词章考据之学，大体便入新学范围。所以凡是讨论富国强民之道，宣传改良变法途径，则不管是国人还是洋人（包括西洋和东洋）的著作，统统纳入新学。一九〇三年出过一部《新学大丛书》，有一百二十卷之多，其中所收就尽为国人与日本人的作品。故该书例言云："本编搜集中东名著，取其有关目前经国之旨者编辑成书。"内容则分为政法、理财、兵事、文学、哲学、格致、教育、商业、农学、工艺十纲，比前之西学又有所扩充了。

从格致西学到时务新学，外来文化的传播在中国经历了颇长的时间。日本从开港到明治维新只花了十五年，且一举成功；而中国从鸦片战争至戊戌维新几近一甲子，仍不免于失败，国情确与日本不一样。中江兆民说过：我们日本民族是一个没有哲学的民族。没有哲学当然不大好，但也有好的一面，那就是没有包袱，对于外来文化可以拿来就用，而老大中华，文化过于深厚，很难实行拿来主义，对于外来新鲜事物总是有所疑惧，即使不疑不惧，也很难放下架子去学习夷狄之长技。因此晚清主张改革的人就演出了一曲双重奏：一是西学源于中国论，二是书中自有富强术。

首先，声光化电诸学虽说是西方传来，但究其源乃出自中国——清末不少著作都力图证明这一点，其中最有名的或许是张自牧的《瀛海论》，详细论证《亢仓子》乃电气之祖，机器兵法与管墨庄列诸子互相出入云云；或者说这些东西中国亦古已有之——这是大多数人的想法（今天仍然时时看到周朝已有机器人和足球源于中国一类的文章），所以言西学当然应该以"格物"二字总其成。奇怪的是洋人倒不来争这个发明权，甚至还承认化学本自炼丹，报纸仿自邸钞，印书乃冯道之遗意，考试则从岁科取士学来，煤气不过四川火井的翻新等等。就连丁韪良自序其《格物入门》也说："尝读《大学》'致知在格物'，不禁叹圣人言近旨远。……今诸国相师而学，孜孜惟恐不及新法迭兴，乍见者震而惊之，不知中国圣贤早为指明此理也。"中外所见略同，在西人恐怕是为了传播的便利，在本邦则是为了面子。中国人怎能见利忘义，丢掉面子去拾洋人的唾余？既然西学源于中国，心理上这一关就过去了。当然并非言西学源于中国者，皆愿西学传播于中国，而仅仅是一种精神上的满足而已。但几乎所有的西学类书籍的序言中都要提到西学源于中国，却对这些书的广为流传，起了很大的推动作用。

其次，中国人向来最是迷信书的实用价值，"书中自有黄金屋，书中自有千钟粟，书中自有颜如玉"是文盲老妇也能朗朗上口的箴言。既然书中什么都有，还能没有富强术吗？因此王韬为《西学大成》作序说："西学至今日亦盛矣哉！……自象纬、舆图、历算、测量、光学、化学、电学、医学、兵法、矿务、制器、炼金，类皆有用之学，有裨于人、有益于世，富国强兵即基于此学者。"李鸿章为英人艾约瑟《西学启蒙》作序也说："泰西之学，格致为先，自昔已然，今为尤盛，学校相望，贤才辈出，上有显爵，下有世业，故能人人竞于有用，以臻于富强。"因为对西学有这样的理解，在晚清遂有许多仁人志士，幻想从书中去寻觅富国强兵之道。甚至于有一种很有影响的西学丛书就直名为《富强丛书》，张之洞在该书的序中希望读者能通过此书，窥西学之奥秘，撷西学之精华，"始以彼之利用供我之所求，驯以我之会通夺彼之所恃，行见中国之富强且驾西国而上也"。

有了这两个信念，难怪在时文制艺——只要科举制度不废，这种书永远行时——之外，格致西学时务新学一类书长盛不衰。但是希冀国富民强的良好的愿望到底变成了通向地狱的铺路石。就在《富强丛书》出版的第二年，熟谙富强术的一批先知先觉，发动了一场旨在富国强民的维新运动。可惜皇帝乃是屠头，维新不过百日，主事者死的死逃的逃，一切烟消云散。政权比富强更加重要，祖宗制度岂可随便更改？于是继续落后下去，不断挨打下去，八国联军、《辛丑条约》接踵而至。等到最高统治者悟到不富强也会完蛋时，又开西学之禁，重提变法之议，甚至于筹备立宪，改行新政，比戊戌维新还做得彻底，然而一切为时已晚，病入膏肓的人什么药方都是枉然，只有入土为安才算了事。大清王朝终于覆灭，正应了福泽谕吉的一句话："如果满清政府依然如故的话，那么所谓把中国导向文明开化的地步实是一场空话。"

维新的成功要有三个条件：启蒙者的鼓吹，当权派的支持与实行家的努力。日本三条俱备，而中国只得其一，结果自然不同。日本开港比中国晚，接受西学比中国迟。魏源的《海国图志》和徐继畲的《瀛寰志略》在日本产生了巨大的影响，就是格致西学诸书也在明治维新后起着重要作用。然而日本的成功并非因为人人都熟读了书中的富强术，恰恰相反，福泽谕吉在晚年很深刻地说：日本"从事维新的有志之辈，断事大胆活泼，但相对之下，知识非常浅薄。……他们以一片武士道精神而重报国大义。凡事一听说是国家的利益，他们就会自动去做，而不顾其他……说句不好听的话，日本的文明乃是士人的无知所赐"。书中的确有富强术，但仅仅是"术"而已，即使此术能点石成金，也还需要那一"点"。所以戊戌维新并非失败于启蒙不足，而在于当权者的扼杀和缺少"无知"的实行家。

尽管如此，从鸦片战争以来的整个启蒙过程仍值得我们好好研究。西学书籍的翻译、编辑和出版正好描绘出了这一过程的轨迹，如果可能的话，我们真应该将晚清以来的此类书目作一番清理，——由于后世无人看得起这样的书，公私收藏都已不多，而且图书馆因其非经非史非子非集，分类也很混乱——进一步，如果财力允许，更可把这些书的序跋甚至目录裒为一集，作为研究的基础。这样我们或许就能理解为什么这些书能在日本起作用，而在中国不能。"如果我们不去认识历史，历史就有可能重演。"好像谁说过这么一句话。

问策与对策

　　"问策"是我的杜撰，为了与"对策"相应，其正式名称应是"策问"。策问是一种考试方法，就是考官测验应考人处理具体事务的能力——或者说是"觇士子之经济"。应考人答出自己的处理办法，就叫对策，也可以叫策对，意思是一样的。所以策问就是问策——询"问策"略。

　　问策起源很早，起初只是一种咨询，或者说请教。汉代的贾谊和董仲舒是对策最出色的范例。贾谊提出"众建诸侯少其力"的办法，削弱诸侯王的割据势力，帮了皇帝很大的忙，后来吴楚七国之乱之所以很快被平定，就跟事先采纳了他的建议有关。董仲舒则指出"道不变，大亦不变"的道理，使儒家学说居于诸子百家之上。不久，策问也用来作为选拔人才的一种补充办法（汉代尚无科举，选拔人才靠选举——乡举里选）。西汉第一个布衣宰相公孙弘，就是因为对策出色而被汉武帝看中的。科举制度兴起以后，策问正式成为取士的考试手段之一。

　　最近研究八股文的大作很多，有些人或许误以为科举考试只是考八股一项。其实明清时期的乡试（考举人）和会试（考进士）都要考三场，第一场考经义，代圣贤立言，用的文体是八股文。第二场考的主要是论。第三场考的就是策。第一二场的内容迭经变化，到乾隆以后，二场废论题，改考五经，第一场则专考四书，两场都用八股文。只有第三场不变，依旧是策问五道，题问经史、时务、政治。设立策问一试，目的就是要纠一二场考试之偏。因为考中之后，皇帝是要给你官做的，如果只有死读书，而没有经国济世之才，那就失去考试的意义了。换句话说，第一二场是虚学，只是测验读死书（而且只限于四书五经）的能力。第三场才是实学，测验应变的才干。但是在实际上三场之中以第一场最为重要，能不能考中，关键就看八股文做得好不好。因此士子拼命钻研八股文的做法，其他一切不顾，以至于连秦皇汉武是谁都不清楚的人也有。

不过策试也不是一点用处没有，若应试者的八股文水平差不多，难以定名次高下时，策对好的人就要占便宜了。还有更重要的一点，会试中试以后还要举行殿试，殿试的方法就只有策问一项。考得好，所得官职也好。因此如何对好策也是一门学问了。所以我们今天常说上有政策，下有对策，不是没有来由的。

国人的脾气是不怕多事，兵来将挡，水来土掩，你有考试之规，我有应试之法。八股文之外再加上策试也只等闲，不过多出了些生财之道而已——许多教授如何对策的书就随之应运而生。这类书的出版早到你不能想象，竟然早到隋朝就有了。《新唐书·薛登传》说："炀帝始置进士等科，后生复相驰骛，赴速趋时，缉缀小文，名曰策学。"很可惜，这类"策学"的书一本也看不到了，想来当是一些策文的范本，让人借鉴。当然，上面的"出版"一词只是借用，其时印刷术尚未发明，策学一类的书只能是以手抄本的形式行世。可以想见，印刷术发明以后，这类刻本更要满天飞了。但也不是所有的策文都不值一读。据传为南宋杨万里所作的策文二十五篇，就颇精彩，不但为时人所重，而且被后人奉为楷模。明人遂将其衷为一集，并加上评语，颜曰《锦绣策》，供人参考。湖广麻城有劳氏某以此勖子劳钺，竟登进士第，感激之余乃以之付梓。而受劳氏所托，为该书作序的南京国子监祭酒竟也承认幼时受益此书不浅，无怪乎到清代康熙乾隆年间这书还有人一再重刻。

策问的目的原是要考出应试者的真本事，但在应考人一方却是怎样千方百计发现捷径去敷衍皇帝——任何考试从来就是一块敲门砖。同时，策试的范围义过于广泛，使士子穷于应付。这就造成策学长盛不衰的局面。这门学问告诉人们如何花最少的时间去学习策对，甚至于套用现成的策文模子，以便蒙混过关。所以在明代就有"策套"这种名目。杨慎在《举业之陋》里就说："本朝以经学取人，士子自一经之外，罕所通贯。近日稍知务博，以哗名苟取，而不究本原，徒事末节。五经诸子则割取其碎语而诵之，谓之蠡测；历代诸史，则抄节其碎事而缀之，谓之策套。"

因为策试要考到有关经史子集的知识，所以策学也要将这些知识分门别类地告诉士子。有些讲策学的书比较简略，只是提纲挈领而已，有的则是鸿篇巨制，有如百科全书。简略型的可以乾隆间的《策略》一书为代表。这里的"策略"并非谋略之义，而是简略的策学的意思。这本书只有六卷，而内容以道统为首，及于经学、史学、天文、地舆甚至军制、律令、水利、官制，无所不包，自然非简略不可。视其史学一门，从目录上看囊括廿二史（从《史记》到《元史》），还要加上《资治通鉴》、朱子《纲目》等书，而实际内容却只有五千多字，因此只能将每部史书及其作者作一简单评述。就中短评仅仅一语带过，如："李百药《齐书》类多迁就之词，令狐德棻《周书》则只清谈是务。"最长者介绍司马迁《史记》也不到二百字。这种简略的策学书籍，提供的只是最基础的知识，读者自己还得临场发挥。

鸿篇巨制一类则以光绪间的《策府统宗》与《策学备纂》为典型。前者有六十五卷，分为十二部，即经史子集、吏户礼兵刑工以及天文地理。后者规模更大，为卷三百七十八，分作三十二门，从目录到内容都真正无所不包。还是以史部为例：这一门共九十四卷，光《史记》就占了九卷，细目将近两千条之多，举凡"分天下为三十六郡""江西江东""大风歌"等等应有尽有。史部所收内容不但将二十四史的资料条分缕析，以便查阅，而且将前人有关的研究成果也分部别居插入其中，以长见识。如"分天下为三十六郡"条，在照录《史记集解》所释三十六郡后，又摘抄了清人《三余偶笔》的不同见解。这样既弥补了《史记》不载三十六郡名目之失，又让人有进一步思考的余地。前人成果中以乾嘉诸儒之作征引得最多，而于钱大昕的《廿二史考异》一书尤甚。这倒也表明了编者的眼光，因为钱氏此书是极高明的第一等著作，不似其妻兄王鸣盛的《十七史商榷》只是寻常人语。史部以外的其他各门也有可观之处。由于内容丰富详赡，《策学备纂》成为光绪前期的畅销书，至少有两种版式至今还常在书店碰到。

但是策学类的工具书部头越大，记诵起来也越吃力。而且考试限时限刻，没有多少工夫可供琢磨。所以在殿试前一般人往往预拟数十条策对空文，策问题发下，按照每门参入题旨，加以点缀成篇。即使遇到自己不熟悉的问题也并不可怕，有一位名叫侯凤苞的人就写了一篇《策学例言》，专门教人如何应付。其中所叙不仅对策试，即对今天的一般考试中的问答题亦似至理名言，故不厌其烦，摘其要于下：

条对固以详明为上，然亦斗智不斗力也。必博集群书而后对策，闱中有几人乎？况所问者多至数十百条，虽极淹博，必有一二条偶尔遗忘；虽甚空疏，亦有一二条偶然熟记。贵以其所知，证其所不知。……总之，所知者则铺张而附益之，累幅不止；不知者则深讳而固匿之，一字不题。……征实处以多为贵，欲见长也；空衍处以少为佳，恐取厌也。经史策欲其详，贵实学也；时务策不妨略，省空谈也。时务亦多述古而少谈今，古可觇学，今易触讳也。五策中择一二题人皆孖孖，我独有余，尽力写去，至千言以上，余则随意抒写，可满篇幅矣。所知过半者，挨次条对，不及知者，左右支吾，易露破绽，索性揉碎全题，错综变化而出之。笔力好者出没无方，凌驾有法，使阅者但觉文气之佳，遗漏者全然不觉，是一巧法也。……对策未求有功，先求无过。实对固佳，然偶有记忆不清，致成谬误，则所累不少。故平日流览，先必字字着实，自量不能记者，即删之。下笔时万分谨慎，略有所疑者，即阙之，此死法也。更有活法，则疑者、浑之记忆不全者，举一二以该之，人名可称昔人，地名书名时代，俱可迁就，则趋避有方，无割爱之嫌矣。

　　此真可谓得尽策试之三昧矣！

　　八股文的误国害人早已有人痛斥，讲得痛切的甚至认为大明江山也是它葬送的。也早就有人主张改革，所以康熙二年一度废止八股文，但不久又恢复了。策试也并非没有毛病，乾隆时有大臣请求改革考试方法，就认为时文（即八股）徒托空言，不适于用，答策随题敷衍，实不足以得人。但是当权者并不想取消这种桎梏读书人聪明才智的办法，仅在技术上稍作调整，便又将祖制继续奉行下去。直到晚清丧权辱国吃亏挨打半个多世纪后，才不得不在戊戌维新前夕，宣布对科举考试方法进行重大改革。因为就八股与策对而言，八股的危害更大，所以主要的改革措施就是停用八股而改试策论。可笑议而未行，而光绪新政已败，一切又率由旧章。庚子事变几乎亡国，辛丑于是重提科举改革，宣布自明年起改首场试中国政治史事论五篇，二场试各国政治艺学策五道，三场试四书义二篇、五经义一篇。把策试的地位提高了一级，又把策试的内容更加具体化了，于是新的策学书籍马上跟着出现。

就在辛丑当年冬月，一部篇幅三百八十卷之巨的《万国政治艺学丛考》已经编就，第二年春天便已出版上编《政治丛考》，其速度远过于九十年后的今日。虽说这是因为追求经济效益所致，但未始不反映当时人急于改革的迫切心情，这由该书的序言可见一斑：

我朝沿前明旧制，以八股取士。……虽有一二英俊之士不屑为所束缚，而功令所在不得不随俗浮沉诵焉习焉（的确如此，即严复这样吃过洋面包的革新人物，也因未由正途出身而始终耿耿于怀）。上以是求，下即以是应，而中国人才遂以颓废而不能自振矣。……戊戌之夏，我皇上锐意鼎新，力求郅治，特诏废八股，改试策论，天下嗷嗷望治，未几而复试八股，豪杰之士靡不沮丧。洎乎去岁畿辅变起，两宫西狩，创巨痛深之后，我皇太后皇上知变法之不可或缓，于十月十六日特颁明

158

谕，永废八股，乡会各场一律改试中国政治史事，暨各国政治艺学策论。……此诚我中国转弱之一大枢机，而薄海内外士子所当鼓舞欢欣而奋发策励者也。

因为有这样的背景，该书的编辑目的就凸显出来了，序言于是继续说：

特是以向所研精八股之人，而骤欲其纵谈万机，横议五洲，虽其中未始无博通古今之士，不难出向所学以应上求，而在乡曲迂墟见闻未广，使无汇集大成之书以资观览，何以藉通晓而便讨究？同人有鉴于此，因殚数人之力，需数月之久，博采东西新译诸书，不下数十百种，提要钩玄，旁搜曲证，撷其菁英，去其糠秕，融会贯通，以成一书，名曰《万国政学通考》。

在这种广告之下，要想博取功名的人自然要掏腰包了。

这种连编者自己也称为"急就之章"的书，当然不能期望有什么高水平，但也不见得比近年来大行其道的各式各样的辞典差。该书的《政治丛考》分为二十考，即：疆域、盛衰、交涉、度支、税政、币政、官制、民俗、礼政、刑政、学校、农政、工政、商政、矿政、兵政、船政、铁路、电报、邮政诸考。显见与上述的《策府统宗》一类书不同，那是偏重经史策，而这是突出时务策了（晚清的进步大约就体现在这种蜗牛爬步之中）。各考之下又再分为细目，如度支考就有英国国债、诸国国债多于中国、拟立中国文钱合益会、论中国易于富强这样的细目。《艺学丛考》则与今日的艺术毫不相干，乃是科技丛考的意思（时人把西方科技与中国古代的术艺或艺术看成一类），包括算学、身体学（即解剖学）、动物学、医学、工学等亦二十考。

这部书最有价值的应该是附编部分的《万国政治艺学最新文编》八十卷。这实际上是策论的范文，在当时是给应试的士子模仿用的，例如《论封建难复而郡县当授常职》《纠合西人以开中国诸矿说》《推广江海商轮议》《论西人不尽似墨子》等等，在今天却未始不可用来了解清末的思潮动向。

专门搜集策论文章的文集也有，小型的可以《新辑各国政治艺学策论》为例，这也是在废八股诏颁布的翌年春就面世的。该书收集了百来篇有代表性的策论，因为是要给人作范本，所以不怕题目有所重复，不少文章都同题两篇并列，以让读者有所比较，如《中西农政异同考》《日本明治维新考》及《问西人似墨近儒》等篇都是。但是在作者方面却又尽量求其广泛，重复的很少，似有意充分体现各种不同的文章风格。

较大型的则有《中外文献策论汇海》，比上书稍晚出，为卷七十一，选文至三四千篇之多。该书序言在批评"近来坊本所刊策论种类甚繁，然多系采录经世文编及旧刻史学政治诸书，重以编辑而成，其名虽新，其文实旧"后，自称其书"广搜各省课作、各省新报,并译西报之最新论说,……凡场中应出之题,此编已无题不有,无论不精。一展卷间,中外得失之故,古今利病之源,皆可恍然于胸中,即可运用于腕底"。有此种种优点,自然十分诱人。但是事实与自许有距离,有些文章其实选得并不好,譬如《交涉》类中,竟有简单到一句话就算一篇的:在《与英为难》的标题下,就仅"克拉喀得来信云,尼欧坡尔人民现在预备军械,欲与英国商民为难"。这二十来字,算是策还是论?而且分类也不大讲究,如《兴浙会章程》不入"社会"类而入"地舆",实在离谱。虽然如此,在"海内儒林久为八股所束缚,今欲尽弃其所学,不免手足无措"的情况下,这类书还是有其启发作用,而且也是很行时的。

废止八股虽然有过小小轰动效应,但是这个效应一下子就烟消云散了。真正的人才并不因停试八股而辈出,因为策试也可剿袭雷同,于庸人或许更得心应手。况且八股的毛病并不在八股本身(八股不过文体之一种罢了),而在于当权者把它作为束缚思想的工具。如果策试仍为原来目的服务,则与考八股无多大差别。以是必须改变的是整个垂死的科举制度,而不是其枝叶末节。只要科举不废,就人人仍存侥幸之心,希望通过"搏一记"来获取官位,不会去走由学校循序渐进的培养人才的道路。清政府虽早已有兴办学校的举措,但成效甚微,要不是靠着西文教育的维持(懂西文上可充电报铁路差使以待保举,下亦得为买办西崽以图厚利），新式学校早就无人问津了。因此在要求改革变法的强大压力下，颟顸的清廷不得不最终彻底端掉科举制，时在光绪三十一年乙巳（一九〇五），去废八股之时不过四载。

随着科举制的消亡，问策和对策也成了历史的陈迹。当着策试时行的时候，策学书籍和策文范本之类在书肆之中是琳琅满目应有尽有，但其命运与所有的敲门砖一样，用过了也就丢掉了，现在能看到的已经不多。这些书不但作为文化史上的一个印记值得保留，而且有些文集所选诸人多有今已湮没不彰的人物，还有一些是无名氏的作品，这对于研究三四流甚至更一般的人物的思想无疑有一定价值。虽然这些人的思想是整个社会思潮不可或缺的组成部分，但历来却是研究得太少了。更有某些少见的史料也借此类书的采摘而得以保存，如《中外文献策论汇海》中有一篇《江西创办英文学塾略章》，就让我们知道在变法维新时期，不但沿海地区多有英语学堂，就连内地的江西也受波及。今人研究外文教育，总是一提就是北京、上海、广州三地的同文馆广方言馆，连南京也有同文馆都不大清楚，更不用说江西的英文学塾了。由是以观，天下真无无用之书矣。

鬼话、《华英通语》及其他

　　中国人是怎么学起英语来的，至今似乎还没有进入到学术研究的领域中来。但在日本则情形不同，他们探索英语在日本的传播、普及与提高的全过程，已经历有年所而且成果显著，如《日本英学史的研究》《日本英学书志》《日本英学发达史》《英语事始》之类的书不知凡几。语言接触本是文化交流的先导，但接触的细节却不是容易弄明白的。两个异国人，互相不懂对方的语言，到底是怎样说起话来的？这是一个很有意思的问题。从种种迹象看来，多是一方先学好对方的语言，而不是两人同时起步的。在某一方学到一定程度后，就可变成双语人，这时他如果有知识，就可进一步编写双语对照的教材或辞典，给双方的人做工具，达到使更多的人相互理解的结果。譬如基督教新教第一个来华的传教士马礼逊（Robert Morrison）就因精通汉语，进而编出一部汉英与英汉对照的综合大辞典。但是辞典是备查的工具书，并不能当教本用。在语言接触的初期，最切实用的是词汇集与会话集。尤其是对于急功近利的人来说，死记一些单词与简单的会话，往往就立竿见影，受益匪浅。

鸦片战争以前，广州是中国唯一开放的港口，在这里有少数与外国人进行贸易的商人及通事稍通英语，推想他们应该编写有一些简单的英语读本，但是并未保留下来。鸦片战争以后，中国被迫开放五口通商，懂英语的队伍进一步扩大，英语读本必然增多，于是就有一些流传较广、影响较大的侥幸得以保留下来。字典、辞书是工具，工具用旧了就得换新的；读本、教材是敲门砖，门开了砖头自然扔掉。即使是十九、二十世纪之交，商务印书馆出版的洋装英语教材，今天也不能找全，更何况那些比商务还早上数十年的木刻英语读本。这里要介绍的就是几种国人编写的，现在已经颇为罕见的早期英语词汇会话集。

还是先要说到日本。因为目前所能看到的最早的，而且是由中国人自己编写的一本英语单词、会话教材，竟然是间接地保留在日本。所谓"间接"是指原书已经不见，通过福泽谕吉其人的增订本才得知该书的原貌。福泽谕吉是明治维新前后极负盛名的启蒙思想家，不认识他的人，从日本万元大钞上也总要经常一睹其风采。打开他的二十一卷本的全集来看，开首的第一部著作却是《增订华英通语》。《华英通语》如何轮到他老先生来作？原来是这样：一八六〇年春，福泽随人到了美国，在旧金山一个中国商人那里发现了这本书，大为欣喜，央求着买了下来。其时日本的英语水平还很低，所出英语教本，多是近似荷兰语的讹音，或是流行于横滨一带小范围内的洋泾浜英语，远远不如中国。而这本《华英通语》的作者却是"从学于英人书塾者历有年所，凡英邦文字久深切究"，因此福泽将它带回日本，用假名一方面加注英语发音，另一方面加注汉语译义，到秋天就以《增订华英通语》的名义出版了，前后只花了四个月时间。所谓增订指的就是用日语的假名标音与释义，其他则原封不动地保留原著的模样。

《增订华英通语》出版之快，说明当时在福泽的头脑中，学习英语是摆在了如何重要的地位上。日本闭关锁国状态直到一八五三年彼利舰队的到来才被打破。在此之前，日本与西洋的接触主要是通过荷兰这条渠道，日本的兰学就是初期西学的代名词。在日本国内一批主张改革开放的仁人志士，主要都是通过荷兰语来认识西方世界的。而在十九世纪中叶，英国已经崛起成为世界上最强大的国家，因此如福泽这样的先进人物就提倡要努力学习英语，以便更好地效法西方文化。在到美国以前，福泽已经很辛苦地学了两三年英语，都是以荷兰语作为拐棍来学的，为了纠正发音，他甚至向一个懂英语的小孩与一些从英国回来的漂流民讨教。从荷兰语向英语的转换是一个痛苦的过程，许多日本的兰学者不肯放弃荷兰语而改学英语，怕的就是邯郸学步不成，弄巧成拙。只有福泽目光远大，毅然自修，在当时的日本起了出色的带头作用，大大推动了日本的英语学的发展。

日本学者普遍认为，《增订华英通语》在日本英语学

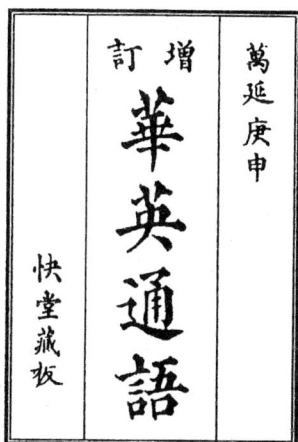

发展史上是一座里程碑，因为它所标示的发音比前此的同类书籍都更接近于正音。在美国时，福泽还买回了一本韦伯斯特大辞典，这是英语辞典第一次进入日本。但这本辞典只能为懂英语的人所用，对初学者来说，只有《华英通语》才是最合适的课本。从福泽为增订本所写的凡例来看，他是很看重该书的水平的，自称"余学英语日犹浅矣，素非其任也。如子卿（《华英通语》作者）则不然，已抱命世之才，而亲炙英人之塾，千磋万切是译之务，是以其著书，音之与义雅正而着实，莫毫可间然矣"。中国的闭关锁国政策远比日本彻底，除了俄罗斯语以外，几乎不懂其他西方语言，因此像日本人那样从兰学转型到英学的痛苦倒是没有经历过，于是中国人直接学习英语发音自然也要比从荷兰语辗转而来准确一些。

《华英通语》的内容有两部分：第一部分是按事物分类的词汇，一共有三十七类，如天文类、地理类、人伦类等；第二部分是不便分类的单词及简单会话，从单字类到七字类，外加长句类。所谓单字类，是指中文里用一个字表示的词，如"我""硬""破"等；三字类开始，便已具短句形式了，如"随你便""卖完咯"等；长句类即是完整的会话。不管是单词还是句子，都用汉字注明其读音，再翻译成相应的中文意思。这样的编写法是当时所有英语词汇会话集的通例，完全从实用出发，而且内容往往是商业贸易方面极狭隘的实用。

遗憾的是，这本被日本人看成是具有标志意义的英语教科书，在中国却找不到，如果不是由于福泽谕吉无意中的保留，我们根本就不知道曾经有过这样一本重要著作了。《华英通语》的作者连姓什么也不清楚，只能从序中所引知其名为子卿而已。作序的人倒是有名有姓，叫何紫庭，但也不知其为何方土地了。序作于咸丰乙卯（一八五五），大概出版时间与此相去不远。子卿其人我们虽不知其姓，但却可推知他为广东人，因为书中是以粤方言来为英语注音的。观其将 summer 注音为"心孖"，将 four 注音为"科"，就可明白。这里的"孖"是粤方言常用土字，但一度流行全国，如将商人叫作"孖毡（merchant）"，就连官修的《道光筹办夷务始末》也概莫能外。正有如今日粤语的吃香，甚至粤腔国语的流行一样。日本学者虽也知道《华英通语》的注音不是北京官话，但有人却进而认为是以浙江方言注音的，这就错了，但这也难怪，中国的方言是太复杂了点。

早期的英语教材还不科学，不能有现代的韦氏音标和国际音标之类来注音。日语可用假名（虽然更不准确），中国无注音符号，只有直接用汉字注音。这当然不科学，不准确，但舍此别无他法。为了使汉字注音能尽量符合英语的原音，编写者采用了一些办法，如注 few 为"非夫"，同时又在这两个汉字下面注一"合"字，表明"非夫"二字要合读（即拼音）；又如注 fat 为"咈特"，但又把"特"写小一点，表明轻读。

中国人所编写的，比《华英通语》更早的英语词汇集我们已经一本也看不到了。但是从美国人亨特（William C. Hunter）所著 *The Fankwae at Canton*（《广州番鬼录》）中我们可以知道，在上一世纪三四十年代的广州，还流传着一本取名 *Devils Talk*（《鬼话》）的英语词汇会话集。广州人称外国人为番鬼，番鬼所讲的话自然是鬼话了。亨特说：

> 这本小册子才卖一两个便士，常见于仆役、苦力与店主手上。该书的作者是一个中国人，他独具匠心，应该名垂千古。我常常想，是谁最先把"外国话"创化成为一种当地的语言？为了纪念他，应该在他的祭坛上点起红烛，献上清茶。他的遗像还应当供奉于文字之神的庙宇中。

这本小册子自然也是用汉字注音，如用"土地"来标注 Today，同时释义为"今日"。这个方法与《华英通语》是一样的，也为以后数十年中出现的其他英语词汇集所沿用。所不同的只是编写者采用不同的方音来标注而已。当广州是唯一的对外开放港口时，最早掌握英语的自然是广州人。《南京条约》签订以后，厦门、福州、宁波和上海也开始跟洋人打起交道来。厦门与福州属闽语，宁波与上海属吴语，吴、闽、粤三种方言差异太大，用广东话注音的英语词汇会话集不能适应于其他四个港口使用。不但如此，就是同属闽语的厦门方言与福州方言之间也不能互相通话，上海话与宁波话也有差异，因此各地自然要产生用当地方言来注音的英语读本。今天能看到的这类书，最早的一种是用宁波话标音的《英话注解》，是数名宁波人合作编写，并集资刊刻的。该书我在国内未发现，但在日本友人处有一册，据说也仅见此一册（而且不是初刻本），因此特为复印了送给我。

书前有序及箴言各一，均作于咸丰庚申（一八六○）仲冬，估计初版当刻于此时。初版今已不可得，日本所存是光绪辛巳（一八八一）的重刻本，所幸重刻无有增删，仍保持原貌。此书并非独创之著作，据书前的序言所说，只是将粤语注音的《英话》一书改以宁波话注音而已。至于英语的汉文译义则似全照原译，如"你添些多少"，"我减些有限"，都是粤语的句式。然而原编者虽粤人，除注粤音外，译义已尽量官话化，除上述一些特殊句式外，既无《华英通语》的粤语字如"孖"，也无"唔该"这样地道的粤语词。到底是《英话》原书如此，以求更加广泛的读者，还是《英话注解》的作者加以改造，就不得而知了。

《英话注解》的序言为作者冯泽夫自撰，叙述了著书之缘起及宁波的英语水平等，不无可观之处，故迻录如下：

窃维中外通商，始于乾隆年间，广东之香港斯时皆用粤人为通事，以通其言语，即我帮业广号者，均与十三行交易，不知外国之商情也。至道光壬寅年，奉旨五口通商，贸易日盛，而以上海为大宗。初通之际，通事者仍系粤人居多，迩年以来，两江所属府县亦不乏人，而吾邑惟尹紫芳、郑久也、姜敦五诸君而已。兹奉谕旨，准于各口通商，中外交易，自必更加蕃盛，但言语不通，虽善于经营者，未免龃龉。吾邑藉于此者十居七八，自宜互相习学，然亟欲习学英话者，亦苦无门可入耳。向有《英话》一书，所注均系广音，好学者仍无把握，今余会商宝楚张君、对山冯君、紫芳尹君、久也郑君、敦五姜君等，汇资著《英话注解》一书，注以勾章乡音，分门别类，使初学者便于记诵，其中细微曲折，虽不能悉载其辞，而英商之方言已具大略。是书也或亦吾邑懋迁之一助云尔。

序中所说"两江"，乃指江苏、安徽与江西三省。实则其时堪任通事之"两江所属府县"至多亦仅沿长江一线而已，三省之内地懂英语者仍旧乏人，而且至今尚未发现两江籍人著有比《英话注解》更早的英语教材。说不定正是宁波人最先打破了粤人通事的一统天下。又所谓"勾章"即宁波的古称。

此书另一有趣处是会话所用例句是洋泾浜语，而不是规范的英语。如与"你几时走"相应的英语作 You go what time，"看对不对"作 See like no like，"不要忘记"作 No want forget，"不能进城"作 no can inter city 等。这大概是《英话》原本的模样，明显比《华英通语》落后，然对于研究洋泾浜英语不无用处。

箴言之作颇有意味，似当时学英语遭人诟病，不得不略表心迹，非如今天不但光明正大，且能叽里咕噜者，乃略当高等华人也。箴言云："是书之作，原为学习英话，与外国贸易之便，特以开导吾邑之后学也。切思洋商进出较大，入其门者，得亦易，失亦易，吾不敢谓读是书者尽皆得利也，亦不敢谓读是书者尽皆失利也。要之，眼界既宽，挥霍不免。我乡风气向崇节俭，恐一与洋商交易，顿易其节俭之操，饮食之旨甘，服御之华美，犹其小焉者也，甚且呼卢喝雉，一掷千金也。问柳评花，一唤千金也，始则助夸长夜之欢，继则遂擅专房之宠，初不过倾囊之戏，终则贻荡产之悲。习俗移人，贤者所惑，况其下者乎？尤有甚者，莫如鸦片之害，吸之精神渐衰，志气旋颓，一日只为半日之人，无病常带有病之容，费虽有限，痼实无穷，全不思做客为商，父母倚闾而望，妻子孤帏而守，背井离乡，所为何事。不在得意之时，成家立业，乃在失意之时徒然悔叹也哉。书成恐无以益后人，而反以误后人也，复志数言于篇末云。"

在《英话注解》初版两年后的同治元年（一八六二），广州又出版了一部同类著作《英语集全》。这是"英语"一词的首次面世（不过据该书序言所说前此尚有《英语撮要》一书，然未见）。不像上面两书的作者是籍籍无名，本书的编写者是赫赫有名的买办唐廷枢。唐是粤人，本书自然还是以粤音标注。书前有张玉堂序，介绍该书的成书经过说："唐子生长铁城，赋性灵敏，少游镜澳，从师习英国语言文字，因留心时务，立志辑成一书，以便通商之稽考，但分门别类，卷帙浩繁，一时未能卒业。迨壮游闽浙，见四方习英语者谬不胜指，而执业请讲解者户限为穿。唐子厌其烦而怜其误也，于是决志取前未竟之书，急续成之，凡阅二年而脱稿，题曰《华英音释》。"

唐廷枢自序著书之意图则曰："因睹诸友不通英语，吃亏者有之，受人欺瞒者有之；或因不晓英语，受人凌辱者有之，故复将此书校正，自思不足以济世，不过为洋务中人稍方便耳。此书系仿照本国书式，分别以便查览，与别英语书不同，且不但华人能学英语，即英美人亦可学华语也。……外国人到我国贸易，最大莫如英美两国，而别国人到来亦无一不晓英语，是与外国人交易总以英语通行，粤东通商百有余载，中国人与外国人交易者，莫如广东最多，是以此书系照广东省城字音较准，以便利于通用。书中所载无一不备，观者必以为琐碎，学话者宜择其要而求其精，庶泛应自能无穷焉尔。"

此书比前两书篇幅大，有六卷之多。从序言中看出，该书原定名《华英音释》，大概临出版时又更名《英语集全》。此书且有英文序，有详细的"切字论"与"读法"说明，比前两书又进了一步。

在《英语集全》之后，又过了十二年（同治十三年，一八七四），才有《英字入门》一书问世。此书为上海人曹骧（润黼）所著，比起来，上海人赶时髦的速度似乎不但比广东人而且也比宁波人慢多了。曹氏自序其书曰："迩来各口岸习英国字语者，日新月盛，我国人之研究西学者，往往有所撰述，……大抵皆殚精竭虑，足以嘉惠后学，然所注均非沪音，我邑人之欲习者，终以未易学步为憾。……夫余也少而贫，稍长遭兵燹弃儒业，糊口市廛中，仅拾得西商牙慧，并未博究其奥，安敢自诩有得，好为人师。然此中既有所知，又安敢私以自秘，视为奇货之居，而不与我邑人士乐道之哉。况沪上贸易之盛，甲于各口，西人之来中土贸易者，亦以吾沪为总汇，而顾无人焉。辑一书以启后学，终属缺如，爰不揣鄙陋，辑译是书，注以沪音，既竣，即付剞劂，以公有心人之同好焉。"看来在曹氏之前，上海的确无人撰有类似的著作。

此书之特点在讲究拼法，虽以汉字标音，但不像此前诸书是以汉字谐音死记，再长的句子都只能死背。此书先教音节的拼法，音节既熟，单词即可自行拼出，单词既熟，则句子稍易，已接近于现代教学法，只差注音符号而已。而且此书不采过去先分门别类罗列单词，而是分课教学，按部就班，循序渐进。最后才附语类汇编，列出重要词语，虽然并不分卷，而分量不轻于《英语集全》也。此书在上海大约流行甚广，流行时间亦颇长，据说北京图书馆藏有十九世纪九十年代的翻刻本，距其初刻已二十来年矣。二十世纪二三十年代，以编写模范英语课本闻名的周越然，称其幼时自习所用书为一曹姓所著之木刻本，但已记不得书名和作者大名了，看来说的就是这本《英字入门》。同时也可见《英字入门》一书在距今六七十年前已相当稀罕，当时周氏已找不到原书查证了。我自己藏有此

书初版，日久已忘，前此在《书同文与广方言》一文中，反而怀疑周氏幼时所读为《英字指南》，真是错怪了他。

《英字指南》一书要比《英字入门》晚出，初版于光绪五年（一八七九），去《英字入门》面世又有五年了。此书为杨勋（少坪）所著。杨是科班出身，毕业于上海广方言馆，在同治年间，该馆是与北京同文馆齐名的外国语专门学校。杨在广方言馆亲受林乐知等西洋人之教育，发音释义自然正宗。故杨氏对其书颇为自负，在编末附有一段识语曰："书积六编，稿凡五易，作者亦良苦矣，然此书要旨以辨正音学、字义、语学三者为急务，将以指正路于迷途也，读是编者须知中外口音有同亦有异，中外字义有可译亦有不可译。何也？盖人情风土虽在中国亦有异同，岂相距数万里而风俗反可同耶！姑勿深论。唯是编所译各条字义煞费心思，颇为较量，以为翻译字义只能如是，无复有遗义矣。"自负诚自负矣，然并非夸口，确是

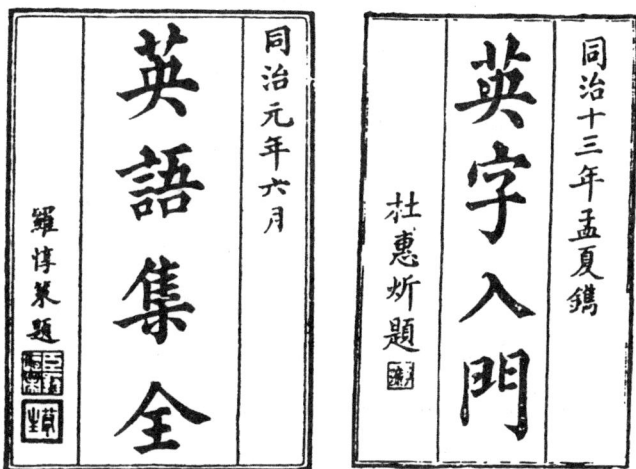

已出各英语教本中在语音、译义和语法三方面都最为出色者。而且所言"中外字义有可译亦有不可译"一语，诚为译事之至理名言。

杨勋为常州人，其注音不似前此仅用一地之方音，如广州，如宁波，如上海，而是以江浙地区通用的吴语语音标注。此书亦有六卷之多，后被商务以半洋装、洋装再版过数次，以《增广英字指南》名义推出。所谓增广，其实十分有限，仅在卷六"通商要语"末尾加上文规（即文法）译略及英文尺牍两节，并在同卷"交易"一节中加上十来句会话例句而已。

此书亦讲究拼法，同时分类词汇与会话句型亦比前加多，更重要的是所教是正规英语，不是洋泾浜。如"你不要忘了"，就作 Do not forget，比前面之《英话注解》，明显进步。杨勋因为是科班出身，能洞悉洋泾浜英语的缺点，故采取正确之教学法，不图一月通之虚名。他并曾在《申报》上发表过《别琴竹枝词》一百首，"别琴"即 Pidgin（English）的谐音，这些竹枝词是今天研究洋泾浜英语的绝好材料。杨勋未曾应科举，而一度入盛宣怀幕，协助其办理汉冶萍公司，故其书亦由盛宣怀等人解囊助刻。此书所见有二版本，另本多出光绪六年刘瑞芬及光绪七年黄建笎序，显见是光绪七年以后之再版，版片亦现老化。又作者在该书凡例之末云："另辑《英文指掌》一编，梓行海内，以公同好，姑以俟诸异日焉。"不知后来究竟付梓与否。

从书的各册的封面题签上以"今天下书同文"六字排列六册之顺序，可窥见时人之心态。书前某余氏之序更加说明问题："窃维我朝幅员，广长超越前代，嘉道咸同以来，通商各国，皇上御极之二年，简派大臣分驻泰西，声教所迄，异俗同风。夫天下车同轨而欲行同伦必先书同文，是西国文字不可不亟讲求也。"讲求西国文字是为了"行同伦"，派遣驻外使节是为了远播声教，换句话说，是要将中国文化输向全世界，而不是为了急起直追，赶上世界潮流，无怪乎无论是改良主义还是咸与维新，都无法改变当时中国的命运。中国不从幻觉中的天朝大国着陆到现实中的发展中国家，是永远也发展不了的。不幸的是那种幻觉在皇帝倒台以后，辫子剪掉以后还缠绕了我们很久。

十九世纪八十年代以前，国人所编的英语词汇及会话集不会只有上面介绍的几种，但是可以说，以线装木刻本的传统方式出版，而且流行最广，影响最大的就是《英话注解》《英语集全》《英字入门》与《英字指南》四种。一八八一年，扫叶山房在重刊《英话注解》的识语中就写道："《英话注解》一书，久已脍炙人口，厥后续出《英字指南》《英语集全》《英字入门》等书，八纮四夷语言文字可谓搜罗大备，抉尽精微，学者必不可少之书也。"当然，曹骧在《英字入门》的自序中还提到邝其照的《字典集成》一书，但那属于字典类，当另为文介绍之。（据邝氏在光绪十三年重镌《华英字典集成》的英文自序中说，他在一八六八年时曾编有一本《英华词汇集》，内含八千个词，但未见，不知其性质如何，亦不知其中文名字是否即《英语汇腴》？）值得庆幸的是这四种书今日还全部可以看到，其中《英语集全》大约流行最广，故传世尚有若干，《英字入门》与《英字指南》的初版已经罕见，至《英话注解》一书初刻本则至今未见。以中国之大，藏书之单位及个人之多，很难说哪一天不会发现《英话注解》的初刻本，甚至于《华英通语》的原本。更希望除上述介绍的数种英语教本以外，还有人有新的发现。譬如说《英语汇腴》一书就从未有人介绍过，仅由王韬之序，知该书由初二三集组成，然不明其尚存于天壤间否。

以上所介绍的都是以汉语的某一南方方言来为英语注音的，无疑最早学习英语的主要都是南方人。以北方官话来注音的读本，国人编的尚未见过，外国人编的倒是有很典型的一种，那就是英国人罗伯聃（Robert Thom）所著之《华英通用杂话》（*Chinese and English Vocabulary*）。此书只见上卷，也是词汇会话集。下卷计划介绍如何写英语作文，但不知到底出版与否。书前有序云："余寓粤东多年，颇通汉语，然计汉人畅晓英语者，不过洋务中百十人而已。此外南北各省，竟无一人能略知者，不免有意难通，殊觉束手。……余故选其贸易中必须之句，译出汉字英语，纂成书本，使学者有所头绪，乃能用心，不至诿之无路也。"

该序不署年月，但该书上卷末尾另有一段识语，请读者原谅木刻英字之不佳，落款是一八四三年八月十日于广州，书当著于其时，与前述《鬼话》大约相去不远。当是时，《南京条约》虽已签订，但厦门、上海、福州、宁波均尚未正式开埠，国人自编的《华英通语》等书还远未问世。《华英通用杂话》的形式与《华英通语》等词汇集无异，但注音用的是官话。在该书的凡例中还将英语的拼法与汉语和满语相比较，有一定的科学性。罗伯聃只活了三十九岁（一八〇七至一八四六），聪明过人，一八三四年来华，很快就学会并精通汉语。在先已把 *Aesop Fables* 译成《意拾喻言》（即今通称之《伊索寓言》），当时编写的目的是为英国人学习汉语之用，今天却成了研究中英语言接触的经典材料。

中英语言接触初期所编的这些英语词汇与会话集，对于英语学在中国的发展以及中国人如何接受西方的新事物与新概念很有参考价值。单单把词汇集里的词语按年代排列出来，就可以看出译语是如何变迁的，新词是如何进入汉语词汇的。例如以"海股"来译 gulf，从《华英通语》起直至民国十五年教育部审定的世界地理教科书一成不变，说明在中国此词至少已经使用一甲子有余。然稍后即"海股"与"海湾"并用，再后即仅用"海湾"一语，以至于今。但用"海湾"并不见得高明，因为 bay 也早就译为"海湾"，两者在中文的表达上没有区别，而在英语里的不同却是明显的，一封闭，一开放（试比较 Gulf of Mexico 墨西哥湾与 Bay of Bengal 孟加拉湾），说明汉译者思想的贫乏，使译语至今尚未臻于至善。

对于语言接触史的研究，我们还差得很远。没有人将中外语言接触的研究看作什么重要的事。文化史的发烧是八十年代的事，但由于实证研究的薄弱，发烧状态并未持续多久，发烧友们早已见异思迁了，如果有人能冷静下来，潜心于语言接触史一类具体而微的实质性的探索，必定要给中国文化史研究增添异彩。当然最好能把重要的中外对照辞典与外语教本影印出来以供参考，不过对当今的出版界来说，这又是一种不可能事件，不提也罢。

新版后记：世纪之交有机会在早稻田大学待了半年，因而乘便到位于仙台的东北大学见学数天，终于看到了《华英通语》的原版，真是让人感慨万分。这样一本中国最早的英语教材正躺在该校的狩野文库里，而在其家乡则是无可觅处。可惜不能起狩野教授于地下，再无法知道此书从何而来了。

不妨读读历代正史地理志

如果我们将二十四史倒过来读，大约会有渐入佳境的感觉，可惜人人都是从头读起，于是便有一蟹不如一蟹之叹。照理说，同一类型的著作应该越写越好，《史记》既已立下纪传体的规矩，后头的乌龟照着爬就是，不料却越爬越不像样子。前四史自然是好的，魏晋南北朝八书二史就等而下之，旧新唐书五代史已经不怎么样，宋辽金元明史则更加不堪。论者以为这正反映了私撰、奉敕自撰与官方设局集体编撰的差异——连写史书都是个体经营的强。

起先，二十四史中称"史"的是通史，称"书"的是断代史。《史记》是从上古到前汉中期的通史，两《汉书》是前后汉的断代史。《三国志》由魏、蜀、吴三《书》组成，也是三国时期的断代史。《晋书》和宋、南齐、梁、陈与魏、北齐、周、隋八《书》以及两《唐书》自然都是各该朝的断代史，《南史》与《北史》分别是南北朝通史，新旧《五代史》则是五代十国时期的通史。但是《宋史》以后就乱了套了。宋、辽、金、元、明诸《史》皆称史，实际却都是断代之书——祖宗成法也是官修史书给破坏的。

史书的体裁并非只有纪传体，还有编年体与纪事本末体，前者如《春秋》《资治通鉴》，后者如《通鉴纪事本末》，但只有纪传体最为流行，因此称为正史。

纪传体史书的体裁主要有本纪、列传、表、志四种。纪传代代相因，不但没有起色，而且越写越糟，不必细说。表是司马迁的杰出发明，于读史极有帮助，但后代的史家大都偷懒，把它省去了（二十四史只有九家有表），也按下慢表。后代比前代稍有发展的只是志——不是指质量，而是指种类。《史记》无志，但有礼、乐、律、历、天官、封禅、河渠、平准八书，专记典章制度之事。班固改书为志，性质无别，篇目则扩而为十，即：礼乐、律历、天文、郊祀、沟洫、食货、刑法、五行、地理、艺文诸志。志的体裁从此历代相沿不替，只是品种互有参差，略有损益。减损的先不说，只说增益的：《续汉书》增百官、舆服二志，《宋书》增符瑞志，《魏书》增释老志，《新唐书》增仪卫、选举与兵志，《辽史》增营卫志。从纵的方向看，天文、地理、礼、乐四志（有三史礼乐合为一志）普遍都有（王者父天母地，礼乐则以施教化，自然都不能缺），律历、五行、刑法、食货、百官、舆服诸志其次，河渠、艺文、仪卫、选举、兵等志又次，郊祀、符瑞二志很少，释老、营卫各仅一志。从横的方面看，《隋书》以前各史或八志或十志，《宋史》以降则增至十四五志，介于这两者之间的旧、新《唐书》各十一与十三志，《旧五代史》九志、《辽史》十志，最少者《新五代史》仅有两考（即志）。

读史者若非专门家，则多以读传为主，捎带读纪，表志几无人理会。表自然读来枯燥，志也一样令人味同嚼蜡。但若为研究计，志则大有读头。例如最为人看不起的五行志，多记某年月日某处地震，某处水灾，某处蝗灾，被梁启超讥笑为"邻猫生子"式的史料，但在今日，这些材料却极为有用，研究历史时期的地震和其他灾害无不从中取材，如《中国历史地震图集》之类重要著作，无五行志则无从编纂。其他志亦莫不各有其用，就中又以地理志用处尤大。盖史书中所记载的人物事件无不发生于一定的空间之中，而地理志则可用作空间的标识。德国历史学家有言：历史有两只眼睛，一是年代（Chronologie），一是地理（Geographie），C 与 G 恰肖人之双眼。中外所见略同。

地理志之作始于班固，功莫大焉。司马迁《史记》未列地志，致使战国秦代地理不明。秦始皇灭六国，分天下为三十六郡，开创统一的中央集权国家，这是一件旷古未有的大事，然则三十六郡到底是哪些，又各有多大幅员，都无从明白，后代学者聚讼纷纭数百年，至今始有眉目。至于战国地理，则于今尚不得其详。向使司马迁虑及此，设地理书一篇，将使多少悬案涣然冰释。《汉书·地理志》（下文简称为《汉志》，而把其他地理志分别简称为《续汉志》、南朝《宋志》《隋志》等）是以行政区划作为框架，而将其他地理现象系于各有关政区之下。这个格式亦为历代所遵奉。在班固之前，我国的地理书以《禹贡》

最为重要，其前半部以山川为标识，将海内划为九州，是自然地理区划，而兼有经济地理的性质。其后半则是乌托邦式的政治地理，分天下为甸、侯、绥、要、荒五服，以王畿为中心，每服方方正正向外扩充五百里。《禹贡》是战国时人的理想与地理知识的产物，而伪造为大禹所作，列于《尚书》之中。《尚书》既为儒家五经之一，《禹贡》自为不刊之典。生于班固千年之后的郑樵依然认为做地理书必须如《禹贡》，他说："地理之要在于封圻，而封圻之要，在于山川。《禹贡》九州皆以山川定其经界，九州有时而易，山川千古不易，是《禹贡》之国，至今可别。班固《地理》，主于郡国，无所底止，虽有其书，不如无也。"这是毫无见识的话。

班固自然未受马克思主义影响，但恩格斯说：国家的职能之一就是按地区划分其国民，这一点班固似乎是悟到了的。中国的行政区划起源于春秋，成熟于战国，定型于秦代，自后以郡县制为政区体制行之垂二千年而无大变。在中央集权国家里，一切政令无不通过各级政区而下达，一切政治、经济、军事、文化活动也无不在政区的背景下进行。不明政区地理则不懂历史，不但是不懂历史变迁的地理背景，而且是部分地不懂变迁何以产生。地理学的出现在中国很大的程度上是为了解史，所以在古籍的分类上，地理类就厕身于史部。这正像小学（文字、音韵与训诂）被归于经部一样，是为了读经。在中国未统一以前，地理书如《禹贡》、如《五藏山经》，都以山川为框架来展现地理现象，到了统一国家形成之后，自然就应该有政区地理的作品出现，这不但是班固个人的创造，也是时势发展的必然。所以地理志从《汉书》始创，就世袭罔替。二十四史中除《史记》外尚有七史无地理志，虽表面看起来比例不小，究其实不被各地理志涵盖者仅三国与南北朝后半一百数十年时间而已。不但如此，三国之地理还包括在《宋志》之中，梁陈齐周之地理又可在《隋志》中去探寻。若班固首创的地理志不有其重要性，后世绝不可能响应景从如此，不但为诸正史所效法，且进而发展出单独成书的全国地理总志如《元和郡县志》《太平寰宇记》和《大元一统志》之属。郑樵不明白这个道理，反而主张万古不变的教条，故其所著《通志略》，要以地理略最无参考价值。

地理志是通称，在少数正史中又各有其变称。《续汉书》称郡国志，《宋书》《齐书》称州郡志，《魏书》称地形志，《旧五代史》称郡县志，《新五代史》称职方考，名虽异而实则同。二十四史中的十六部地理志如果一一加以介绍，势必费篇幅，且过于专门，只能以首创而且编得最好的《汉志》作为范本，来作小小的铺陈，然后再对其他地理志略缀数语。

《汉志》分三部分，前序照抄《禹贡》及《周礼·职方》两篇，表明地理志渊源有自。后序则是先秦至西汉的风俗区域的写照，其时的风俗实即今日的文化，因此后序实为专门的文化地理著作。前后序之外，地理志的正文部分就是西汉一百零三郡国的政区体制的实录以及有关地理现象的陈述。

秦始皇二十六年，除首都内史特区外分天下为三十六郡，以郡统县，在全国范围内推行郡县制。郡数后来增加到四十八，但因秦无地理志，故县的总数不明。汉兴以后，把郡划小，在郡之外又立诸侯王国，成为郡国并行制。在汉高祖末年，皇帝自领十五郡，其余三十九郡分属十个诸侯王国。王国的存在威胁中央集权，文、景两代相继采用众建诸侯与削藩之策，使得王国总数增加，而每个王国都只余一郡之地，王国的地位降而与郡相同。武帝又行推恩法，将王国领域不断削小，加上疆域扩展，因而增置许多新郡，所以到西汉末年，郡国总数已发展到一百零三个之多，县和县一级的道、邑、侯国则有一千五百八十七个。

《汉志》的基本内容就是依次罗列这百三郡国与千五百余县的名目，以郡国统县邑，表明西汉末年的政区结构。此后历代地理志莫不仿此而作，只是政区名称或有更改，层级或有变化，数量或有增损，幅员或有盈缩，但基本框架一成不变，都是某朝某一大致年代行政区划的记录，有如现今每年一度的行政区划简册。虽然地理志初看只是一大堆地名，读不下去，但是历代地理志接连读下去，就看出了二千年间行政区划变迁的大势。清末民初杨守敬的《历代舆地图》与先师谭其骧主编的《中国历史地图集》就是以历代地理志为基本依据的。当然历代地理志

186

并非轻易地一拿来就可用，由于志的内容有时过分简单，而且还有错误，就必须经过订讹考证，才能加以利用，所以自清代以来就有许多专门家从事注释考订地理志的工作，《汉志》是第一部地理志，一切后世的行政区划究其变迁，都要寻根至此，所以注家蜂起，至有数十家之多。读地理志时也要读读这些注释，才能收事半功倍之效。

除了记录郡（国）县两级政区的名目外，《汉志》又在各有关的郡县下以注文的形式记载了丰富的地理现象，这是全志最精彩的内容，只是因为分散于各郡县下成鸡零狗碎状，有时看不出名堂来。这些内容属于自然方面的有山川湖泊、地下资源，属于人文方面的有人口、粮仓、盐铁工官、宗庙神祠等。如果我们把这些因体例所限而分散的资料加以整理排比，或参以其他史料进行推理考证，便可复原西汉时期的水文地理、人口地理、宗教地理、经济地理等等方面的面貌来。以下我们举例作一说明。

在整篇《汉志》中，总共记载了大约四百多条水道，一般都详述其源出、流向、行程及归宿。如太原郡汾阳县下有"北山，汾水所出，西南至汾阴入河，过郡二，行千三百四十里"的记述，明明白白地勾画了今天山西的汾河在汉代的模样。较小的河流记载则简略些，如同郡的上艾县下云：绵曼水（今绵河），东至蒲吾，入虖池水（今滹沱河）。与山脉不同，水道变迁较大，尤其平原地带河流常有改道的可能，湖泊水面也有盈缩的变化，将今天的河流湖泊与《汉志》的记载相比照，便可发现变迁的痕迹。同时我们又可悟出，在汉代必定已有一份完整的全国水文地理资料（或许可称之为汉代水经），班固不过是将这些资料分割开来，按郡县分布加以编排。这份资料如此可贵，使得我们可以再度将其重新组合，不但复原出西汉的水文地理面貌，而且还可作为上溯先秦水文地理的基础。《汉书》以后的地理志没有一部保留有如此完整的水文资料，只有《新唐志》详载各地的水利工程，差可比肩。

比水文资料更直接可用的还有西汉元始二年（公元二年）户口总数及各郡国的户口数。这些数字不但是我国有史以来最早的户口统计，而且因为分别系于各郡国之下，又自然成为人口分布资料，哪里人多哪里人少，一目了然，很有价值。《汉志》记载的西汉的总户数是一千二百余万，口数则是近六千万，可见当时平均每户接近五口。如果以郡国而言，人口密度最高当数济阴郡（今山东省定陶、菏泽、东明一带），每平方公里二百五十人以上，最低的郁林郡（今广西西部）是每平方公里仅半个人，两者相差极大，而且与今天人口分布情况也有很大区别。郡国以外，长安、长陵、茂陵（都在今西安附近）、阳翟（今河南禹县）、鄢陵（今河南鄢陵北）等五县也有户口数，又有洛阳、成都、宛（今河南南阳）、鲁（今山东曲阜）、彭城（今江苏徐州）等五县有户数。长安是首都，户数有八万之多，长陵和茂陵分别是汉高帝和汉武帝的陵县（为奉祀皇帝陵墓而特设的县），也分别有五万与六万之众。其他几县户数都在四万以上。秦汉时期，万户以上的县称大县，这十县当是特大县了。这些县的今地有的已是僻壤，历史的变迁依稀可见。后世的地理志在郡级政区大都也有户口记载，继承了《汉志》的传统，尤其《旧唐志》发展为有贞观十三年与天宝元年两个户口数。但也有不及的，如晋、隋、辽、金诸《志》仅有户数而无口数，南齐、两五代《志》则户口数并无。《明志》虽有户口，但只及于十五个省一级政区。

西汉在各郡国设有盐、铁、工、服等手工业管理机构，但这些官署并不都设在郡治或王都，而是设在各有关的县里，如盐铁官就设在出盐产铁之县，工官设在制造兵器、漆器——这些兵器和漆器都是中央的特需品，不是民间的日用品——的县里，由《汉志》的记载可知西汉设盐官者有三十六县，设铁官者有四十八县，设工官者有八县，设服官（为宫廷制造舆服）者两县。西汉的官营手工业分布也由此一清二楚。由于盐铁的生产规模较大，势必造成盐铁官所在县的经济比较繁荣，从事盐铁生产的城市人口增加。生产兵器与漆器工艺过程复杂，需要较高的技术水平，一般要由专门的技术工匠制造，产品上刻有他们的名字，设置工官的县一般都具有一定的历史基础和一批专业人员。因此盐铁工官的分布也是研究西汉经济地理的有用资料。盐铁长期以来是国家专卖，受到特别重视，历代地理志也注重盐铁产地的记载。

在佛教未曾东来以前，中国的宗教形态还比较原始，崇拜对象纷纭复杂。在西汉后期成帝进行宗教改革以前，全国共有各种祠庙六百八十三所，见于《汉志》者有近三百所，其中有名可查的又有近百所，保留下来一项可贵的宗教地理资料。这些神祠有的是汉代新创，不少是先秦以来的延续。从神祠的名称我们可以看到先民崇拜的泛神化：天地山川日月星辰，风雨云雷动植灵物，人神厉鬼仙家异象，无神不有祠，无神不致祭。例如，长安有黄帝、蚩尤祠，汾阴有后土祠，平氏有淮水祠，鸿门有火井祠（天然气火），云阳还有少数民族如匈奴的休屠、金人、径路神祠，越巫的连名字也叫不上来的神祠等等，不一而足。值得注意的是，六百多所神祠的分布极不均衡，绝大部分集中在关中和齐鲁地区，这两个地区中又以关中为主，关中又以雍县为中心，以一县之地竟麇集了二百零三所，几占全国神祠总数的三分之一。雍县是秦国故都，这些祠庙大都是先秦所遗，秦国宗教所体现的高度集中令人吃惊。与之相反，齐国的宗教却呈分散状。齐人的神祇以八神为主，即天地阴阳日月兵四时，并不集中在都城临淄供奉，而是遍布于齐之中心与四境。这恐怕显示了齐人与秦人思维的差异。对比秦重耕战，齐重工商，秦行郡县，而齐设五都，似可给人以不少启发。后世的地理志多忽视神祠的记录，《晋志》虽有一部分，但乃是抄袭《汉志》而来，如记雍县有"五畤、太昊、黄帝以下祠三百三所"，纯是《汉志》原文，而错二百为三百。其实在汉成帝进行宗教改革后，雍县只余下神祠十五所，晋时又何来三百三所？

《汉志》不但记当代地理，而且还叙述历史沿革，用班固自己的话来说就是："采获旧闻，考迹《诗》《书》，推表山川，以缀《禹贡》《周官》《春秋》，下及战国秦汉焉。"具体而言，讲县邑一级常上溯先秦，如新丰县下注："骊山在南，故骊戎国。秦曰骊邑。高祖七年置。"说郡国一级则只叙秦代以来的变迁，如沛郡下注："故秦泗水郡，高帝更名。"由于有前者的记载，读者得以了解先秦许多古国的地理位置；由于有后者的记载，专门家也可借此恢复汉初郡国原貌。问题是后者过简，而且错误不少，不可遽信，必须加上自己的考证才能确定是非。除沿革而外，《汉志》还记载一些有历史意义的城邑乡聚，重要的关塞亭障，并把重大历史事件系于所发生的地点之下。譬如在上党郡下注：有上党关、壶口关、石研关、天井关；在绛县下注：晋武公自曲沃徙此；在侯国下注：垓下，高祖破项羽。这些都予读史者很大便利。这个优点也被部分地理志继承下去。如两《唐志》尤详于县一级政区的沿革，《宋志》和《明志》于军事要地的记载也很注重。

《汉志》正文部分的内容十分丰富，非上述三言两语所能道尽，只能暂止于此，必须留点篇幅给后序部分。后序的内容并非班固自著，而是将成帝时刘向的分野说与朱赣的风俗记录编在一起。分野意思不大，可以略而不谈。风俗的材料却十分可贵，幸亏由《汉志》而得以保存，后世不见得没有类似材料，但却没有班固之慧眼，所以除了《南齐志》《隋志》和《宋志》稍有记录外，其他地理志都是空白一片，可惜得很。如果我们把后序的材料重新加以组合，就会发现西汉实际上存在三大风俗地带，即长城沿线地带、黄河中下游地带与淮汉以南地带。每个地带又可分成若干风俗区。黄河中下游是秦汉时期的政治经济文化重心所在，表现出丰富多彩的风俗地域差异，可以分十二三个风俗区。如说到关中地区是："五方杂厝，风俗不纯。其世家则好礼文，富人则商贾为利，豪杰则游侠通奸。"讲到淮阳地区则是："妇人尊贵，好祭祀，用史巫，故其俗巫鬼。"提及洛阳地区则云："周人之失，巧伪趋利，贵财贱义，喜为商贾，不好仕宦。"何等生动，何等贴切，简直好像是今日某些地方风俗的写照。

长城沿线地近匈奴与东胡，居民以游猎战备为先，亦可分为五六区，但风俗差异较小。如西北天水陇西等六郡，"皆迫近戎狄，修习战备，高尚气力，以射猎为先。……故此数郡，民俗质木，不耻寇盗"。又如定襄、云中、五原，"其民鄙朴，少礼文，好射猎"。淮汉以南地域辽阔，但西汉时开发还很不深入，只能大致分为巴蜀、楚、吴及粤四个风俗区，而四区的风俗又无大别。巴蜀今四川，"民食稻鱼，亡凶年忧，俗不愁苦，而轻易淫佚，柔弱褊阨"。楚在长江中游，"民食鱼稻，以渔猎山伐为业，……不忧冻饿，亦无千金之家"。吴在长江下游，讲吴俗只有一句话："吴越之君皆好勇，故其民至今好用剑，轻死易发。"然后再补充说："本吴越与楚接比，数相兼并，故民俗略同。"有趣的是，对今岭南两广的粤地风俗只字未提，但却有一段文字详及海南岛的风俗："民皆服布如单被，穿中央为贯头。男子耕农，种禾稻苎麻，女子桑蚕织绩。亡马与虎，民有五畜，山多麈麖。兵则矛、盾、刀，木弓弩，竹矢，或骨为镞。"这是有史以来最早有关海南岛的珍闻，真正不可多得。

《汉书·地理志》的价值不止在它的丰富内涵，更重要的是它开创了政区地理志这种新体裁，以后历代地理志沿着这个方向继续前进，虽然未能超过《汉志》的水平，但毕竟积累了大量的资料，使我们得以弄清二千年来政区的变迁大势，这在世界上是没有第二例的。这是《汉志》最重要的历史功绩。《汉志》虽有种种好处，但是并非没有缺点毛病。其他不说，只说最重要的一点，那就是年代断限不严。因为政区地理总在不断变化之中，所以一提政区体制（即郡县统辖关系），就必须与一定的年代相联系。但是详细研究《汉志》却可发现，其郡国一级名目所据是元始二年的资料，而县邑一级的名目所据却是成帝元延绥和之际的资料，两份资料相去有十年之久而混合在一起，就产生了一些矛盾。比如说，西汉诸侯王国照例不能辖有王子侯国，但《汉志》却有两个王国下辖王子侯国。清代第一流的沿革地理学家钱大昕首先发现这个毛病，但尚未悟到这是班固处理资料粗疏的缘故。我起初很为班固惋惜，为何写作态度不能严谨一点？及至把正史往后读下去，才知道《汉志》的断代还是较严的，有的地理志简直就不大容易判断其政区是哪一年的体制。

正由于政区地理必须与一定的年代相联系，所以我们切不可将地理志所载政区体制看成是该朝代一成不变的体制。前人读地理志常犯此误，譬如读史者常拿来与钱大昕相提并论的王鸣盛（其实两人之见识相去不可以道里计），就以《汉志》所载太原郡二十一县来指责《高帝本纪》所说该郡三十一县的错误。其实两者均无误，《高帝纪》所说是汉初情形，《汉志》所表示是汉末状况，是王氏自己错了，书未读通。

由于政治、经济、军事等因素的作用，行政区划的变迁有时达到十分繁复的地步，有的朝代从初年到末年，已变得面目全非，像西汉二百年间的变迁就是如此。相反，有时两个朝代之间的政区却差别不大，例如从西汉百三郡国到东汉百五郡国变化并不显著。既然地理志所表示的只是某一年代的政区体制，而不可能覆盖整个朝代的变化，那么政区地理的研究不能止于历代变迁大势的复原——即每个朝代只复原一幅代表性的政区体制，而应该深入到研究一整个朝代变迁的全过程。这当然比研究历代变迁大势要难，但并非完全做不到。我已尝试做了《西汉政区地理》研究，既以《汉志》为基础，又在纪传表及其他志中去找材料，但所用史料并未超出《史记》《汉书》之外，只是方法比前贤有所进步。我的一些年轻的同事也正在从事东汉、唐代和明代政区的复原工作，也都要利用地理志，又要超出地理志之外。工作相当枯燥，但是想到千百年前被掩盖的史实有可能因自己的努力而揭示的前景，又觉得兴味无穷。至于何以要去从事这项看来与今天的经济建设似乎毫不相干的研究，只能留待介绍政治地理的下一篇文章去谈了。

黄人所著之《普通百科新大词典》

　　黄人（一八六六至一九一三）是南社社友，与章太炎同受聘于东吴大学，为文学教授。最近他渐渐引起人们的注意，所著《中国文学史》有人作了专门的介绍。但此人博学多才，其成就不但在创作小说诗词、翻译外国作品、编辑文学刊物、撰写《中国文学史》，他还有一项重大的学术工作一直未被人所提及，这就是编辑了一部《普通百科新大词典》。这部词典现在几乎完全被国人所遗忘，也很少有图书馆典藏此书，但在辛亥革命当年，这本词典在三个月内就连出了三版，可见其时之脍炙程度。外国学者也没有忘了它，日本人实藤惠秀著《中国人留学日本史》，就特别提到这本词典，而且作为自己的重要藏书。实藤的藏书现在归东京都立图书馆所有，但要阅读此书原本却不容易，只能读缩微胶卷。实藤收书极有眼光，当时一些毫不珍贵的书，他都收了来，现在则成珍品了。

　　黄人这部词典不引起国人的重视，主要是不大有人注意到其重要价值。晚清以来，中国门户被迫开放，中外语言接触成为文化史上的重要现象，许多新词蜂拥而入，大大丰富了汉语词汇。这些新词的来源主要是两方面：一部分是国人直接翻译西方著作得来，大部分则是采用日本学者对西洋著述的现成译语。前者主要发生在上一世纪七十年代以前，亦即日本明治维新以前。维新以后，日本人掀起翻译欧美作品的高潮，无论理工医农，哲学文艺，无所不译，由于西洋的许多新事物与新概念在东方闻所未闻，自然要造出大量新词语予以表达。这些新词或用固有的汉语词，赋予新义，或用汉字重新组合而构成。清末留日学生又把这些词转输入国，于是举国上下莫不以满口新名词为时髦风尚。但是一直到黄人编纂这本《普通百科新大词典》以前，尚未有人将晚清以来出现的新词语汇集成书，倒是西洋人在本世纪初就已经出了几种外语与汉语对照的新词词汇集。所以黄人这本词典不但在词汇史研究方面是一个重要的里程碑，借助于它，我们可以了解到哪些词在清末已经出现，哪些词当时流行，而现在已经废弃，于近代词汇发展过程的探索极其有用。而且由于词典的编纂在当时是新鲜事，这本词典在中国词典编纂史上又具有开创性的意义。当然该词典所收并非都是外来新词，而是各方面知识都兼收并蓄百科词典，但其重要内容以及最有价值的部分却是清末出现的新词语。

该词典为线装书，分十五册装订。总目一册，以字首笔画为序；分目一册，以学科分类；补遗一册；其余十二册从子集至亥集排列，包括补遗在内，收词条近一万二千条，总字数达一百数十万言，而这样庞大的一本书，竟然在一年之内就编辑完成，可谓神速已极。书前有两序，一为严复序，一为自序。严复此序不见于其任何文集，也可算得是一篇佚文了。自序则言其编辑词典之缘起曰："国学扶轮社主人沈粹芬君发心欲编词典，漫以相属，而鄙人亦遂忘其蹇陋，毅然担任而不辞也。"在中国是自古以来就有字书、类书联翩问世，但却从未有词典一物出现。因为中国在古代是以字为词，字书无异词书，后来虽出现复音词，但仍是以字组词，释字义也等于释词义，所以只有字典的说法，而没有"词典"一语，直到一九〇九年出版的国人编辑的第一本汉英词典，仍称为新汉英字典。故黄人在自序中说："彼欧美诸国则皆有所谓词典者，名物象数或立界说，齐一遵用，严于律令，非如字书之简单而游移，类书之淆杂而灭裂。故名实不僢异同，互资其国势之强盛，人才之发达，此一大动力焉。"可见他编此词典不但是要开一代新风，而且要于国家富强起作用。

词典所收于今天而言乃属专门用语或曰专门术语，在其时称"学语"。在凡例中，黄人说："新学语原本欧西译意译音，每有歧异，兹皆附列西国原文，以供考核，即不通欧文者，稽考纯熟，亦能渐知西国方名，而西人之稍识华字者，亦可借以对镜。"这就使得该词典部分地成为中外词语对照的词汇集，这一点是很难得的。当时新名词泛滥，各人就自己的读音与释义来翻译，相去甚远，附以原文，则有裨理解。黄人又说："吾国新名词大半由日本过渡输入，然所用汉字有与吾国习用者相同，而义实悬殊者，又有吾浑而彼画，易涉疑似者，皆随条分析。"中国人读日本人创造的用汉字表示的新词，最容易引起误会，如"经济"一语，旧义为经世济民，而新义则与财政之事相关，民国初期此语还曾引起不少误解，因此对日本舶来的新词"随条分析"也是十分必要的。对于一些新译语，黄人是很不以为然的，如火车、千里镜之类，认为其译得不典不纯，但在释语中也不得不沿用之。千里镜一词后来果然被望远镜所替代，而火车虽不雅驯，仍一直沿用至今。

词典对新词语的释义总的来说是相当准确的，试举数例说明之。如释"分子（molecule）"曰："物体剖分之不已，终不失其性质，更分之至不能分之极限，是为分子。盖极限微小部分之称。又为分数中名。"又如释"周期律（Periodic Law）"曰："诸原质（即今之元素）依其原子量之多寡，而顺次排列时，原质之物理的及化学的性质循环而相似，谓之周期律。西一八九六年，俄人米台而夫（今译门捷列夫）氏始发现。后原质日多，米氏之表亦已屡经修改。此定律在化学上关系甚大，兹录近时最通行之周期律表于左。"其所列之表与今天中学课本上的周期表相去甚远，亦可作一比较研究。

黄人编词典在当时是为了一般人查阅新词语的方便，在今天却成了寻求新词语来源，研究词语发展变迁的绝好依据。如有些词明显从日本来，"言语学"一词就是，日本今天犹用此语，后来我们已改称为语言学。由此词典可知清末是用言语学而不是语言学。以地名而言，我们又可知如巴西之名在清末已经固定，而西班牙则还没有完全定型，其时日斯巴尼亚仍间或使用。以人名而言，著名的大物理学家牛顿在清末多以奈端之译名出现，但该词典在奈端一词下又附有牛董、牛顿二译，说明牛顿的译法其时已经产生。

清末虽然许多新词间接从日本来，但已有自创之趋势，改变不适合自己习惯之译名。如日语译氢为水素，但国人不用这一日本译语，而采用"轻"，这就是今天"氢"的前身。这一趋势从黄人之词典可以明确看出。

除了重视收录外来新词语外，对于清末国内所出现的新事物，该词典也尽量列入词条，进行诠释。如对咨议局、咨议局选举法解释都颇详尽，对于一般想要了解这两个词语的人已经够用。如咨议局条云："光绪三十三年，始奉上谕，着各省督抚设咨议局。至三十四年，由宪政编查馆议章奏定颁行。盖迫于开设国会年限之宣布也。设资政院，为上议院之预备，而咨议局则又为国民议会之预备也。是局分省而设，为省机关。用复选举法投票选出之议员组织上，以指陈通省利病为宗旨，而场所则在各督抚所驻之地。"这样的释文，即在今天亦有其参考价值。

要之，《普通百科新大词典》无论在中国词典编纂史上或者在语言学以至科技史的研究方面都有其不可忽视的价值，可惜长时间以来，这部词典已经湮没不彰，以是作此小文，特为表出，冀望引起同好之注意。

一本小而有当的书

汉学有两个意思：一是指汉代经学中注重训诂考据之学。清代乾嘉年间的学者崇尚其风，形成与"宋学"相对的"乾嘉学派"，也称汉学。另一是日本人称研究中国的学问为汉学，而西方人则称为 Sinology，我们就把Sinology 译作汉学，近年来大陆已多用中国学一词来代替它，但在台湾仍称作汉学。

广义地说外国人研究中国已有数千年的历史，但是形成一门正式的学问则是十九世纪以来的事。汉学形成以前外国人怎样研究中国，又怎样从一般的、零碎的研究而逐步演化成专门的学问，汉学形成以后又经过什么样的发展，这些问题是很多人都感兴趣的。最近几年来，介绍国外汉学家、汉学研究机构、汉学研究成果和研究刊物的书籍已经出版了好几部，如《美国的中国学手册》《日本的中国学家》《俄苏中国学手册》等。但是描述国外汉学产生和发展过程的著作，却至今没有见过。因此上海书店不久前重印莫东寅的《汉学发达史》，就显得很有必要了。

《汉学发达史》篇幅不大，全书不过十万字上下，以年代为经分为七篇，即：一、秦汉六朝时代欧人关于中国的知识（一至六世纪），二、唐宋时代阿拉伯人关于中国之知识（七至十二世纪），三、蒙古勃兴时代西人关于中国之知识（十三世纪），四、元至明初西人关于中国之知识（十四至十五世纪），五、明至清初欧西之中国研究（十六至十七世纪），六、清代中叶欧西之中国研究（十八世纪），七、鸦片战争后汉学之发达（十九至二十世纪）。从目录上就可明白看出十五世纪以前，外国人对中国只有一些感性的认识，到明清时期方能谈到研究，至十九世纪汉学才正式确立。故全书之中第七篇分量最大，占去将近一半。但即便如此分量，也只能叙述汉学发达的大概，故作者在篇末附识中说："自海通以还，九州一家，环奇俊秀之士，竞集其目光于东方，几于国有作者，年有传人，本篇所及，只其涯略耳。"

"只其涯略"也正是本书的优点所在。如果细大不捐，那么在本书的标题下完全可以写成一部洋洋巨著。但是由于作者对材料有很强的驾驭能力，能够要言不烦，提纲挈领，把汉学确立前后及发展过程交代得清清楚楚，让人只要花上半天工夫，便可基本上摸清汉学发展的来龙去脉。对于在当代快节奏的生活中，力求用最少的时间去获得最多的知识的人来说，本书无疑是一本十分合适的读物。

虽然本书篇幅小，但并不因此而遗漏重要史实。例如，在谈到清代中叶欧西之中国研究时，本书特别提到，法国传教士白晋在一六六七年，将康熙皇帝赠予法王路易十四的四十九册汉籍带回法国，藏于巴黎王室文库，而在此之前，该文库仅有汉籍四册！简单的数字对比就让人看出其时中外交流的进展。又如，关于荷兰的汉学，现在了解的人似乎不多。但本书在历数西方的汉学成绩时，将荷兰排在法国之后，德、英、俄、美诸国之前，是极其允当的。因为荷兰莱顿大学早在一八五五年（咸丰五年）就已开设汉学讲座，而柏林大学却迟至一九一二年才有此举。后来荷兰国力不如从前，汉学研究才略见逊色，但是至今仍在世界上占有一席之地。六年前，我曾访问莱顿大学汉学研究所，给我留下很深的印象。一进门，就发现院子里有一顶花轿。接下来，又惊奇于带领我参观的研究生汉语讲得那么好，而这一口流利的汉语竟然不是在大陆学的，也不是在台湾学的，而是莱顿就地教出来的。所内藏书丰富，特别是高罗佩的特藏室更引人注目。高氏曾任荷兰驻日大使，也在中国做过外交官，娶了中国妻子，精通中文。他致力于收集肉书，有些本子过去也许很平常，但现在却极其罕见了，对于专门的研究者而言，真是不可多得。

本书不只限于资料的收集与排比，也有作者自己的见解与评论，其中不乏真知灼见。例如批评明末清初西洋传教士的工作，说他们"急于西学之移植，缓于中国之研究"，分析当时中西之间的交流是"华人受于西人者多，西人传自华人者鲜"。这些说法都是颇为公允适当的。

但是本书也有其不足之处。就大者说，对日本的汉学研究申述得不够，明治时代以前只字未提。不过这不能全怪作者，而是当时整个学术界对日本汉学的源流了解不多所致。例如，江户时代的水户，有一个名叫长久保赤水的汉学家，曾经绘制过《大清广舆图》和《唐土州郡沿革图》，但我国的历史学界和历史地理学界竟毫无所知，即日本学者也不甚了解此二图的水平与价值（因历史地图过于专门的缘故）。去年我在日本茨城大学访问时，偶然间才得知有此人此事，可见对于东瀛扶桑我们也还有些隔膜。

就小者说，由于纸短事多，材料极其浓缩，有些重要的内容或忽略或语焉不详。如美国卫三畏氏著有《汉英韵府》，与后来英人翟里斯的《汉英字典》先后辉映，同是第一等著作，又多次再版，影响了几代汉学家，而且至今仍有参考价值。但本书于翟氏之典犹着数语，而于卫氏该书几于不提，唯言其"著华语字典及读本"而已。此外，莫东寅此书著于五十年前，其西洋人名地名及专有名词的译法，与现在颇有距离。如：萨哈罗夫之作萨哈陆夫，法兰克福之作佛兰克府，霍乱之作虎疫（即虎烈拉）等等，阅读时需稍留意。又本书初版于解放前夕，排版颇为粗糙，错字误植之处不少，唯多明显易见，读者尚不至于误会。

汉学的产生和发达是中外文化交流的产物。在鸦片战争以前，中国和外国的政治关系基本上是平等的，但是在文化交流方面却不是对等的。中国不急于了解外部世界，而是宽宏地让世界来认识自己。中国文化与西方文化的差异是那样大，以至于外人对中国的认识，在不断修正之后才慢慢接近于事实。但直至今天，也不能说这种认识已经臻于至善，更何况中国人自己也未必完全认识自己。因此汉学发达史还得继续写下去。但在新的汉学发达史写出来之前，莫东寅先生的这本开山之作，依然是最合适的，而且也是唯一的读物。

一百二十年前的两册征订书目

时下的征订书目是满天飞，司空见惯的东西，有的并且变成定期报纸发行，格式大体一致，即列书名，写提要，标价格，最后附一征订单，让你填了寄回出版社。那么这种形式的征订书目到底起于何时呢？我见不多识不广说不好，但过去偶尔得到过两册薄薄的书目，名曰《申报馆书目》与《申报馆续书目》，倒可算作是今天征订书目的老祖宗了。

这两册书目略如日本文库本大小，每册只二十来页，仿聚珍板印刷。所谓聚珍板就是活字板，乾隆爷以为活字板其名不雅，改称为聚珍板。四库全书修成后，将其中难得之书，以活字板印行一百多种，就称武英殿聚珍版书。同光之际，也用聚珍板印过一些讲求西学的书，例如我过去在《读书》上提到过的丁韪良的《万国公法》之类。以后坊间活字板印书流行起来，而且多袖珍本，就称仿聚珍版。

在商务印书馆出现以前，申报馆要算是一家很重要的出版机构，除了印行《申报》以外，还出版书籍，所出书即多是当时流行的仿聚珍版。活字板印书，质量好，成本低，宜于大批量生产。为了推销这些书籍因而编印了正续《申报馆书目》两卷。《申报馆书目》刻于光绪三年，即公元一八七七年，距今差不多一百二十年了。书目为蔡尔康所编，而自拉自唱，在序中以缕馨仙史和尊闻阁主设问答以阐其缘起。实则两笔名皆蔡一人也。其序首云："迩日申江以聚珍板印书问世者不下四五家，而申报馆独为其创，六载以来，日有搜辑，月有投赠，计印成五十余种，皆从未刊行，及原板业经毁火者，故问价之人踵相接也。"《申报》创刊于一八七二年，序六载以来云云，说明自《申报》创刊伊始，就已同时刊印聚珍板书，而书目所列就是六载以来（首尾六载，实则五年整）所印的，并且"现在发售"的五十余种书的提要（售罄之书并不入书目）。但为什么不叫提要而叫书目呢？那是为了谦虚，不敢上比于纪昀的《四库全书总目提要》。而且起初还担心书目冠以申报馆之名"似欠雅驯"，然则这是为了做广告，若不以申报馆为名，又何以广招徕？所以到底还是定名为《申报馆书目》。由此看来，在申报馆书目以前，恐怕不见得有以出版社冠首的征订书目。

古人还不懂制纸型之法，活字板一次印毕以后，就要拆板，印少了排板不上算，印多了怕卖不出去，所以广告是很重要的，因而尽管《申报》本身可刊登广告，也还是需要专门出版可供书的书目，才能达到赢利的目的。故《申报馆书目》在诸书提要前面又有一段识语曰："本馆专

206

购精铅，镕铸聚珍小字，笔画端整，勾勒分明。……更蒙大雅君子、儒林丈人，不弃葑菲，共襄梨枣。琅函许示，诸君投雁足之书；宝笈乐刊，本馆得蝇头之利。感何可极，幸莫如之。"

大约因为业务发达，故申报馆的仿聚珍版书越印越快，到编完《申报馆书目》的时候，申报馆印行之书已经每月不下三四部。所以二年之后，又有《申报馆续书目》出现，仍由蔡尔康为新印六十余种书写了提要。

中国古籍的分类从《隋书·经籍志》开始，就用经史子集四部以至于今。从来的书目编纂无有出其格者。但这一分类显见于不合广告的要求，既不醒目，也无噱头。所以《申报馆书目》另外作了分类，以吸引读者。在总书目下将五十余种书共分成十一类，即古事纪实类、近事纪实类、近事杂志类、艺林珍赏类、古今纪丽类、投报尺牍类、新奇说部类、章回小说类、新排院本类、丛残汇刻类及精印图画类。这当然是生意经的做法。提要之写法也与传统有别，非仅就书而论书，且必含此书不可不读之意。如提要《志异续编》云："是书为青城子所作。按淄川蒲留仙先生撰《聊斋志异》一书，久已脍炙人口，群奉为古今说部书之冠，百余年后，作者蜂起，从未有以续貂自命者。青城子本秦淮名士，居常以著述自娱，偶有见闻，辄寄之以笔，日积月累，裒然成帙，自以为彰善瘅恶，是非颇不诡于正，乃窃附《聊斋》后，即以《志异续编》命名，取而阅之，其运笔虽未逮《聊斋》，而其浩落之气，直溢于楮墨，淫亵之语，不污于简牍，殆非率尔操觚者。"书之内容不必详介，只与《聊斋》相比较就足以引人入彀。

但提要亦并非全为生意眼，蔡尔康到底高人一筹，有的提要写得很不错，虽寥寥数语，却是一篇很好的书评。如《儒林外史》人人皆知，其提要就须别具一格："是书为全椒吴敏轩先生所著，盖以金刚怒目之心，而为菩萨低眉之语也。夫古以通天地人谓之儒，自史家立儒林传，失之太宽，后世遂有袭儒之名、离儒之实者。降至今日，心未明十三经之奥，目未睹廿二史之文，徒以区区烂八股为弋取科名之秘钥，无怪乎儒林之驳杂不纯也。是编描绘神情惟妙惟肖，虽秦庭照胆镜，亦无以逾之，而所谓君子儒者，自俨有鹤立鸡群之概，盖不必效灌夫之骂座而褒贬自于言外见得，阅之如是与百十酸丁晤对矣。论古人之优劣，视今人之好尚，非虚语也。卷末有跋一页，尤足资考镜，幸无忽焉。"蔡尔康与吴敬梓一样有才气，也一样是乡试不售，从此绝意仕途，难怪其月旦《儒林外史》如此深刻。故《申报馆书目》与《续书目》实可当作蔡氏的著作来读，不仅是区区之广告语而已。

同时，这两个书目在学术上也有其重要参考价值。如《昕夕闲谈》是近代中国第一部翻译小说，而过去不大为人所注意。蔡于提要中介绍道："是书系经名手从英国小说中翻译而成也。夫中外之人，虽言语不通，嗜欲不同，而喜怒哀惧爱恶欲之情则一。是书以康吉一人为主，欲追叙母之所由嫁，因先叙父之所由娶，迨夫非利堕栅爱格受欺，遂旁叙罗把之狠毒，阿大之慈祥，驯至于慈亲见背，弱弟无依，遭悍伙之挤排，为匪徒之羽党。其心良苦，其遇甚艰。且卷中夹叙旁文，亦可借觇风土人情之异。及奸雄灭迹，美女留情，而书于是终。盖几几乎神龙见首不见尾矣。"即不看原书，亦约略知其梗概矣。

又如在《续书目》翻译一类中有《英字入门》一书，此书在当时及后来很长一段时间都是很流行的。解放前以编辑英语模范读本著称的周越然，说他小时候受了某曹姓所著木刻本英语书的启蒙，实际上指的就是这本《英字入门》。我恰好有此书的原本，那是同治十三年的聚珍板，申报馆当是据此翻刻并且袖珍化的。此书和《英话注解》《英语集全》及《英字指南》等书都是研究我国外语教育史的重要资料，也是今天不易到手的旧籍了（有时间当另作文谈谈这英学四书）。因此《续书目》为《英字入门》所写的提要，在看不到原书时也不失为一重要参考资料。顺便说说，一年多以前我因为家中书太杂乱，未能找到《英字入门》原书，而恰巧为《英字指南》作序者也有一位姓曹，遂在《读书》的一篇文章中说周越然记错了，某曹姓只是写序并未著书，这倒是错怪了周越然了。

申报馆并非只翻印旧有之书，且及时排印新书。《申报馆书目》编就以后，又接到新书《曾文正公年谱》，遂立即在书目后加上此书提要，并注明"此书六月抄印齐"，提醒读者订购。同时，为了获得好书的原本，以作翻版印刷之用，在《申报馆书目》的最后还登了一则"搜书附启"，呼吁海内有佳作而无钱付诸梨枣者及有好书而不为人知者，提供手稿或原著，以便翻刻流布，"倘蒙惠以大函，示之秘本，许付麻沙之木，顿开智慧之花。白凤吐来，快获琳琅满目；青蚨飞去，聊酬锦绣罗胸。面议无妨，足翘而俟。抑或不贪为宝，竟嫌铜臭之熏，持赠多珍，欲作锡朋之咏，则新书数十百部，愿奉瑶斋；纵故乡二三千程，亦呈珂里。总视珠还之迟速，以衡琼报之重轻。又有桑梓流传，未风行于海内，枣梨毁失，更烟灭于寰中，倘许重付雕工，另成专本，亦即稍申薄意，致谢殷拳"。写得情真意切，想来当会有人响应。

由于是征订书目性质，所以每部书都写明卷数、册数与价格。如《儒林外史》是五十六卷（当是据卧闲草堂本排印），八本，价洋五角。这价格一项颇有参考意义，是研究书价变迁的第一手资料。尝观日本学者有研究书市价格变化的专著，在我国同类著作似乎尚未之见。

申报馆所印仿聚珍板书并不止于正续两册书目所载的百二十种，光绪五年以后仍继续出下去，又出了七十余种，合而为《申报馆丛书》之正、续、余三集。然余集之书目提要未见，所见唯此正续两册《申报馆书目》。

最后得回过头来谈谈蔡尔康其人。看提要文字写得如此老到，或竟以为必是一硕儒所作，然令人大吃一惊的是，编《申报馆书目》之时，蔡氏不过才十九足岁！翌年，即刚满二十岁那年，他就受聘担任《申报》主笔。按现在的话来说，整个一个神童。后来他又做过《字林沪报》第一任总主笔，又帮李提摩太翻译西书，又接沈毓桂之手，主《万国公报》之华文笔政，还据说，"马克思"这个译名就是他定的。然而这样一个不小的人物，竟连其卒年也无人得知，只知其逝于本世纪二十年代，至其传记则更无人问津，大家都忙着去研究康梁严章、曾左李胡了，哪里顾得上他！嗟乎，一代的风流，云散烟消如此。

淘书在日本

　　淘书而在日本，似乎有点迹近荒唐。日本物价全球最高，世人皆知，书价自然也不例外，一册动辄成千上万（日元），就是东洋人自己也嫌贵，遑论我们。《续资治通鉴长编索引》是极其有用的书，一看定价，三万五千元，就是卖你一折八扣，你也还嫌不便宜，更何况这种书从来不卖特价，只好不买不用算了。然则日本就买不到价钱合适而又令人满意的书了？也不见得，只要你认真去淘，有时不但所费不巨，而且还要让你惊喜良久。

　　到过东京的人，说到旧书店，就要提神保町书店街，以致有的人以为东京只有神保町才书肆林立，其实那里的书一般买不得，都太贵，不贵的，就未必佳（当然也有例外，下面自会举例）。东京另有一处旧书店密集的地方，那就是早稻田大道。同样一部书，在这里要比在神保町便宜两三成。当然在两三成让利之后，我辈有时仍消受不起，但是如果那套书你非买不可的话，这个便宜也就应该捡了。一套《讲座日本语的语汇》十二册，三万四千六百元（已是特别定价），在神保町卖二万五，在早稻田只卖二万，你买谁的？所以价钱稍大的书一定要一看二比再掏钱，这如同中国的货比三家不吃亏，没什么稀奇，这是一。

二是有些书虽然很有用，但不急用，就不忙买，等机会。日本昭和五年版的《世界地理风俗大系》的头三册（"满洲国"一册，中国二册）最有用，但一般不拆零，而整套售价又不善，这时就只有少安毋躁一途了。结果还真在和歌山县某书店遇到一套（共二十五册），只售七千元，比国内有时碰到的零本还便宜。一些偏僻地方的书店往往有此奇遇，故在日本无论何时何地，只要有空，就要找旧书店逛逛，什么时候也许就撞上大运了。日本的旧书店多得很，稍成市廛的地方，总有那么一爿两爿，或大或小，随喜随喜，必有所得。尤其所谓文库本，一册百元以下，有时也颇有可观之处。某次在东京西郊高圆寺一书店，竟见到有五册百元的招贴，初以为是看完即丢的通俗小说之类，结果不是，遂检出三岛由纪夫、芥川龙之介、夏目漱石和井上清的作品六册来。这也可算是措大之一小喜。

三是买书尽量不在专业书店买。日本不少书店专业性很强，这种书店的价格通常奇昂。例如神保町的进省堂，专卖外语辞典，许多闻所未闻稀奇古怪的辞典这里都有，但我一本也没买过，不是不喜欢，而是买不下去。有次我偶然在早稻田大道关书房（店名如此）买到一本神田乃武（此人所著之初、中、高等英文辞典解放前均被商务翻译过来）所著的《和英袖珍新字汇》明治版，三百元，当时并不觉得是揭了便宜货，后来看到进省堂也有此书，一读标价——八千元，才倒吸一口气。这还不典型。今春，在神保町边缘（靠近水道桥）某书店——该书店专售日本语学的著作——看到一大厚册的明治时期文部省藏版的《露日字汇》（即俄日辞典），拿下来一翻，真是爱不释手，因为早期的俄汉辞典几乎空白，此书正好可作参考。但是爱只管爱，手却是要释的，情知这种书非我之财力所能胜任，正要放回书架去的时候，又一想，贵只管贵，也看它一眼价格有何不可？这才真是不看不知道，一看吓一跳，不是贵，而是贱得吓人，贱到只有三千八百元，我几乎要怀疑我的眼睛了，然而确确实实，铅笔写的四个大字"3800"（日本旧书标价不用标签者，必用铅笔，以便擦去），于是狂喜，急忙买下。欣喜之余，又施施然走到进省堂，询问可有此书（我当然不把书拿出来），回答说，那种书是很贵的。我说贵尽管贵，拿出来看看何妨。这才回说，暂时还没有。我又问，若有要卖多少钱呢？答曰，六万元以上。我知此话绝非诳语，橱窗里摆着的同类书就是差不多这个价钱。所以千万不要在专业书店买它的专业书。就在卖《露日字汇》的那家店里，近代日本的第一本辞书《言海》的缩刷本，竟索值二千八百元，而在东京大学附近的一家书店，我只花了七百元就到手。

　　然而最适宜淘书的地方并不在书店，而在书展。日本各地经常有大大小小的古书展（古即旧，中古即半新不旧，但书无中古，只有车与唱片有中古），而以东京为最。差不多每个星期都有，除了东京古书会馆是在周五周六展

214

出外，一般都是周六周日展出，正是不上班，大图书馆也不开放，读书人无处可去的时候。其实所谓展，就是卖，集中各书店的特色书在一起卖。东京都太大，于是有分地域的书展，如西部古书展，新宿区古书展；东京东西交通干线——中央线两侧有许多大学，相应的有不少旧书店，于是又有中央线书展。还有的书展，定期展出，如高田马场车站附近一家商店的六楼，就每月都有古书感谢市，每次一周。对于众多的书展，只要可能，我都不放过。即使不买书，也是消磨时光的最佳选择。但一般不可能不买，多少都要破费点钱。有的书展在正厅外，还摆着一些廉价书，这是我最感兴趣的。这些书品类较杂，有的不成套，但是细淘之下，往往有意想不到的收获。有次在西部古书展，我找到缺了一册的明治初期的《左传》和刻本，在杜预注之外，又有日本旧学者的注，只花去我八百元，比国内的线装书还上算。

同样，这也算不得典型。最值得一提的是在一次南部古书展的经历。我寄居在东京都心偏北的地方，到五反田的南部古书会馆去稍嫌远了一点，但到底还是去了。中意的书还是有，认真地淘了一阵以后，挑了几本，譬如西田直二郎的《日本文化史序说》是有名的经典性著作，六七百页精装还有插图，只售二百元，简直等于白送。但是付款以后，总觉得怅怅，因为到手的虽然都是全市最低价，到底还是常见书，怎么罕见书一本也碰不到呢？于是不甘心，又把厅外的廉价书像篦头发似的篦了一遍，大约十分钟以后，突然眼睛一亮，跳出一本书来：《日本への遗书》，作者陶晶孙。书脊已经发黄，怪不得头一次没发现。陶晶孙其人这里不去评说，那是专门家的事。只是这人带点传奇性，是郭沫若的连襟（从郭老的原配而言），又与鲁迅、郁达夫有交情。本人是医学者，又写得出不错的散文。从小在日本受过教育，晚节有不同传闻。不过他早已被老人遗忘，而为年轻人所不知。这本书是他死后，由友人内山完造等人编辑的，是一本散文选集。就文章而言，写得实在漂亮，对研究中国新文学史来说，自然也是有价值的材料。其中一篇论及周作人与鲁迅关系的短文，亦颇可参观。书前并有陶与内山在鲁迅墓前的照片，陶与郁达夫的合影，也算难得。这样的书竟然也只售二百元，我当时之心情绝非喜不自禁所能形容，至此，这趟南部古书展之旅才算不虚此行。后来我与内山书店的专务谈起此事，他说，现在的人也不大懂书了，这本书如果放在他的店里，至少是十倍其值！

秦始皇东巡探踪

秋高气爽之际，我与日本友人鹤间和幸君前去齐鲁大地，探索秦始皇东巡的足迹。

秦始皇统一天下以后，有过五次重要的出巡活动，除了第一次只在原秦国范围内转一转外，其余四次都是兴师动众，长途跋涉，远至六国故地。秦始皇二十八年（公元前二一九年）首次东巡，到一九九二年恰好是第二千一百一十一个年头。这次东巡首先登峄山、封泰山、禅梁父，然后"并渤海以东，过黄、腄，穷成山，登芝罘"，接着又"南登琅邪，大乐之，留三月"。这才往回走经彭城，渡淮水，到南郡，再经武关回首都咸阳。

秦始皇为何要不辞辛苦，东行万里，又为什么要经停上述那些地方？这两个问题吸引我们沿着秦始皇巡行路线，来个反其道而行之。去年九月七日，我们由上海飞往连云港，开始了齐鲁之行。今天的连云港在战国后期是齐楚交界之地，在秦代则位于东海郡朐县界中。据《史记》记载，秦始皇三十五年，"立石东南海上朐界中，以为秦东门"。经过两千多年的风风雨雨，当时所立之石自然不见，于是秦东门的具体所在也就众说纷纭。当我们在连云港孔望山参观汉代佛教造像时，突然发现，孔望山与其对面的锦屏山正好组成一个天然的门阙，就像洛阳龙门的伊阙一般。而在二千年前，紧挨着这两座山丘脚下，便是茫茫大海，也许正是这样的地理环境，使人感到陆地至此而尽，由西向东望去，恰是一座秦帝国东大门的景观。秦始皇东巡时，是否经过这里，史无明言。但是，我们怀疑，在从琅琊（今山东胶南）到彭城（江苏徐州）的路上，秦始皇很可能经过朐县，亲眼在此目睹了大海的磅礴气势。一个从黄土高原上走下来的人，当他看到这样的特殊景象时，自然会留下一种异样的感觉和强烈的印象，所以才会在七年后，下令立石此地，以作标记。

离开连云港，北上寻琅琊，途中在赣榆稍事停留。这里有个徐福村，传说是当年为秦始皇入海寻找不死药的方士徐福的老家。秦始皇是在琅琊刻石后，过彭城以前接到徐福上书的，赣榆正在这两地之间，或许徐福真是这里的老乡？可惜司马迁写《史记》不肯多费一点笔墨，只是含糊其辞地说徐福是齐人，致使今天出现了两个徐福故里，相持不下。那另一个故里还在前面等着我们呢。

别了赣榆，就进入山东日照市，再往北便是胶南市，古琅琊台正在该市东南隅的海边台地上。当我们在公路上远眺琅琊台遗址时，丝毫不觉得它有何特殊之处。然而待到我们登上台地一望，便不约而同地啊了一声。这块台地雄踞于海岬之上，眼前是碧波万顷的大海，左右两侧是月牙形的海湾，海浪正轻轻地拍打着金黄色的沙滩。好像造化为了使这里的风景更加迷人，还特意在海岬的前方布置了一个有如屏风的小岛，因而其他海滨常有的单调感在这里消失得干干净净。即使从现代人的眼光看来，这里也完全是一块亟待开发的旅游胜地。怪不得秦始皇在这里整整待了三个月！还在先秦时代，琅琊便已赫赫有名。越王勾践灭了吴国以后北上争霸，就一度迁都于此。更早的古代，齐人也已在这里设置神祠，奉祀四时主。因为"琅琊在齐东方，盖一岁之始"。一岁由春夏秋冬四时组成，其始为春，主东方，故四时主祠建于此。今天无论越都古迹还是神祠遗址，都已荡然无存。就是秦始皇建造的琅琊台，也已难觅踪迹。但是鹤间君眼尖，竟然发现了一处夯土层遗迹，尽管目前还难以判断那是什么建筑遗址，我们已如获至宝地把它拍摄了下来。秦始皇在作琅琊台的同时，还"立石刻，颂秦德，明得意"。这块刻石至今还有残片保留在中国国家博物馆内，让人怀念中华文化的悠久。

离开琅琊，我们经青岛继续北上，横穿整个山东半岛，直驱龙口市。龙口市的前身黄县，是我国最古老的县份之一。秦始皇自西而东，沿着渤海之滨来到这里，再由此而更往东去，"穷成山，登芝罘"。黄县的莱山，有着齐人八神之一的月主之祠。秦始皇经过黄县的时候，就在此礼拜月主。虽然此事《秦始皇本纪》未曾提到，但在《封禅书》里却写得清清楚楚："于是始皇遂东游海上，行礼名山大川及八神，求仙人羡门之属。"月主祠遗址在莱山山腰的一块小平地上，周围群山环抱，林木葱郁，环境极其幽雅，然而正前方却又视野开阔，可以眺望远处的大海。完全可以想象，当晴朗的夜晚，一轮明月从海上升起的时候，这里一定另有一番令人流连忘返的景致。古人选择这里作为祭月的地方是有其道理的。

黄县境内还有另外一个古迹，那就是西汉徐乡侯国遗址。元代有人著书，认为这个徐乡乃因徐福而得名，于是这里又成了第二个徐福故里。二千多年来，徐福的传说不但传遍了全国，而且远播到日本，许多人认为，日本人的祖先就是徐福所带走的三千童男童女。甚至有人认为，徐福就是日本传说中的第一代天皇——神武天皇。这些说法目前都不是历史学家所能肯定的，还是让诗人和作家发挥他们的想象力或许更合适些吧。

从黄县沿着一流的公路笔直向东，我们的下一站是成山头。成山头的正式名称是成山角，这是山东半岛最东端的岬角，也是我国东部海岸的天涯海角，因此人称"天尽头"。岬角本身是一块三面临海的、南北向十分狭窄而又极其陡峭的高地。从空中看，就好像是昆虫的一茎触须远远地伸入到汪洋大海之中。越往东，岬角就越逼仄，高度也越下降，渐渐地，渐渐地，化成一堆乱石消失在万顷碧波里。当你站在惊涛拍岸、卷起千堆雪的穿空乱石上面，遥望天边一轮喷薄欲出的红日时，你想想看，这样的景色，你在别处看得到么？难怪古代的齐人早就选择这里作为祭祀日主的地方，难怪秦皇汉武都要到此顶礼膜拜。我们的祖先不但早就饱览了这里雄浑壮观的景色，而且还清楚地知道，"成山斗入海，最居齐东北隅，以迎日出"。在测量技术极其原始的古代，他们已经知道这里每天最早迎来日出，这是何等的聪明。

传说在成山顶上，曾立有李斯篆书天尽头三字的石碑，今已不知去向。只有后人修筑的日主祠（俗称始皇庙）和新建的汉武帝拜日台留给游人凭吊。

古齐人是崇奉鬼神的，他们所敬仰的神，遍及天地日星河岳，而主要的有所谓"八神"。日主也是齐人的八神之一。八神起源很早，早到连司马迁也不知道是起于何时。这八神是：天主、地主、日主、月主、阳主、阴主、兵主、四时主，分散在齐地的四面八方（这是齐人宗教的特点，秦人的神极多而分布却高度集中）。我们已经寻访了日主、月主、四时主，接下来的目标是阳主和天主。阳主在芝罘山，于是我们从成山回头，朝西往烟台而去。芝罘山实际上是一个陆连岛，与烟台市相连接，从地图上看，像是一棵灵芝草的头部。古人以山南为阳，山北为阴，因此阳主祠就建在芝罘山的南坡上。芝罘山山高坡陡，从山上朝下望去是一片广阔无垠、生机勃勃的大地，气象万千，令人遐想。现存的阳主庙是清代的建筑，还保留有一个完整的戏台和两个碑额。元代所刻的石碑和阳主神也十分完好，已转移到烟台市博物馆保存。史载秦始皇"登芝罘，立石颂秦德而去"，这块石刻还有几个字，以拓本的形式遗留下来，但据说其实并非真品。

八神之首是天主。祭祀天主的地方在天齐。所谓天齐是齐国都城临淄南郊一处泉水的名字。太史公说，齐国的得名就来自天齐。后人释齐为脐，说："临淄城南有天齐泉，五泉并出，有异于常，言如天之腹脐也。"但是当我们从烟台长途跋涉，来到古临淄城外踏访天齐泉时，却碰了一个大钉子。来到临淄的人无论是做学术性考察，还是纯粹的游览，目标都是齐国故城以及有关的古迹，如殉马坑、桓公台等等，从未听说有要探访天齐泉的，因此我们问了许多人，包括文物考古工作者在内，都不知道天齐泉的确切位置。后来在一本很不起眼儿的导游书上，发现了一点线索，知道天齐泉在六十年代已经干枯，泉水附近曾建有抽水站，于是在花了大半天的工夫后，我们终于在蛟山之下淄水之滨的一片田地里，发现了这个在古代赫赫有名而今天已默默无闻的神泉遗址。抽水站早已废弃，但石头砌成的基址仍在，"五泉并出"的地点就在站边。从地质上看，蛟山乃由含水的石灰页岩所构成，泉水必是从岩缝中淌出，由于是"五泉并出"，与一般泉水不同，于是就被看成是天的肚脐眼，被当成神来供奉了。与我们已经去过的其他四神不同，这里的神奇不在于周围的地理环境，而在于泉水本身，当泉水干枯以后，神奇性就自然消失了。

但在古代，当泉水汩汩而出时，就意味着丰收在望。在一个农业国家里，没有什么东西比水更加贵重了，天齐泉被尊奉为天主，难道不是理所当然的吗？想象当年"临淄七万户……甚富而实，其民莫不吹竽鼓瑟，击筑弹琴，斗鸡走狗，六博蹴鞠者，临淄之途，车毂击，人肩摩，连衽成帷，举袂成幕，挥汗成雨，家敦而富，志高而扬"，一派繁华景象，临淄城外的这个神泉也必定是热闹非凡，善男信女不绝于途的。

虽然天齐泉已无复旧观，但一点也不让人感到泄气。相反，因为千辛万苦到底找到了它的踪迹，倒让人觉得此行之不虚。因此我们兴致勃勃地奔向最后一个目的地——峄山。峄山位于鲁西南邹县的南边，对于我们来说，它是最后一站，但对秦始皇而言，这里却是他"东行郡县"的第一站。对东方的齐人来说，峄山不过一座普通小山丘，还不及泰山一半高，秦始皇千里迢迢地来看些什么呢？但等我们到山下一看，就完全明白了。原来峄山吸引人的地方不在高而在奇。整座峄山都由巨大的漂砾石所组成，在地质学上是一个奇特的现象。这些漂砾不但硕大无朋，而且形状浑圆，蔚为壮观。明代大地理学家王士性这样描写道："一山皆无根之石，如溪涧中石卵堆叠而成，不甚奇峭，而颇怪险。"不要说看腻了黄土高坡的秦始皇到此要耳目一新，就连著名的科学史专家李约瑟到此也叹为观止。好在我是厦门人，看惯了球状风化的花岗岩，鹤间君又来自多山的日本，否则我们也要流连忘返了。秦始皇在峄山留下了他东行的第一块刻石，原石今已不存在，但宋代的仿刻也十分珍贵，现在还保存在邹县孟庙的启圣殿里，我们自然前去观赏。可惜既不能拍照，也无拓片提供，好在专门的研究著作都有其照片，也就不遗憾了。秦始皇还在峄山与当地的儒生讨论如何封禅的事，然后就赶到泰山去举行封禅大典去了。

封禅是古代东方帝王的大事，传说远古时代有七十二位显赫的帝王实行过这一大典。春秋时期，齐桓公九合一匡，济危扶倾，成为五霸之首，心里很想实行封禅，但被他的宰相管仲嘲笑了一番，也就息了此念。但秦始皇不同，他自认为功过三皇，德高五帝，一天下，统六合，是旷古未有的君主，自然应该封禅。尽管也有不识时务的儒生讥讽或反对，但他根本不放在眼里。因此封泰山，禅梁父，顶礼如仪，并且同样刻石留念。这块刻石的残余部分至今还保存在泰山脚下的岱庙里。

撇开无根据的传说不谈，秦始皇实际上是中国历史上实行封禅的第一人。封禅虽是一种宗教仪式，但他的真正意义却在政治方面，亦即通过这一仪式来宣扬君权神授的道理。从秦王的冠冕换成始皇帝的尊号，是通过武力解决了。但这还不够，还需要以宗教的形式来巩固，封就是祭天，禅就是祭地，封禅就是向天地昭告，我是天下的新主人。这就是秦始皇东巡最重要的目的。尤其是齐国，他更是非来不可。这曾是他实行统一的最大对手，齐、秦一度有东西帝之称，虽然最终齐国失败了，但是对其潜在的反抗力量，决不可以掉以轻心，所以必须亲自前来宣威，这恐怕是他的第二个目的。从齐国回咸阳的途中，秦始皇还经过彭城、南郡等地，那是故楚国的地盘，也同样带有宣扬皇帝威权的意思。

秦始皇东巡，不辞辛苦，不惜冷落咸阳阿房宫的舒适生活，颠簸万里，从关中来到齐鲁之地，用心堪称良苦。秦始皇不止祝圣宣威而已，在封禅之外，他还礼拜了齐人的八神，也就是说接受了齐人的宗教，这又带有安抚的性质。此外，秦始皇还有另一个重要目的，那就是求仙，找不死药。做了皇帝想成仙，是每一个君主永不熄灭的念头。齐地滨海，不时出现的海市蜃楼，易于引起人们的幻想，因此方仙道自古盛行。秦始皇对此也早有所闻，所以前来求"仙人羡门之属"。徐福或者也知道秦始皇的这个心思，因而遮道上书，得其所遂。秦始皇到底没有能弄到不死药。而徐福一去不返，给后人留下一个大悬案。

从峄山返回济南路上，我们经过泰山的脚下。苍茫的暮色之中，这座东天一柱似乎显得更加雄姿英发。我们过去都已经达到过"会当凌绝顶，一览众山小"的境界，这次便省去攀登之劳，没有再上泰山了。泰山脚下的梁父山，不但是禅地之处，也是八神之一地主所在。祭地必须在高山之下的小山上，这大概体现了一种强烈对比的心理状态，泰山平地拔起，高耸入云，而梁父卑小低矮，故前者祭天，后者祭地，合乎自然，顺乎人情。

齐鲁大地之旅结束了，除了阴主和兵主我们未去拜访以外，秦始皇在今山东境内及江苏东北部所到之处，我们都已经历了。历时十五天，纵横四千里，琅琊之秀，莱山之幽，成山之壮，芝罘之伟，天齐之神，峄山之奇，泰山之雄以及东门之浑然天成，我们都一一领略过了。我发现，秦始皇所到之处，都是地理环境特殊的地方，正是这样的地方容易引起神人交感的幻想，因此也就有各类神祠的建立。旅行中，我们利用的是最现代化的交通工具和道路，但是半个月下来，也觉得有些疲累了。两千年前秦始皇利用的车驾与驰道，即使再先进，也不能与今天同日而语，支持他忍受颠簸和劳顿之苦的动力，除了游山玩水以外，恐怕就是上面所提到的祝圣、宣威、安抚和求仙四重目的了。

秋冬秋冬

在澳大利亚走后门

一九八六年，我在澳大利亚国立大学进行半年的学术访问，这半年在南半球正是秋冬两季，当我在八月份离开堪培拉，飞往北半球时，我又重新进入另一个秋季。这就意味着，如果我以后没有机会再到南半球待上一个下半年的话，我这一生就少过了一个春季和一个夏季，想想真有点滑稽。

堪培拉之所以被选作首都，是澳大利亚两个最大城市悉尼和墨尔本相持不下的结果。因此堪培拉并不是人口逐渐聚集形成的产物，而是人为地在一片荒地上，按蓝图建设起来的一个全新的城市。这个城市既然只作首都之用，因而它的主要功能就在政治和文化方面，工业与商业都被放到极其不重要的地位上去。制造厂是没有的，有的只是食品加工厂；繁华的闹市也是没有的，有的只是单调的购物中心。这一点和美国首都华盛顿有点儿相像，而且更加极端。

整个堪培拉就像一个大花园。除了公寓和公用建筑以外，居民的住宅很少有两层楼以上的，每座住宅周围都是一个小花园，如茵的草地加上似锦的繁花，一年到头都让你赏心悦目。小花园四周不准筑围墙，哪怕是透空的栅栏也不行，只许有低矮的灌木丛，为的就是造成整体的一座城市大花园。堪培拉美是美极了，但是静也静极了，静到过于冷清的地步。以致有人夸张地说，即使在大街上用机关枪扫射，也伤不到什么人的。尽管如此，必需的公用设施还是应有尽有，例如，光旅行社堪培拉就有二三十家。

当我将要结束在澳大利亚的访问时，接到来自汉堡的一个国际汉学会议的邀请。我从来没有到过欧洲，自然很高兴有机会去那里观光，于是开始了紧张的准备工作。所谓准备工作主要有两项，一是筹划一条最经济最方便的旅行路线，二是取得欧洲有关国家的签证。出国时，无所谓路线的选择，一般都是直来直往，而且不是民航便是少数的几家外国航空公司，不必费什么思量。但在国外旅行则不同，航空公司既多，航线也很复杂，这就必须求助于旅行社了，它们总能替你设计出一条又省钱又快捷的路线。因此，每天下午我总要跑一两个旅行社，一个多星期下来，堪培拉十几家主要的旅行社都跑遍了。其中我觉得有两家最好，但是两家之中，有一家路线稍嫌迂回，而机票较便宜；另一家路线较直接，然票价稍昂。于是我掉了一个花枪，对后一家说，为什么某旅行社路线与你们相同，而票价可以便宜到九百五十澳元？接待我的小姐拿起计算器噼噼啪啪一算，然后说，我们也可以给您那个价。在国外，航空公司之间竞争十分激烈，只要有利可图，他们绝不会将顾客往外推。有时只是蝇头小利甚至无利可图，他们也要设法拉住顾客，因为他们还期待着下一次交易，没有人想只做一锤子买卖。

旅行社给我定的路线是由悉尼经奥克兰（新西兰第一大城）、夏威夷，到洛杉矶换乘美国国内航班至纽约，我要在那里盘桓几天，与几位美国同行见面，然后再经华盛顿飞往德国莱茵河畔的法兰克福（德国有两个法兰克福）。从澳大利亚到欧洲的空中旅行至此为止，接下来就是乘火车在欧洲境内兜风，然后再从伦敦乘飞机经香港回国。路线确定以后，至关要紧的就是取得有关的欧洲国家的签证。如果得不到必要的签证，所谓路线就等于空谈。因此，接下来的每天下午我又骑着脚踏车徜徉于使馆区，浏览各种不同风格的使馆建筑，和带有各种口音的使馆人员交谈。申请签证不是一件容易的事。或许使馆人员都知道，中国旅人不是高消费者，或许还担心他们会有永久居留的倾向，所以一般都不太热情。只有丹麦最爽快，仅去两趟便盖上签证章（第一趟是使馆将材料向本国汇报，待批准后再去第二趟），而且不收分文签证费。显然他们要吸引所有的旅游者。丹麦对面的挪威使馆也很热情，但是他们建议我先去申请瑞典签证，只要瑞典同意签证，他们即毫无问题。挪威在历史上曾是瑞典的属地，想不到至今仍然唯瑞典马首是瞻，谁说传统的力量无足轻重呢？

　　但是北欧国家对我来说，还算不上十分重要。在取得德国和英国的签证以后，至关紧要的是荷兰的签证。因为汉堡会议之后，我必须乘火车经过荷兰和比利时，然后横渡多佛尔海峡，再乘火车到伦敦。如果得不到荷兰签证，我的整个计划就要泡汤，因为从德国乘飞机到英国，不但机票太贵，很不上算，而且荷、比两国的风光也白白错过了。可是偏偏就在这个节骨眼儿上出了毛病。当我到荷兰使馆时，接待我的一位漂亮小姐说：很遗憾，申请签证必须在三个月前提出，你现在只给我们一个月，无论如何来不及。我说，会议邀请才到不久，我无法在三个月前就预见到这一邀请。那位小姐说：很抱歉，我们国家官僚主义严重，我只能照章办事。一脸的笑容可掬，一脸的爱莫能助。我泄了气，只好说拜拜。我知道，荷兰、比利时和卢森堡，只要拿到其中任一国的签证，便可通行三国，于是我又到比利时使馆去碰碰运气。比利时人很热情，拿出好些旅游地图送给我，其中一位女职员说，她是在上海出生的，对上海很有感情。但是说到末了，她们还是劝我去申请荷兰签证为宜。我知道事已不济，只得快快而去。

　　回到学校以后，我自然在办公室里发了点牢骚：想不到官僚主义并不是中国国粹，而是世界通病。言者无心，听者有意。隔壁南亚研究中心的秘书，恰好是荷兰籍老太太。我至今不知她在荷兰大使馆是否有熟人，反正她拿起电话叽里咕噜了一阵，然后对我说，明天正好有信使要回国，请你准备好必要的文件，他们一早就来带走，大约两个礼拜以后就会有回音。我当然称谢不已，照办如仪。果然，十来天后，通知来了。老太太陪我到使馆去办手续，还是那位漂亮的小姐，依然甜蜜的笑容，一面检讨官僚主义的不是，一面把签了证的护照递给我。事办完了，老太太又对那位小姐找补了一句，这回可是用荷兰语说的，我一点也听不懂，只见那位小姐脸上立时红了起来。事后，我才知道，老太太讲的是：这位中国先生说你长得真漂亮。

拿到荷兰签证以后，我颇有点感慨。看来不但官僚主义是中外通病，就连走后门也华洋无别，洋人不也是人吗？

在德国问路

莱茵河畔的法兰克福是欧洲的空中枢纽，也是重要的金融中心。但是我不想掩盖我的失望，它实在比我想象中的小多了。住惯了东方那种闹猛、嘈杂的特大城市，再到西方来，任何城市都显得又小又安静。澳大利亚的堪培拉只好算乡下，德国的法兰克福也只能算郊区。莱茵河从市中心缓缓流过，悄无声息。河边是行人憩息的长椅，河面上有自由自在的天鹅，此情此景，你会疑心是身处于一个大公园之中。街上行人不多，公共汽车也不拥挤。我找到一路公共汽车，准备上车。我有在美国和澳大利亚乘车的经验，知道西方都是驾驶员和售票员两位一体，乘客从前门上，自动把零钱投入钱箱里，到站后再从后门下。没料到德国人给我个措手不及，车一到站，前中后三门齐开，随便你上。哦，原来如此，和中国一样，也有售票员的。我从后门上了车，挑了个位置坐下，等着售票员招呼买票。等了半天，没人理。我纳闷得很，往售票员应该坐的地方望了望，发现那里坐的也是跟我一样的乘客。更加纳闷。正想稽首问讯，无奈车子已经到了站，只好先下车再说。下了车急忙逮住一人请教，车上既然没有售票员，叫我在哪里买票？那人指了指站头上的线路牌杆说，你就在那自动售票机上买。我一看，杆上果然挂着一个小匣子，我刚才怎么就没注意到呢？这不等于逃了一次票吗？那人安慰道，你是外国人，初来乍到，自然不晓得，下一次就知道了。如果你实在过意不去，也可以自己去售票机补一张票。原来如此——这回才真正是原来如此，德国人买票主要是为了给自己看的，而不是为了应付查票。

当然，并不是每个城市的公共汽车都跟法兰克福一样。汉堡的汽车上就有人走来走去售票，而且方法很原始，售票员胸前挂一个小的手摇机器，你付了钱，他就摇一下滚筒，在白纸上打印出票价和站名，撕下给你。但是汉堡的地铁则与法兰克福的公共汽车一样，无人售票，也无人检票。老老少少的乘客在自动售票机上买了票，往自己的口袋一塞，然后自行上车。站台上只有迎送列车往来的信号员，没有把住出入口的检票员。这一点在美国当然行不通，就是在日本也做不到。自然，查票的事也是有的。有一位在汉堡住了六年的台湾人告诉我，他就碰到过一次查票。六年来，除了节假日以外，他每天至少要乘两趟地铁，倒四次车。所以你如果有意在德国逃票，你肯定是要大占便宜的。但是德国人似乎有点傻，票照买不误，正像他们在人行道上等绿灯一样，哪怕那条路窄得三步两跨就可以过去（欧洲老城多的是小街），只要绿灯不亮，他们绝不会跨下人行道一步。然而在他们的邻国荷兰，情况便完全两样，行人闯红灯是天经地义的事，和我们毫无二致。德国人的守纪律是出了名的，有一个笑话说，在德国，如果有一块草地插上"请勿践踏"的牌子，那么连狗也不会踩上去的。

我的德语极其蹩脚，因此在德国不得不经常用英语问路乘车。一般的德国人都会英语，尤其是年纪稍大的人，所以从未发生什么困难。有一次，我向两个修汽车的师傅请教去某车站的路。他们跟我比画了一阵，尽管德国口音较重，我还是明白了，于是称谢而去。不料走出不远，其中的一人尾随而来，坚持要陪我到车站。我知道，他们是担心我听不懂他们的德国英语，我也知道，哪里都有这样的热心人，却之不恭，只有腆然受之了。但是另外一次问路的结果，却让我长了见识，永志不忘。有一天，我在地铁车站上问一位老太太去某地该怎样走，她详细地告诉我应该在哪一站下车，再怎么走。那天人较多，车来了，我们各自上了车。站定以后，我发现她跟我上的同一节车厢，在另外一头，我们互相微笑地点了点头。过了几站以后，我听见报了我的目的站的名字，就下了车。到了站台上看到站名，才发现我听错了，应该在下一站下车。反正下一趟车很快就来，没关系，我先到阅报栏读读报。一回头，发现那位老太太就在我身后。我连忙问，您也在这站下车？她说不是，她还有几站，因为看我下错了车，所以也下来，关照我还应再乘一站。我当然十分感动，但心里也直犯嘀咕：老太太差矣，您何不在车上就叫住我，既省了我的时间，也少了您的麻烦。很久以后，我才慢慢悟出其中的道理：老太太是怕失了我的面子。如果她在车上大声叫住我，必然要引起大家的注意，显见得我这人太差劲，连车子也乘不来。西洋人最不愿意让人看成弱者，所以老太太宁愿我们两人都吃点亏，下车来悄悄告诉我。这又使我记起鲁迅说过的一个故事：耶稣说，你如果看到有人推的车子快要倒了，你就应该去帮他扶一扶，如果他坚决不要你帮，那么，你就等它倒了，再帮他扶起来。老太太或许也怕我在车上不要人帮，所以等我下错车了，再来帮我，可见她一点也不了解东方人的习惯。我也时常以助人为乐，但从来都是大声武气，指手画脚的，从不晓得要给被帮助的人留下面子，老太太给我结结实实地上了一课。

阿姆斯特丹和莱顿

从德国汉堡乘火车西南行，只要五六小时，就到荷兰首都阿姆斯特丹。火车通过两国国境时，没有任何明显的变化，只是一位荷兰警察在车上检查旅客护照而已。列车照常运行，到达一个小站，我注意到那位警察下了车，我估摸着这就算入了荷兰境内了。于是风车、青鱼、郁金香、木头鞋、荷兰母牛、拦海大堤……一下子全涌到脑子里。可以说，在西方列强中，中国人和日本人对荷兰了解得最早也最多。中国人是因为荷兰侵略了台湾，日本人则由于荷兰最先向他们传播西方科学（因此日本早期的西学称为兰学），两国的人民都把殖民主义时期的荷兰人叫作红毛番。至今上了年纪的厦门人仍然把水泥说成红毛灰，把豌豆叫成荷兰豆。

所以我从小就晓得荷兰，知道它很小很小，小到只有四万平方公里，比台湾省大不了多少。如果他们不保护好拦海大堤，那么不断上升的海平面还要使这一面积更加缩小。一个荷兰少年用身子堵住大堤漏洞，使他的同胞幸免于难的故事在全世界几乎无人不晓。荷兰的青鱼更让人神往，据说荷兰的男女老少都爱吃，吃的时候用手提着鱼尾，仰着脑袋，从鱼头吃到鱼尾，而且是生吃。郁金香则一度使整个欧洲的人都发了疯，郁金香的投机使有些人一夜之间暴富或者沦为赤贫，在历史上留下了"郁金香热"这个专有词条。至今郁金香仍是荷兰出口的大宗，每天用飞机空运到世界各地。这回自己到了荷兰，一切如愿以偿，雄伟的大堤，艳丽的郁金香，美味的青鱼，巨大的风车，拙朴的木头鞋，都看了，都尝了。但是荷兰给我留下最深印象的并不是这一切。那么是什么呢？是……牧场。是的，正是牧场。荷兰幅员很小，工业化的程度又很高，工厂码头要占去很多地方，因此农业用地更显其少。这么有限的地，他们竟然不拿去好好种粮食，却拿来放牛！当我离开阿姆斯特丹，南下布鲁塞尔时，我看见铁路两旁有不少地方是碧绿的草地，草地上用铁丝栅栏隔成一块块牧场，身上带着白花的荷兰母牛正在安详地吃草。好一曲田园交响乐。这真是与我们全然不同的思维方式。我们是寸土必耕，耕完了平原耕丘陵，耕完了丘陵耕山地，直至无地可耕，就围湖造田，辟草原为田，全然没想到湖里的鱼藕也可果腹，草原上的牛羊既可吃肉，也可喝奶。我们认为唯一能饱肚子的只是粮食！荷兰奶牛驰名于世，奶制品种类之多也令人眼花缭乱，单是奶酪就有十来种，号称世界之最。其中有一种烟奶酪，乃是荷兰所创，全球别无分号。当然我们现在也已悟到吃肉喝奶也能养人，所以退田回湖，退耕地为草原，真正使农林牧副渔得到全面发展。

阿姆斯特丹最引人入胜的要算是运河。我所住的旅馆就紧靠着河边，吃早餐的时候，找了个临窗的位置坐下，望着窗外的流水，仿佛就在苏州，只是桌上摆的是牛奶面包，耳边听到的是英、法、德、荷诸夷语。运河边上的小街都是碎石铺成，沿街的商店卖什么的都有，人来人往，十分热闹，比车水马龙的大马路更富情趣。运河在晚上也同样吸引着大量游客，那是因为有些地段的房子设有"玻璃橱窗"，橱窗内或站或坐的是近乎赤身裸体的女人，她们和看客面对面，仅仅隔着一层薄薄的玻璃。数十年前，玻璃橱窗是汉堡的专利，而今与阿姆斯特丹相比却是小巫见大巫了。这就是西方世界的另一面。

阿姆斯特丹以南不远有座小城叫莱顿，它以莱顿大学而扬名于世。还在一八五五年（咸丰五年）的时候，莱顿大学就设立了汉学讲座，在当时的西方世界只有法兰西学院有同样的机构，英美德俄远远瞠乎其后。至今莱顿大学仍然有一个汉学研究所，在欧洲乃至全世界都赫赫有名。我去拜访了这个研究所，第一眼就注意到院子里放着一顶花轿，接着就有人用很纯正的北京话问我要找谁，掉头一看，才发现是个黄发碧眼的小伙子！惊讶之余，我问他到过北京还是台湾（海外许多人在台湾学汉语）？他说，都没去过，但都准备去，我的中国话是在莱顿学的。他带我到图书馆去，这个图书馆与大多数汉学机构一样，不但藏书丰富，而且还有不少国内罕见之秘籍。其中又有一个藏书室比较特别，是高罗佩个人所捐赠。高罗佩是荷兰驻日大使，也在中国当过外交官，娶了中国妻子。他精通汉语，解放前在中国搜罗了大量的古籍，尤以肉书为大宗，自《金瓶梅》《肉蒲团》以下无所不收。有一些是油光纸本，在当时并不值钱，可是现在倒是难觅了，使做专门研究的人受惠不浅。

我从另一条路走出莱顿大学，没想到路边竟是伦勃朗的故居。可惜这座三层楼的房子搭满了脚手架，正在维修，无缘入内。生活在十七世纪的这位伟大的画家和两百年后同样伟大的画家凡·高先后辉映，为荷兰挣得了世界荣誉。小小莱顿城，就因了有伦勃朗和莱顿大学而致全球无人不知，荷兰虽小，也因经济发达而令人不敢小觑，这一点对我们这个泱泱大国来说，也未始不是个启发。

从布鲁塞尔到伦敦

布鲁塞尔不像阿姆斯特丹那样一马平川，而是位于一片丘陵地上。从荷兰开来的火车到布鲁塞尔就钻入到地下，原来布鲁塞尔车站高踞于一座小丘上。下得山来，便是老城的中心广场。真是来得早不如来得巧，那一天正是比利时的抛柑节，小小的——原谅我又用了这个词，如果天安门广场也叫广场的话，这里其实只好说是个大院子——广场挤满了人，有掷马蹄铁的，有玩杂耍的，有跳舞唱歌的，热闹非凡。我既不懂法语，也不懂荷兰语，想打听今天是什么节日，也没法问。出得广场，迎面走来一支游行队伍，清一色的男人，头上戴着毛茸茸的白色高帽，形状十分古怪，队伍边上有几个人，手提放满柑橘的篮子，一面走着，一面把柑橘抛向围观的人群，每抛出一个，就引起一阵骚动，抢到的如同中彩，十分高兴。队伍过去以后，我总算找到一位讲英语的游客，才知道这是一年一度的抛柑节，既是尝新，又是庆丰收。我国也有许多地方有尝新节，但尝的却是粮食，从未让柑橘来僭越。

比利时的官方语言有两种，一是法语，一是荷兰语，前者为西南四省瓦隆人所操，后者是东北四省佛莱芒人所用。哪一种语言都想占上风，处理不好就要出毛病，有几个首相就因此而丢官。为了保持平衡，只有采取两种语言

238

并重的原则，所以你在布鲁塞尔无论看到任何告示，都一定是两种文字并列，甚至连一座普通的小学校也要钉上写有两种文字的标牌，因为首都是法定的双语区。宗教和语言是划分文化区的两个最重要的因素，在欧洲，不同的教派或不同的语言，有时形同水火。但在中国，却完全两样，既没有发生过宗教战争，更不会因为言语不同而大打出手。因此布鲁塞尔这种双语现象比那位撒尿的顽童，三翼的欧洲共同体大厦，宏伟的五十年宫，巨大的原子核模型给我留下更深的印象。

从布鲁塞尔到伦敦可以从两个港口过渡，我选择了奥斯坦德。一年以后，正是在这个港口，发生了渡船倾覆，死亡百余人的恶性事故。奥斯坦德西南数十公里，便是法国赫赫有名的敦刻尔克，第二次世界大战初期，盟军在此演出了慷慨悲歌的大撤退活剧。渡船是半夜开的，人很多，但是还可以找到座位。邻座是位英国姑娘，忘记了是哪个大学的，暑假到大陆来旅游，现在回到家里去。问她是否一人独行，回答是的。每年一到暑假，全欧洲都是这样的大学生中学生在到处转悠，或成群结队，或单枪匹马，一片生机勃勃。船行四个多小时，就到了英国港口多佛尔，我们横穿的正是以它命名的多佛尔海峡。那一年，恐怖活动特别频繁，尤其是在法国。很多游客都临时转向英国，因此多佛尔的入境处查验护照签证也就特别严格。查过签证后就进入站台，上了火车，这时天还刚麻麻亮。从这里到伦敦一个多小时，就在打盹中度过，一觉醒来，已是维多利亚车站。

维多利亚车站真大，但是也真旧，如果不说破旧的话。就像其他西方国家的火车站一样，虽然大，但很简陋，很少有像我们上海火车站、天津火车站这样富丽堂皇的。因为乘火车就跟乘公共汽车一样方便，来了就上，赶不上就等下一班，站站就行，自然就不需要有大如广场的候车室以供人们坐卧甚至起居了。

到伦敦最想看的当然就是大英博物馆了。当年的日不落帝国把从全世界各地掠夺来的奇珍异宝都陈列在这里，从埃及的木乃伊到印度的佛像，从敦煌的壁画到非洲的木雕，五光十色，琳琅满目。如果每件展品都仔细观瞧，那得经年累月的工夫。我赔不起这个时间，只能走马观花。我更想参观的是那座圆顶的阅览室，那个保留着马克思脚印的座位。但是，我没想到，这个阅览室并不像美国的国会图书馆那样，可以长驱直入。小小的入口，就有四五个人把门，进去之前先要出示阅览证，如若无证，敬谢不敏。我说，我时间不多，并不在这里长期阅览，只要看一眼，仅仅一眼就够了。门警说，那也得先去申请阅览证。无奈，只好进了接待室。接待我的是一位年轻人，他说，阅览室太小，要看书的人太多，只能让有一定地位的人进去。我说，我也有地位，我是中国复旦大学的副教授。他看我貌似年轻（西洋人似乎普遍比中国人见老），又问，那么你有证件吗？我说，中国的教授是没有什么教授证书的，只有获得学位才有证书，但我不会傻到把一本偌大的博士学位证书带着满世界乱跑。软磨硬泡之下，他不得不给我一张阅览证。我对这个最后的结果是很有把握的，因为这里毕竟是公共场所，而不是私家花园，要拒绝正当的要求是很困难的。但我也不得不佩服英国人办事的一板一眼，尽管我一再声明，我的目的只是参观一下，以后再也没有时间来看书。但他仍然一本正经地给我拍了一张彩照（一架大照相机就摆在他的办公桌上），贴在阅览证上，盖了章，签了名，再递给我。

等我进了门，我才发现这个世界有名的阅览室竟然有这么大，只要把里头的书架和座位去掉，就是一个足够大的室内体育馆了。贴着墙是一个整圆周的高高的书架，中间是一圈又一圈的座位。读者可以自由从架上取书，也可以请管理员去拿藏在阅览室之外的书。但是遗憾的是，我到底没有找到马克思的座位在哪里。照我想象，那个座位应该用红丝绳拦起来，边上插着标志牌，然而没有。任何一个座位都跟其他座位一样平常。几百个座位一模一样，我不可能一一低下头去寻找那双举世闻名的脚印，何况座位上大都有人，更何况地板和地毯如果都调换过呢！我拉住了一位管理员问，但是他含糊其辞，始终不肯说出个究竟来。我只好失望地离去，心中怀着对这位伟大人物的崇敬——我总算到了他一百多年前曾经天天来过的地方。

过去大英图书馆是附属于大英博物馆的，现在分开了。我从博物馆后门出去，走不远就到了。我知道这里藏有斯坦因从我国拿去的汉简和敦煌文书，很想浏览一下。这里的情形不同，无须阅览证，只要填写索书单，管理员便会为你把书拿来。参考阅览室不大，读者来自世界各地，大家围坐在长桌旁。我的左邻从缅甸来，为的是查找本国业已不存的佛经。长桌边上还有几个单独的座位，其中一个为一位日本学者所占。他已在这里待了很长一段辰光，为的是研究敦煌文书。斯坦因文书已发表的仅五千多号，图书馆里的编号已到八千多。但是越到后面，文书越是破碎，有的只是碎片而已。但即使碎片，也不能裱褙，因为往往两面都有字，于是只好用透明胶片夹起来。我借了两份卷子看，其中一份是小和尚受大和尚欺负，向老和尚告状的状子，十分生动有趣。卷子边上钻有小洞，穿在洞上的细麻绳依然如故，面对这千年以前的古物，不禁令人感慨万分。更令人感慨的是这些新整理出来的文书，竟是一位日本学者在研究。当管理员得知我来自中国以后，很热情地让我进书库参观。收藏贵重品的书库没有门窗，只有与电梯相连的出入口。库内常温常湿，以延长藏品的寿命。敦煌文书一卷一卷按号码排列在橱子里，汉简则一支放在一个试管里，看来还可保存很长时间。汉简的文字已经全部出版，只希望敦煌文书的全部问世也能早日实现。

我在伦敦只是匆匆的过客。虽然我也跟所有游客一样，拿着一张导游图奔走于伦敦塔与西敏寺，白金汉宫与苏霍区之间，几乎该去的地方全都去了，但至今记忆最深的依然是在大英博物馆和大英图书馆的经历。

头朝西方的飘尸

日本的茨城县对中国人来讲比较陌生，但是其境内的三个市却不同程度地享有盛名。日立市的名字为各国的男女老少所熟知，自然是因为那充斥环球的日立电器。筑波市是举世闻名的科学城，集中了日本最优秀的科技人员和研究所。水户市则是茨城县的县厅所在，在日本史上地位非同寻常，而且由于与中国文化有着特殊关系，尤为中国历史学家所注目。

日本的江户时期是德川幕府掌权的时代，德川家族有三大支柱，即所谓的"御三家"，其中之一就是水户藩。江户时期的日本政府仰慕中国文化，注重汉学，水户藩更是儒家的忠实信徒。明清之际，水户藩主德川光国把明代遗民朱舜水奉为座师，热衷于学习儒家文化，成为中日文化交流史上的一段佳话。

朱舜水是一位伟大正直的学者，明代覆亡以后，他奔走于反清复明的运动，直到大势已去，才遁入日本讲学。从六十岁以后他在日本生活了二十二年之久，直到逝世于江户（今东京）。现在东京大学校园里还有一座小纪念碑,上书:朱舜水终焉之地。舜水提倡"实理实学",认为"学问之道,贵在实行",主张"为学当有实功,有实用"。对日本学术思想界有相当的影响。德川光国对朱舜水的尊崇始终如一,在舜水生前,他"亲执弟子礼。舜水时谏光国,其言剀切,光国每纳之"。在舜水死后,并迎葬其于水户远郊的瑞龙山,而后又亲自编辑出版朱舜水文集。

瑞龙山是水户藩的家族墓地,至今仍是德川家的私产。去年四月,我有幸与朱舜水的后人一同前去拜访这个体现中日友好关系的纪念地。上山后,我们首先去拜谒朱舜水墓。墓在一处山坳里,规模不大,但庄严肃穆。墓的形制不是国内常见的馒头状,而是近似尖顶的锥体,象征的是灵魂所归的中国昆仑山。墓碑是光国所亲书,上题"明征君朱子之墓",碑侧是朱舜水的学生安积淡泊撰写的碑文。德川光国开设彰考馆编纂《大日本史》时,曾聘请朱舜水参与其事,史馆的第一位总裁就是这位安积淡泊。

转过山坳,便是水户藩历代藩主的墓葬群,从山顶到山麓按着世代排列下来。每一代藩主都与其原配夫人双坟并排,侧室的墓则群聚于后。所有的坟墓也都是尖锥状,但夫人的坟要小于藩主,坟前的木棚和石阶的宽度也要略小。整个墓区体现的正是长幼有序、男尊女卑和嫡庶有别的儒家规范。正当我们仔细参观时,忽听陪同的日本东道主说:"请注意,坟前驮石碑的赑屃,头是朝着西方的。"真的，我们怎么一点没注意到。虽然坟墓和墓碑都是坐北朝南，但是驮碑的大乌龟，却一律面向西方，这是什么道理？"这是因为西方就是中国，"主人继续说，"德川家倾心汉化，所以在死后也要用这一方式表示出来。"原来如此！

日本模仿中国文化早在一千多年以前便已开始。大化改新以后，日本几乎全盘照抄唐朝的典章制度，除了科举制不用外，就连贞观年号也搬了过去，真是一场彻头彻尾的西化运动。这次西化，使日本社会发生了一次大飞跃，从此走上封建制的道路。此后日本效法中国的过程始终不断。直到明治维新前后，终于发现中国文化再不能使他们国富民强，于是他们毅然将儒家经典抛在一边，开始从事新的一场全盘西化运动，向比中国还要西方的欧美文化取经。穿西装、吃猪肉、打洋伞、造枪炮、办学校、开国会，没有一样不学得惟妙惟肖。效果也是立竿见影的，请看这张时间表：一八五三年锁国政策被美国军舰所打破（比鸦片战争晚十三年），十五年后的一八六八年就开始了明治维新（比戊戌维新早三十年），再过二十六年，就在甲午战争中打败了素所景慕的中华文化。

日本民族的确是善于学习的民族，他们讲求实用。鲁迅先生"拿来主义"的主张，未尝不是受日本成功的启发而提出。两次全盘西化使日本跻身于世界强国之林，但是值得注意的是，日本文化并没有因此而变成中国文化，也没有蜕化为欧美文化。因为任何文化的移植，都要有一个本土化的过程。日本先前的全盘唐化与后来的全盘欧化最终都被日本化了，或者说，带上了日本特色。中国文化比日本文化更为深厚，在学习外来文化的浪潮中，更不必担心有被人家同化的可能，中国特色一定要占上风，正如禅宗是中国特色的佛教，毛泽东思想是中国特色的马克思主义一样。

龟兹的读法

龟兹在中国和中亚的历史上都很有名气。西汉时代它是西域都护府辖下的城郭诸国中最大的一个（除去大宛和乌孙两个超大国不算）。西汉的上郡还因为有龟兹国的降人而设置龟兹县。到了唐代，龟兹又成了安西都护府的驻地。龟兹的有名并不在大，而在于它控扼着丝绸之路的南道，以及其文化的辉煌。龟兹乐在中国的音乐史上占有极重要地位。

那么这样一个负有盛名的古国，它的名字应该怎么读法呢？

稍有历史知识的人都晓得，龟兹绝不能念成今音 gui zi，那要被人笑话，说是没知识，而应该读作 qiu ci（丘慈），这是所有的汉语字典都标明了的。但是读成 qiu ci 果真就是有知识了吗，恐怕不见得。

历史上最早给龟兹注音的是应劭，他在《汉书·地理志》龟兹县下注：龟兹音丘慈。应劭是东汉人。五百年后，中唐的李贤注《后汉书·西域传》云：龟兹读曰丘慈。从汉到唐都说龟兹应该读成丘慈，表面上看来一点不错。然而问题正出在这里：汉字不是表音文字，而古今字音的变化又很大，我们又有什么根据把现在丘慈的读音 qiu ci 当成汉、唐时期丘慈的读音呢？如果我们稍作进一步的研究，便知今天丘慈的读法与古代有绝大的不同。

不用说，龟兹此名只是当地发音的记录，也就是说，只是一个译音词。因此，也就可以用其他同音或近音字来记录。事实正是如此。唐代以后，龟兹亦写作屈支、屈茨、邱兹或丘慈。虽然写法不一，但读音是一样的，而且显然不能以今音来读这些地名，否则龟兹也可以读成 qu zhi（屈支的今音）了。地名的读音是最稳定不变的，变的只是记音的形式。因此我们不应以丘慈的今音来读龟兹，而应该从其他角度来推测龟兹的本音。

汉代龟兹国在今新疆库车县一带，国都延城即今库车县治。唐代龟兹镇、龟兹都督府和安西都护府也在今库车县。因此，库车的读音应与龟兹相关联。库车的当地读音是 ku qia，如果再往前回溯，该地在元代叫作苦叉，其今音 ku cha 与库车极相似。因而我们可以推想：龟兹，也就是丘慈的读音应与库车相去不远。至少龟和丘的读法应作 ku，而不是 qiu。这个推想还可以从方言得到证明。在闽南方言中，丘正读作 ku，而龟读作 gu，与库车的库同音或相近。同时，慈和兹的韵母都是 i。方言往往是古音的反映，因此我们可以推断："龟兹"或汉唐时期"丘慈"的读音应该是 ku ci，或与之相近，而绝不会是 qiu ci。这只是从汉语本身进行研究得出的结论，如果从龟兹当地出土的古文字来进行研究，恐怕结果也是一样。

最后还得赘上一句，本文意图并非要改国人读龟兹为丘慈（qiu ci）的习惯，只是发表一己之见而已。世界上将错就错的事也太多了点，只要无害，又何须一一纠正不可呢，只要读书时不泥古，不唯书，不唯上，庶几可矣。

别琴竹枝词百首笺释

洋泾浜英语是 Pidgin English 的对译，但这个译语是不贴切的。洋泾浜在上海，上海的洋泾浜英语鸦片战争以后才出现，而中国南方，主要是广州，很可能从十七世纪起 Pidgin English 就已登场了。英国人最初来到广州寻求贸易是在一六三七年，其后，清朝政府在十八世纪初组建了公行制度，把中英贸易纳入国家管理体制。一七五七年以后，广州又成为我国唯一的对外贸易港口，外国商人云集于此。于是，为了商业往来的需要，有些广州人将尽量简单的英语单词与汉语的语法相结合来与外国商人交谈，产生了最初的 Pidgin English。Pidgin 一词的词源，学术界至今没有定论。一般的意见认为是 business 的汉语谐音。若照此说，则 Pidgin English 有商业英语的意思。

虽然 Pidgin English 的摇篮是广州，但在《南京条约》开放五口通商以后，上海的对外贸易地位很快超过了广州，在英法租界之间的洋泾浜，便聚集了一批无业游民，专以蹩脚英语为营生，牵合中外商人，促成商业交易。起初从事这种翻译活动的还是从广州来的老手，后来就逐渐本地化，形成上海的"露天通事"，规范了上海的 Pidgin English，并将其称为洋泾浜英语。虽然这个译名不贴切，但既已约定俗成，也只能率由旧章了。

从语言学的角度而言，Pidgin English 是一种混合语言。但混合语不止 Pidgin English 一种。当操不同语言的人聚集在一起的时候，他们之间无法通话，只能彼此借用对方的一些单词，使用对方能理解的语法来实现有限交谈。所以洋泾浜语（Pidgins）是两种或多种语言接触初期的普遍现象，譬如俄国与挪威之间就因贸易关系而出现过一种洋泾浜语。虽然洋泾浜语并不都产生于殖民者与被奴役的人民之间，但各种洋泾浜语的大量出现却与殖民主义的兴起密切相关。随着文明的进步，各殖民地与半殖民地的独立解放，许多洋泾浜语已经消亡，但也有的进一步发展，成为克里奥尔语而保留下来。在我国，洋泾浜英语曾经存在近三个世纪之久，尤其是在广州与上海两地，曾经在中外文化接触中扮演了重要的角色。特别是上海，由于在鸦片战争以后的一百年里，迅速地从一个普通县城发展成为全国最大的经济中心和贸易港口，西洋人将其视为冒险家的乐园而大量涌入，促使洋泾浜英语在上海得到充分的发展，成为买办、仆役、店主与洋人交谈的不可或缺的工具，甚至有人专门编写洋泾浜英语的教本供人学习。许多有关中国，尤其是有关上海的著作与导游书也都要专门介绍这一特殊的混杂语，列出重要的词汇与例句，以备实用。

　　洋泾浜英语有几个最主要的特点：一是词汇有限。据有人研究，中国的洋泾浜英语大约只有七百个单词，所以一个词兼有几个词的意思，例如 my 就是 I、we、mine、ours 等的同义语。二是音位简化。一般洋泾浜语只有三个元音：[i]、[a]、[u]，所以 sheep 与 ship 在洋泾浜英语里一概读作 sip；辅音系统也大大简化，如上述的 sip 也可看作是 cheap 与 chip 的简化形式。三是语法简单。没有数、性、格、人称、时态、语态等等词形变化。在中国，洋泾浜英语几乎是按照汉语词序来表达的，如 Long time no see you（很久没见到你了）就是一个典型例子。

　　最早提到并描述中国洋泾浜英语的西方著作是《广州番鬼录》。该书记叙一八四四年《中美望厦条约》签订以前外国商人在广州活动的情形，颇有史料价值。作者威廉·亨特是美国人，是当时少数懂得中文的几个外国人之一，所以能理解洋泾浜英语的起源及其特征。专门以洋泾浜英语为研究对象的著作并不多，其中有两部最为著名：一是查理斯·李兰德的《洋泾浜英语歌谣集》，二是 A. 希尔的《中国的破碎英语》。但以上这三本著作都出版得较晚，《广州番鬼录》初版于一八八二年，《洋泾浜英语歌谣集》初版不详，三版是一八九二年，《中国的破碎英语》初版则迟至一九二〇年。而早在这三本书以前，就有中国人杨少坪以竹枝词的形式介绍并揭示了洋泾浜英语的特征，却几乎无人知晓。这些竹枝词以别琴为名，共有百首之多，连载于同治十二年二月初五（一八七三年三月三日）、初七、十五及十九日的《申报》上。

杨少坪是上海也是中国最早一批由正规外语学校培养出来的外语人才。他未参加过科举，也未得意于官场。所著《英字指南》六卷，以科学的方法教人学习英语，不同于其前多种洋泾浜式的教本。该书后被商务印书馆多次重排，以《增广英字指南》的名义面世，影响很大。据杨氏自称又曾著《拼法举隅》一书，但不知付梓与否。此百首竹枝词就是原来打算附入该书，以与正确的英语拼法相对照而提前发表在《申报》上的。杨氏因为亲炙林乐知等西洋人的耳提面命，故英语颇为纯正，亦因而深知洋泾浜英语的弊窦，故作此别琴竹枝词，针砭其病。在序言里，杨少坪指出学习英语与汉语有别，汉语是以字组词，而英语有词无字（所谓"字即语"者），要使英语说得地道，先要单词发音正确，又要遵守语法。租界里的一些洋泾浜翻译，由于没有语音与语法知识，所说的只是杜撰英语。这百首竹枝词就从用词与语法方面来分析其错误，目的是要人从此而学习正规的英语。

洋泾浜语这一文化现象，在国际上颇受语言学界与文化史界的注目，但我们历来未给予充分的注意。本文即试图通过对别琴竹枝词的笺释，以反映百年以前上海风貌的一个侧面，并引起学界同人对于研究洋泾浜英语的兴趣。由于杨勋所用洋泾浜英语去今已一百余年，且词源复杂，除英语外，又有葡萄牙语、印地语、马来语种种，以汉语为词源的洋泾浜语词又存在方言的差异，而杨氏之记载又是以吴方言谐音再用汉字写出，所以复原竹枝词中洋泾浜语词的原貌有相当难度，有时一词之复原竟费半天之思，最终仍有一些词语不得其解，只能阙以存疑，并望大雅方家予以补正。

释文将一百首竹枝词以数字序号，每首四句，亦依次标以数码1）、2）、3）、4），句中有英语词者则释，无则罢。英语词下面画线标出。"（　）"内的字是作者原文，"〔　〕"内则为笺释者插入语。作者于前五十首极费功夫，几乎每句都要嵌入英语单词，甚至一句话两三个单词，而且要将洋泾浜英语的单词与汉语词合而组成一句话的意思，还要使英语词的汉语谐音与汉语意义扣得上，确实难为。这一方面有时是文字游戏，有时却也非此不能揭示真谛。此外，这百首竹枝词又可当上海开埠初期的社会百景图来看，自有其文化史、社会史方面的参考价值。作者的文笔也有可观之处，如描写基督教堂时，还调侃说通商口岸的人因接触基督教早，故要近水楼台先上天，不乏幽默感。

别琴竹枝词　并序

洗耳狂人阳湖杨少坪

未定草

"别琴"二字肇于华人，用以作贸易、事端二义。英人取之，以为杜撰英语之别名，盖极言其鄙俚也。余自习举业，读西书，讲究翻译以来，知英国字即语，语即字，由字学语则音正，并当由文理学语而语斯安。夫所谓讲英语者，岂易言哉！今沪北一带之通事，日与西人交接，所重在语，而不之考究，敷衍了事，不讲别琴语者，百不得一。西人虽迁就之，莫不酸鼻。余恐斯语之愈变而愈差也，故于今上元节前，辑《拼法举隅》一书，凡十余日即脱稿，拟作别琴竹枝词百首参入，以明指其弊窦，庶学英语者知所矜式焉。

1. 生意原来<u>别有琴</u>，

   洋场通事尽知音。

   不须另学英人字，

   <u>的里</u>（三）<u>温</u>（一）<u>多</u>（二）值万金。

1）别有琴，即别琴，pidgin（也作 pigeon）的音译；"洋泾浜英语"一词大约二十世纪才出现，杨勋此处用"别琴"作为 pidgin 的音译，其实比意译的"洋泾浜"更为合适。李伯元在《南亭四话》中摘录了百首词中的七首，亦仍以别琴为名。4）three, one, two.

2. 算账先呼<u>押克康</u>，

   <u>对而</u>（银两）<u>大辣</u>（洋钱）即银洋。

   <u>辛工</u>（宁人呼为身工）概说为<u>俦四</u>（无薪水束脩之别），是否<u>何人虾勃郎</u>。

1）account. 2）tael, dollar. 3）chores. 4）who belong（或作 blong）；belong 是洋泾浜英语使用最频繁的词之一，相当于 to be 的作用。

3. <u>雪弹抽乃</u>乘肩舆，

<u>开来治伦跑马车</u>。

知否路傍人<u>煞味</u>（知），

<u>锡揩</u>（烟名）斜插任呵嘘。

1）sedan chair. 2）carriage run. 3）savvy 即知道，词源有二说，或曰自 sabe（西班牙语）来，或曰来自葡萄牙语的 saber，在许多种洋泾浜里都有此词。4）cigar.

4. <u>好法身而沙法身</u>，

如何如此<u>脱罗真</u>。

<u>勃郎由</u>（属你）与<u>勃郎妹</u>（属我），

是尔是我抑是人。

1）how fashion 相当于 what for, how 意即如何；so fashion 意即如此。2）true. 3）belong you 你的，belong me 我的。

5. 衣裳楚楚语<u>陪陪</u>（略停），

<u>考姆陪陪</u>歇歇来。

多少洋行<u>康八杜</u>（当手也，粤人呼为买办），

片言茹吐费疑猜。

1）bime by 即 by and by，稍等一会。2）come by and by. 3）compado 即 comprador，由葡萄牙语 compra 来，意即买办。

6. 清晨相见<u>谷</u>（好）<u>猫迎</u>（晨），

好度由途叙阔情。

若不从中<u>肆鬼肆</u>（赚钱），

如何<u>密四</u>叫先生。

1）good morning. 2）how do you do. 3）squeeze 敲诈。
4）mister.

> 7. 割价<u>波来四克丁</u>，
>
>   临期握别说<u>青青</u>。
>
>   <u>雪唐因碎雪里破</u>，
>
>   坐卧安然在内庭。

1）price cutting 即削价。2）chin chin 是寒暄语，此处
为再见之意，源于汉语的"请，请"（？）。3）sit down，in
side，sleep. 4）此句即上一句的汉译。

> 8. 货样东家不必分，
>
>   袜丝带异义同文。
>
>   店船夷皂羊汤样，
>
>   <u>少破能该六字云</u>。

1）muster 与 master 音近，故言不必分。2）sock，silk 此
二字音近。3），4）shop，ship，soap，sheep，soup，sample，
此六词音近，如汉语吴方言之"少破"。此首词表明洋泾
浜语音位的简化，在 s 与 k 之间，在 sh（s）与 p 之间不
同的音位都混而为一。

> 9. 梁上偷儿曰<u>姐夫</u>，
>
>   <u>辣里龙</u>号也无殊。
>
>   洋行管事<u>司多画</u>，
>
>   <u>谷克</u>先生做大厨。

1）thief. 2）la-li-lung，此字来源不明，在上海
的洋人以此词表示贼的意思，他们以为这是标准的中国

话；而中国人用此词，又以为是地道的洋话。不知是否是 ladrones（海盗，葡语）的变形？ 3）staff. 4）cook.

10. <u>司丁买</u>与<u>司丁巴</u>（皆轮船），

　　船是<u>因成</u>□铁鬼（似夜叉）。

　　<u>司克罗</u>轮明暗火，

　　<u>夹登</u>船主凮堪夸。

1）steamer，steam boat. 2）engine. 3）screw 螺旋桨；当时之轮船又称火船，主要有两种，即明轮火船 side-wheel steamer 与暗轮火船 screw steamer，合之即所谓"明暗火"。4）captain.

11. <u>捺钟</u>（呼使之钟，不敲而捺）响处唤<u>琶孩</u>（童也，男仆也，以呼使者），

　　初做<u>琶孩</u>亦可哀。

　　<u>弹姆甫罗勃辣达</u>（辱骂语），

　　吞声忍气笑颜开。

1）boy. 3）damn fool brother.

12. 露天<u>掮客勃罗街</u>，

　　飞轿奔来只省鞋。

　　一套衣衫穿着外，

　　家中无米亦无柴。

1）broker 即掮客，经纪人。

13. 行看么二打<u>温多</u>，

　　每道花烟<u>勿老何</u>。

　　欣说长三郎的<u>里</u>，

不知戏馆叫如何。

1）one two. 2）flower，此处花烟实即烟花，指妓女。3）long three，（么二、长三逐字直译即为 one two 与 long three，洋泾浜英语类皆如此，表示妓女的不同级别。）

14. 请看频呼<u>六克</u>（看）<u>西</u>（亦看，也叠用），

<u>为夫</u>的是唤娇妻。

烟丝好似<u>拖碑哭</u>，

海作<u>高</u>来六作<u>低</u>。

1）look–see，洋泾浜英语里 look 与 see 常叠用，表示看的意思，这与汉语里的"看看"或"看见"是两字组成的习惯有关。2）wife. 3）tobacco. 4）high，low.

15. 我同汝去哀郎由，

<u>绰泼</u>超超<u>速速</u>谋。

不惧何人<u>诺废</u>害，

办琶悄悄<u>竹杠抽</u>。

1）along you. 2）cop 逮捕，汉语的 k– 与 ch– 有对转关系，故此句的"绰泼"，实即"科拨"，下文第89首，焦炭 coke 之谐音"绰克"亦类此；chop chop 即快快，洋泾浜语词。3）no fear. 4）bamboo chow chow 吃竹板；chow chow 食物、吃的意思。

16. 小娘子与某先生，

<u>密四</u>（称小姐，不应称先生）高高叫几声。

不管三七二十一，

<u>密虽</u>（称妇人）<u>密四</u>不分清。

2）miss．4）missy（或作 mississy），即 mistress。

17. 叱犬从来用<u>克明</u>，

　　<u>雪堂</u>（坐也）<u>许许</u>（英人呼犬声）效禽鸣。

　　<u>弹描回六谷</u>为去，

　　吓得乡人不敢行。

1）coming？　2）sit down，hiss hiss．　3）damn fellow，go.

18. 其话蜡云喜<u>碎司</u>，

　　宁音口操<u>乃西斯</u>。

　　东家卧后除鞋走，

　　地袜轻松好<u>拭匙</u>。

1），2），4）he says.

19. <u>滑丁</u>何物由<u>王支</u>，

　　<u>哀诺王之</u>不要斯。

　　气煞外边穷<u>苦力</u>（二字出店），

　　一言不识独伤悲。

1）what thing you want？　你要什么？　2）I no want，我什么也不要；1），2）两句是洋泾浜英语的句式，不符合英语语法，而与汉语句式相类。3）coolie 源于印地语。

20. <u>法司</u>为一有为先，

　　好袜处<u>伊</u>问几年。

　　<u>讨波碎</u>为楼顶上，

　　<u>混徒碎</u>乃是窗前。

1）first．2）how much year．3）top side；side 也是洋泾浜英语的常用词，相当于 place，但用得不合规则，如

what side，home side。4）window side.

21. 譬说如何<u>宿怕司</u>，

<u>一丝</u>（是）<u>虾类</u>（唯）总称知。

休忘城外<u>奥虽雪</u>，

两个成双<u>达勃儿</u>。

1）so pass. 2）yes，all right. 3）outside city. 4）double.

22. <u>王之琶海要</u>船钱，

<u>配由陪陪隔</u>两天。

<u>你要几何如</u>〔原文如此，疑"好"字之讹〕袜处，

<u>的里到顺</u>是三千。

1）wanchee（有时是 wantee）buy；wanchee 即 want，由于汉字是单音节，而且以元音结尾，因此中国人不易念好英语里以辅音结尾的单词，于是在洋泾浜英语里经常将 ee 加在这类单词之后，如 catchee，makee 等。2）pay you by and by. 3）how much. 4）three thousand.

23. 保险洋行号<u>燕梳</u>，

行中殷实有盈余。

纷纷派送<u>燕梳</u>纸，

岁底年年送历年书〔原文如此，疑"书"字前衍一"年"字〕。

1），3）insure.

24. 照票权归<u>杀老夫</u>（看银者），

可怜签字模糊〔原文如此，疑"签字"后脱一"太"字〕。

东家不肯诺铅度，

且待明朝毛六都。

1）shroff．3）no can do 即 can not 的洋泾浜说法。4）
tomorrow，原文"毛六都"，应作"都毛六"，作者为押韵
而有意颠倒。

25．信纸常作挈脱卑，

　书完考必（抄也，水印也）唤西厮。

　须知紧要公司信，

　切勿轻言袜四基（不妨）。

1）note-paper．2）copy．4）maskee 多义词，略
当 never mind，who cares 等，即别在意、不要紧、没
关系、谁在乎等。词源是个谜，有人认为来自葡萄牙
语的 masque。

26．代办派丝（关单）不敢催，

　梅尔（公司）失破（船）寄书回。

　牛丝卑乃新闻纸，

　知是公司船上来。

1）pass．2）mail-ship，应与 mail steamer（今译为
邮轮）同义。其时译 mail steamer company 为外国信船公
司。3）newspaper．

（以上载同治十二年二月初五《申报》）

27．滑推姆问是何时，

　定内（夜膳也，筵席也）为因（酒也）用酒卮。

　一夜才当温内脱，

自鸣钟谓克劳基（粤人呼克老克为克老基）。

1）what time. 2）dinner, wine. 3）one night. 4）clockee（clock）.

28. 纸张炮弹与关门，

短字呼号一例论。

五者同声名若脱，

何妨一口囫囵吞。

1）shatter, shot（？）, shut. 2）short, shout.

29. 我欲开言唤阿三，

来司（饭）悄悄（吃）亦常谈。

嫂夫雪的郎由谷，

偕而城中共往南。

1）I say. 2）rice, chow chow. 3）south city along you go.

30. 大脚娘姨辣住飞，

非司法脱脸盘肥。

子今口渴侧司脱，

很葛立兮肚里饥。

1）large feet. 2）face fat. 3）thirsty. 4）hungry.

31. 爱做药材掮大黄，

辣治（大）野陆意扬扬。

岂知而路排鞋勃（大黄名），

回首登坑早已忘。

2）large yellow，这是中药“大黄”的硬译。3）

rhubarb.

32. 雪贰克蛮专做丝，

帝推司带是茶师。

丝茶两样大生意，

讨克（谈）滑丁（何）司比痴（说）。

1）silkman. 2）tea tester. 4）talk what ting, speech；ting 即 thing, 洋泾浜英语常把 th- 音发作 t 或 d。

33. 哀克司巴（出口）及印巴（进口），

关单出进口无差。

本行专做报关事，

好比当官纳帖牙。

1）export, import. 4）"纳帖牙"不明。

34. 自来火点累街司，

到底光明实在奇。

恐怕月头多算账，

东家出去火先吹。

1）light（？）gas.

35. 葛二好司乃奴家，

新桑一曲调琵琶。

局钱别篆克司等，

诚脱而蛮即大爷。

1）girl house. 2）sing-song, 歌曲以及其他戏剧音乐表演。3）custom（？）. 4）gentleman.

36. 小车名片总称揩，

264

灰二车轮沙四鞋。

买得尘帚勃腊喜，

照牌新做煞因排。

1）car（card）. 2）wheel, shoes. 3）brush. 4）sign-
board.

37. 克腊勃为弹子房，

黄昏总会喜非常。

葛龙（马夫）牵得穿衣马，

伺候深宵受雪霜。

1）club. 3）groom.

38. 粤音使者即西追，

书载宁波人共知。

一切跑楼奥弗四，

丝茶流子尽琶遗。

3）office. 4）boy.

39. 浦东船澳叫船洪，

粤浙苏音各不同。

道克一声该两义，

船洪与犬韵皆通。

3）dock（dog）.

40. 抽风率线日奔街，

佛力耗（极热）时要拔排（二字剃头者）。

因热剃须偏傅粉，

刀头到处白涎皆。

1）"奔街"不明。2）very hot，barber.

41. 晨起先提牛乳汤，

　　密而克里和茶糖。

　　苏揩灰脱拿为克，

　　糖白茶浓始肯尝。

2）milk．3）sugar white，no weak；淡茶称 weak tea，茶浓即不淡，故洋泾浜语称之为拿为克。

42. 跌粪人人叫做茶，

　　东家切肉送西家。

　　雪堂（坐）多少蛮（男人）华漫，

　　不用内夫（刀）即用叉。

1）tiffin？3）sit down，man，woman．4）knife.

43. 东家吩咐听哑团，

　　特累地司晒晒干。

　　因碎诺蛮铅考姆，

　　里边不许有人看。

1）order．2）dry this．3）inside no man can come.

44. 康脱腊叨是作头，

　　工人司务使如牛。

　　自从押克里门脱（写承揽），

　　盟纳（银子）完工方敢收。

1）contractor 承包人。3）agreement．4）money.

45. 三斑船本号三斑，

　　浦岸团团泊似环。

高叫<u>克明</u>声震耳，

<u>梅琶谷特克林蛮</u>（言我船好而洁）。

1）sampan，今译舢板。3）coming？ 4）my boat good cleanman.

46. 出身微贱怕<u>鞋蛮</u>，

<u>把带</u>看门做抱关。

幸得东家青眼顾，

而今乘轿用长班。

1）poorman. 2）porter.

47. 叫货名为<u>奥克兴</u>，

人头仰望密层层。

价钱喊到无添处，

方把尊名账上登。

1）auction.

48. <u>哑而碎姆</u>说皆同，

<u>驳得因虽</u>入此中。

记否<u>爱男</u>成八九，

<u>为思以四</u>是西东。

1）all same. 2）put inside. 3）eight，nine. 4）west，east.

49. 气夫<u>海特</u>小工头，

<u>苦力野鸡司帝伦</u>。

撑惯驳船做水腊，

夜间茶会更轻裘。

1）chief，head．2）coolie stealing.

50． 年终别席（有事）不胜忙，

　　且喜东家考姆桑（年底双工，俗呼如此）。

　　悄悄哑兵吃冷笼，

　　福林砕（租界）有女跑堂。

1）busy．2）"考姆桑"不详。3）chow chow opium．4）foreign settlement.

　　右俚句五十首，系近日所拟。率尔操觚，知不足登大雅之目，然命意以辟谬为主，间有慨世语，非仆臆见，实真情也。刻下书未就刊，拟先请于贵馆报中刊发，用广其传。其余五十首，容迟数日拟呈可也。词中因间英音，义甚肤浅，鄙俚之处，乞诸吟坛改正为幸。

　　　　　　　　　　　　（以上载同月初七日报）

51． 贰立处蛮富闰身，

　　俨然端坐目无人。

　　胸中冰炭知多少，

　　兄姓孔方即上宾。

1）rich man.

52． 纳粟损来蛮特鳞，

　　狐裘补服且章身。

　　新年拜客婚丧外，

　　仍是平常生意人。

1）mandarin 官员，据云词源为葡萄牙语的 mandar，命令之意。

268

53. 不须清白论身家，
　　冬着法而夏着纱。
　　勃等争捐蓝白色，
　　大人门第似官衙。

2）fur. 3）button 顶子（清代官员帽子上的装饰，以颜色分等级）。

54. 露天通事另归司，
　　各国人言无不知。
　　出入城厢市井内，
　　用钱先讲后来支。

1）linguist.

55. 身先引道问何因，
　　瓜带蟹夫只为银。
　　正额齐行三十六，
　　额中不死不添人。

2）quarter（dollar）四开洋，half（dollar）对开。3）关于上海"露天通事"三十六人的记载，最早大概要算是此处。其后《沪游杂记》（一八七六年）、《淞南梦影录》（一八三三年）相继有所记述。推想当时未必非三十六人不可，但这些通事抱成一团，不欲他人分一杯羹，大约是可能的。

56. 乞儿慎勿讨铜钱，
　　四对昇（巡捕房）中坐两天。
　　明日送君城里去，

途中个个吃洋鞭。

2）station.

57. 画图描样脱来柴，

　　颜色考劳一一排。

　　一切泼蓝宗算术，

　　遵之收放总无差。

1）trace. 2）colour. 3）plan.

58. 羊毛杂骨海鞋篷，

　　积少成多颇费工。

　　漫说消场不甚好，

　　今年市价不相同。

1）hair，bone.

59. 茶馆开张帝叔铺，

　　特零克帝有鸿儒。

　　试看多少痴男女，

　　并坐谈心廉耻无。

1）tea shop. 2）drink tea.

60. 感谢鸿恩听刻由，

　　思君两字亦相侔。

　　两音高下无分别，

　　酷似弹琴对水牛。

1）thank you. 2）"思君" 即 think you。

61. 勃老丁里印字笺，

　　墨壶阴克缺中圆。

生平写惯屈而配，

鹅笔纵横满目前。

1）printing. 2）ink. 3）quill pen.

62. 兑四克为写字台，

吉无出脱送书来。

杀阴薄克签名字，

立待还云俺煞回。

1）desk. 2）give letter（"出脱"是"来脱"之讹？）.
3）sign book. 4）and so wait（I'm so wait）.

63. 铁船铸造不难成，

买克（记号）混多一一并。

钉罢铁钉配印漆，

潮来趁势便前行。

2）mark，one，two.

64. 开花弹子日虽而，

炮号连珠最入时。

来富洋枪样不一，

伦敦（英国京城）监造有嵩司。

1）shell. 3）rifle. 4）London.

65. 勃着常开牛肉庄，

耕牛宰作菜牛尝。

从前贪买瘟牛肉，

屡次谷阴巡捕房。

1）barzar. 4）go in.

66. <u>揩登捺</u>是管园丁，
　　浇灌<u>华端</u>未敢停。
　　<u>杀泼来司</u>乃柏树，
　　为鸡为鹤各成形。

1）gardener. 2）water. 3）cypress.

67. 铸就<u>哀伦勃立池</u>，
　　铁桥坚固洵称奇。
　　缘何两柱先沉落，
　　总问神仙亦不知。

1）iron bridge.

68. 包开<u>火井法为而</u>，
　　预备皮龙取水池。
　　共美西人工务好，
　　房捐追索怨难支。

1）fire well.

69. <u>法下阴诚</u>是水龙，
　　<u>而零倍贰</u>听敲钟。
　　明朝未必行瞻体，
　　试看红光射九重。

1）fire engine. 2）ring bell.

70. 算盘别号<u>康丁傍</u>，
　　<u>薄克鸡排</u>是账房。
　　大灶牵来听谷脱，
　　先生账上十条羊。

1）counting band. 2）book keeper. 3）ten goat.

71. <u>康密昇云</u>是用钱，

　　几分后付几分先。

　　中人讲定几分用〔疑为"佣"字之讹〕，

　　方把栈房货下船。

1）commission.

72. <u>奥登推姆</u>乃中秋，

　　仰看<u>夫而</u>月满楼。

　　皎洁明<u>星司</u>带四，

　　<u>牛遮内二</u>（新开河）碧波流。

1）autumn time. 2）full. 3）stars. 4）new channel.

73. 阴沟总号<u>特来因</u>，

　　配破<u>瓦筒</u>圆且新。

　　一切<u>梅阴</u>（大阴沟）<u>康内克</u>（百脚阴沟），

　　高低联络要均匀。

1）drain. 2）pipe. 3）main，connect.

74. 专糊纸扇<u>卑排翻</u>，

　　挑选精工不惮烦。

　　设色最宜红与绿，

　　十张润笔洋三百。

1）paper fan.

75. 年高<u>哑二</u>少年<u>阳</u>，

　　<u>法达</u>父兮<u>袜达</u>娘。

　　<u>密克司</u>高会审庭，

从前大概叫公堂。

1）old，young. 2）father，mather. 3）mix court.

（以上载同月十五日报）

76. 老下尊秋大状师，

　　替人查例释人悲。

　　特劳专做衙门事，

　　配的升（禀帖）成要笔资。

1）lawyer. 3）teller. 4）petition.

77. 毛夫是口迪夫牙，

　　办特考夫伤肺家。

　　如此夏间生买退，

　　华端梅论破西瓜。

1）mouth，teeth. 2）bad cough. 3）summer day. 4）watermelon.

78. 吓无高有诺高无，

　　黑肆朋蛮是丈夫。

　　美彼聪明克累伐，

　　阴刀雪盖酒糊涂。

1）have got，no got. 2）husband man. 3）clever. 4）intoxicate.

79. 谷唐蛮是栈房头，

　　一件货儿一会筹。

　　记否过磅多少重，

　　一边出去一边收。

274

1）godown man，来自印地语，一说马来语。

80.　铅勃而蛮欲赌钱，

　　　牌阁老样度新年。

　　　一声门外夹痴慢，

　　　极细麻绳发顶穿。

1）gamble man．3）catch man．

81.　吐皮来脱欲招租，

　　　屋内烟通皆火炉。

　　　上下五层楼八幢，

　　　廊房一带尽庖厨。

1）to be let．

82.　古玩从来说九流，

　　　清晨摆设晚间收。

　　　挑钱给罢洋行去，

　　　考派（铜也）花瓶售脱不？

4）copper．

83.　而里康门乃荐书，

　　　务祈鼎力费吹嘘。

　　　保人果肯司邸下，

　　　须得纹银十万余。

1）recommend．3）steward．

84.　克罗司乃是封关，

　　　个个欢欣有笑颜。

　　　不看而伦好二四（跑马），

如何消得日中闲。

1）close. 3）run horse.

85. 两约书中真道传，

　　超痴（礼拜堂）施洗满堂前。

　　通商各口善男女，

　　近水楼台先上天。

2）church.

86. 堂中男女跪团团，

　　知是先生发闻餐（天主教谓领圣体，耶稣教谓

　　吃圣餐，大同小异）。

　　试看密昇内二力（传教者），

　　酒红饼白炼金丹。

3）missionary.

87. 明朝弥撒要虔诚，

　　信男善女一路行。

　　知否入门大礼节，

　　胸前十字写纵横。

1）Mass.

88. 头衔哀二与披哑（三字母音），

　　专送文书不致差。

　　六刻怕思奥勿四（工部书信馆），

　　替人传信到人家。

1）I（？），P. O.（post office 之简称）。3）look（？）
post office.

276

89. 试看<u>蓝</u>破火油灯，
　　<u>焦炭绰歌</u>哀<u>肆冰</u>。
　　更好不如<u>麻倍带</u>，
　　<u>弗仑</u>到底是良朋。

1）lamp. 2）coke，ice. 3）more better. 4）friend.

90. <u>泼力司蛮内的无</u>，
　　中华巡捕守街衢。
　　灯名诸葛随身带，
　　大抵年轻勇壮夫。

1）policeman native.

91. 楼名<u>福托葛来夫</u>，
　　拍照人间各样图。
　　药水房中常黑暗，
　　只传儿子不传徒。

1）photograph.

92. 报关另纳<u>报开</u>钱，
　　都道如今生意穿。
　　愿给<u>瓜端派逊脱</u>（照估价二厘半），
　　皆因怕出会防捐。

1）book. 3）quarter percent.

93. 信息能将电气传，
　　霎时万里寄华笺。
　　行名<u>推累葛蓝姆</u>，
　　铁线曾从海底穿。

3）telegram.

94. 气枪新式<u>哀鞋耕</u>，

　　百步穿杨力不轻。

　　每管纹银二十两，

　　货真价实有名声。

1）air-gun.

95. <u>挨生内贰</u>（铸造局）匠人居，

　　只学机关不读书。

　　移得皮条机器动，

　　一天工食两番余。

1）arsenal.

96. <u>执司恼本</u>是方才，

　　<u>失脱哑奔</u>关与开。

　　借问<u>倍陪</u>（婴孩）何处去，

　　<u>南丝盖立</u>（乳母抱也）赴洋台。

1）just now. 2）shut, open. 3）baby. 4）nurse carry.

97. <u>碎迷得力</u>外邦坟，

　　<u>哑贰</u>牛湖新旧分。

　　工部局中编号次，

　　讣闻求葬日纷纷。

1）cemetery. 2）old, newer.

98. <u>赏海对儿九八银</u>，

　　英音上字太翻唇。

　　英人亦有别<u>琴语</u>，

席雪徐西庆作春。

1）Shanghai tael. 3）pidgin，虽然中国人讲英语不准确而受"洋泾浜"之讥，但洋人说汉语同样滑稽，由于无四声概念，不知有尖团区别，"上海"只能读作赏海，"席"与"雪"，"徐"与"西"，"庆"与"春"都混为一谈。

99. 尊崇西席曰<u>低遮</u>，

　　吩咐家僮速备茶。

　　申话不如京话好，

　　南京土白更堪嘉。

1）teacher.

100. 皇家设馆广方言（馆始于甲子年春，是年余

　　受应、丁两观察知），

　　<u>司故而</u>中人实繁（馆中人多）。

　　同是<u>脱蓝丝累带</u>（翻译生），

　　惟余窃比屈公原。

2）school. 3）translator.

别琴竹枝词百首为洋泾浜语，不堪闻问而作也。然出入洋行者，虽不尽讲杜撰语，而能讲文理者殊罕，见第就英语论之，以紫夺朱，由来较久，苟辨之不早辨，恐以讹传误，致有毫厘千里之谬，知斯作诚不容缓，而鄙俚之诮所不免也，如谓不平之鸣，则吾岂敢。同治癸酉（一八七三）仲春洗耳狂人杨少坪又识。

（以上载同月十九日报）

洋泾浜英语虽然是四不像的混杂语，但是简化的语

法与易记易拼的词汇却是世界共同语的方向。十九世纪就有有识之士发表过这样的言论:"如果英语要成为世界性的商业语言,它将不得不从汉语里借用尽可能多的单音节词和尽可能少的词形变化。"实际上,现在英语的确是欧洲语言中语法最为简单,词形变化最少的一种语言。更为有趣的是,萧伯纳在二十世纪三十年代访问北平时,有人问他来华后学了中国话没有,萧翁答道:没有,我一字不识。但我对洋泾浜英语颇感兴趣,因大多数语言受语法限制太严,洋泾浜语则无此病,我想这种语言或许会成为未来的世界语。此话自然只是一种玩笑式的推测,但却深刻地指出了洋泾浜英语的最主要特征。

【主要参考资料】

杨勋《英字指南》,光绪五年求志草堂本。

W. C. Hunter, *The "Fan Kwae" at Canton Before Treaty Days——1825-1844*, 2nd edition, Shanghai, 1911.

C. G. Leland, *Pidgin-English Sing-song,* 3rd edition, London, 1892.

F. W. I. Airey, *Pidgin Inglis Tails and Others*, Shanghai, 1906.

A. P. Hill, *Broken China*, Shanghai, 1920.

J. 房德理亚斯,《语言》,商务印书馆,1988 年译本。

释江南

京口瓜洲一水间，钟山只隔数重山。

春风又绿江南岸，明月何时照我还？

——王安石《泊船瓜洲》

江南是中国一个极为特殊的地区，中外许多学者都把这一地区的经济文化与社会发展当作研究对象。但是，对于"江南"一语所指称的地域范围的变化，就不见得每个人都很清楚。近代以来，江南指的是镇江以东的江苏南部及浙江北部地区，更加狭义的范围，则仅指太湖流域。但在古代，江南一词的涵盖面却辽阔得多，而且经过曲折起伏的变化，探讨这一变化过程是饶有兴味的。

在秦汉时期，江南主要指的是今长江中游以南的地区，即今湖北南部和湖南全部。所以《史记·秦本纪》说："秦昭襄王三十年，蜀守若伐楚，取巫郡，及江南为黔中郡。"黔中郡在今湖南西部，是当时楚国的江南地。其时江南的范围很大，南界直到南岭一线，这从《史记》的另一条记载可以得到证明。《五帝本纪》载舜"南巡狩，崩于苍梧之野，葬于江南九嶷，是为零陵"。九嶷山属南岭山脉，在湖南南部。又秦亡之后，楚将项羽将楚义帝迁到郴，《秦楚之际月表》载此事作"徙都江南郴"。郴即今湖南南部的郴州市，已近南岭山脉。如果今天说该市属于江南地区，怕是谁也不会相信的吧。正因为江南主要指湖南北之地，所以王莽时改夷道县（今湖北宜都市）为江南县。

先秦及秦汉时期，江南地区气候湿热异常，生产方式原始，经济相对落后，人民仅得温饱。《汉书·地理志》曰："江南地广，或火耕水耨，民食鱼稻，以渔猎山伐为业……不忧冻馁，亦无千金之家。"尤其是气候的湿热难当，更使中原人民望而生畏。早在春秋中期，郑国战败于楚，郑襄公就恳求楚庄王说，只要留他一条性命，宁愿迁往江南地区。可见其时北方人对江南视为畏途。

相对于湖南北而言，今皖南、苏南一带在秦汉时期以江东著称。西楚霸王项羽兵败垓下以后，不愿东渡乌江，以图再举，原因就是无面目见江东父老。之所以称作江东，是因为长江在今芜湖至南京间作西南南——东北北走向，这段河道在秦汉三国时期是长江两岸来往的重要通道，因而从中原地区来的人视渡江为往东，而不是向南，视此段长江两岸为东西岸，而不是南北岸。推而广之，自然以芜湖南京一线以东为江东地区。相对而言，此线以西即为江西地区。所以陈胜起义于大泽乡（今安徽宿县东南），史称"江西皆反"。又《三国志·吴主传》曰："（建安）十八年正月，曹公攻濡须，民转相惊，自卢江、九江、蕲春、广陵户十余万皆东渡江，江西遂虚，合肥以南唯有皖城。"这两处的江西指的是今安徽江北之地，与今天江西的含义完全不同。

今天的苏州自先秦以后即称吴，明清时期是江南地区的中心。而《史记·货殖列传》却说："夫吴自阖闾、春申、王濞三人招致天下之喜游子弟，东有海盐之饶，章山之铜，三江五湖之利，亦江东一都会也。"东汉末年，孙策割据江东建立吴国，因此江东又常用以指吴国。同时，按古来的习惯，面对江源，又可称江两岸为左右岸，因此江东在魏晋以后又习称江左。东晋南朝以今南京为都，统辖江淮以南半壁江山，时人就称之为"偏安江左"。魏晋以后，与江南、江左并行的还有江表一词，意为长江以外地区，这显然是从北方人的角度来称呼的。于是典籍有《江表传》，庾信《哀江南赋》有"五十年中，江表无事"之说。

汉代人视江南已比先秦及秦人为宽泛，包括豫章郡、丹阳郡，甚至会稽郡北部，亦即今天江西及安徽、江苏南部。故《史记·货殖列传》云："衡山、九江、江南豫章、长沙，是南楚也。"《周勃世家》又说吴楚七国之乱失败以后，吴王濞败走，"保于江南丹徒（江苏镇江市东）"。东汉名将马援之子马防因犯法徙封丹阳，"后以江南下湿，上书乞归本郡"。不过，称丹阳、会稽为江南之例少见，绝大多数情况下还是称作江东。会稽被称作江南与汉代形势有关。汉初，刘邦封侄濞为吴王，兼有江北之东阳（后改广陵），江南之会稽（又称吴郡）及鄣郡（后改丹阳）

三郡之地。建都于广陵（今江苏扬州），于是从广陵到丹徒之间的南北交通也成为渡江要道，以会稽郡北部为江南的概念也就油然而生了。

江南的概念大于江东，说江南可以概江东。故《会稽典录》(《吴志·妃嫔传》裴注引）载，孙策夫人对策曰："汝新造江南……"又崔鸿《前赵录》(《太平御览》卷六四六引）曰："卜栩隐于龙门山，尝与郭璞论易。栩曰，吾大厄在四十一，亦未见子之令终。璞曰，吾祸在江南，不在此也。"到了南北朝隋代，江南一词已多用来代替江东与江左。颜之推在《家训》中多处以江南和河北对举，比较南北风俗的差异。又如《隋书·贺若弼传》说："高祖受禅，阴有并江南之意。"《韩擒虎传》又言："汝闻江南陈国天子乎？"当然，江左及江东二词并未完全消失。同书《酷吏传》有云："高祖膺期，平一江左。"《郑译传》则有"若定江东……"云云。

由于内汉之时，江南主要指洞庭湖南北地区，而这一地区又属荆州的范围，所以东汉人又含糊地以江南指荆州的大部分地区，甚至包括北距长江很远的襄阳。《后汉书·刘表传》载："时江南宗贼大盛……唯江夏贼张庄、陈坐拥兵据襄阳城，表使越与庞季往譬之，乃降。江南悉平。"到了隋代，江南也被用来作为《禹贡》扬州的同义词。例如在《隋书·地理志》中，火耕水耨，食鱼与稻被含糊地当成淮河以南的扬州地区的风俗。所以江南其实还有江汉以南、江淮以南的含义。不但如此，就是江左也有这样的含义。如《南齐书·州郡志》就说："江左大镇，莫过荆扬。"直至唐初，地跨长江南北的荆州以及位于江北岸的江陵仍被看作江南。《资治通鉴·唐纪》载高祖武德四年"（李）孝恭勒兵困江陵。……孝恭入据其城，诸将欲大掠。岑文本说孝恭曰：江南之民，自隋末以来，困于虐政……是以萧氏君臣，江陵父老，决计归命。……"说明在习惯上江南的北界并不以长江为限。

较确切的江南概念到唐代才最终形成。唐太宗贞观元年分天下为十道时，江南道的范围完全处于长江以南，自湖南西部迤东直至海滨，这是秦汉以来最名副其实的江南地区。因为十道是以山川形便原则来划定的地理区划，所以概念清晰无误。由于江南道地域过于广袤，在唐玄宗开元二十一年时，又把它分成江南东道，江南西道和黔中道三部分。唐后期，江南西道又一分为二，西部置为湖南道，东部仍称江南西道，简称江西道，这就是今天湖南、江西两省省名的起源。但是，即使在唐代，江南一语的用法，也常常超出长江以南的范围。故韩愈所说"赋出天下，而江南居十之八九"的江南，指的其实是江淮以南，南岭以北的整个东南地区。今天意义上的江南，在唐时仍经常用江东来表示。如白居易《偶吟》诗云："犹有鲈鱼莼菜兴，来春或拟往江东。"

当然，江南最准确的含义还是专指长江以南地区。马令《南唐书·嗣主书》（卷四）载：保大十五年"夏四月乙巳，天子班师，乱兵焚扬州，民皆徙江南"。陆游《南唐书·元宗纪》曰：保大十五年十二月，"帝知东都必不守，遣使焚其官私庐舍，徙其民于江南"。宋代以后，江左一词已不用，悉以江南为称。元王恽《玉堂嘉话》说："宋末下时，江南流言：'江南若破，百雁来过'，当时莫知其意，及宋亡，盖知指丞相伯颜也。"

江南地区的繁盛富庶在唐代就已出现。所以唐人描绘宁夏平原的风光时，早已用上"塞北江南"一词。韦蟾《送卢潘尚书之灵武》诗云："贺兰山下果园成，塞北江南旧有名。水木万家朱户暗，弓刀千队铁衣鸣。"塞北江南也用来表示文化的发达，如《太平寰宇记》灵州风俗条曰："本杂羌戎之俗，后周宣政二年（五七九）破陈将吴明彻，迁其人于灵州。其江左之人，尚礼好学，习俗相化，因谓之塞北江南。"可见江南一语在唐代已脍炙人口，因而许多诗词以之为题，歌之咏之，"望江南"、"忆江南"、"江南好"等语甚至成为词牌的名称。故白居易有《忆江南》词云："江南忆，最忆是杭州。山寺月中寻桂子，郡亭枕上看潮头，何日更重游？"

两宋时期，镇江以东的江苏南部及浙江全境被划为两浙路，这是江南地区的核心，也是狭义的江南地区的范围。南宋时，两浙路秋税高达一百五十万斛以上，其中大半出自苏湖常秀四州，故时人有"苏湖熟，天下足"的口号。明代以后，两浙地区的经济发展已走在全国的前列，所以明代大学士丘浚接着上引韩愈的话说："以今观之，浙东西又居江南之十九。"两浙地区中又以浙西北部最为富庶，故丘浚进一步说："苏、松、常、嘉、湖五郡又居两浙十九也。"这五郡（郡是雅称，实际上应称府）相当于今江苏之常州市、苏州市，浙江之嘉兴市、湖州市以及上海市，亦即相当于整个太湖流域，也就是最狭义的江南地区的范围。

明代苏、松、常、嘉、湖五府农业生产的高度发展，从其所交纳的税粮数额便可见一斑：苏州府二百五十万二千九百石，松江府九十五万九千石，常州府七十六万四千石，嘉兴府六十一万八千石，湖州府四十七万石。五府总计五百三十一万三千九百石，而其时全国税粮总额才不过二千六百五十六万零二百二十石。换句话说，五府之和占去全国总额的五分之一，而苏州一府竟占了将近十分之一。就劳动生产率而言，这一地区更是高得惊人，苏州一带，每亩产米三石，而北方旱地产粮每亩仅数斗。因此，江南的含义已经不只是地理区域，更是经济区域的概念了。

当然，在浙东西地区和苏松常嘉湖五府之间还有一层居中的，也可称作江南的地域范围，这就是上述五府再加上镇江府和杭州府。明代另一位大学士顾鼎臣就说过："苏松常镇杭嘉湖七府，供输甲天下"，乃"东南财赋重地"，把七府当成一个整体。但镇江、杭州两府税粮远逊于其他五府，且杭州在太湖流域之外，镇江则近代以来因文化心理因素的缘故，被排除在江南以外，所以清代晚期以后，七府并提的情况就少见了。

　　江南一词的涵义虽然有所转移，但不管怎样变化，照理总应指长江以南地区，可事实上并不尽然。上文已提到从东汉到唐代，江南也可用来泛指江淮以南和江汉以南地区。不但如此，自唐代以后，位于江北的扬州始终被当成江南来看待。试看唐代诗人王建的《江南三台》："扬州池边小妇，长干市里商人，三年不得消息，各自拜鬼求神。"更加令人神往的是杜牧的《寄扬州韩绰判官》："青山隐隐水迢迢，秋尽江南草木凋。二十四桥明月夜，玉人何处教吹箫。"何等景色，何等诗意！

　　直到清代初年，扬州还是属于江南的范畴。清人费轩曾作《寄江南》词一百二十首，皆言扬州事。其中一首云："扬州好，年少记春游，醉客幽居名者者，误人小巷名兜兜，曾是十年留。"造成这种现象有其深刻的原因。扬州之名首见于《禹贡》"淮海唯扬州"，大致指的是淮水以南，东面临海的地域。汉代以后采用扬州作为监察区和行政区的名称，所指则是长江下游及淮水中游以南地区。东晋南朝以后，扬州范围逐渐缩小，最后只局限于长江以南的今苏南、浙西之地。而扬州的治所自三国东吴以后，一直位于今南京市（东吴名建业，东晋南朝改建康）不变。由于长期以来扬州地区主体在江南，而其治所又是江南最大的城市，所以江南扬州的概念根深蒂固。

　　隋文帝平陈统一中国以后，将六朝故都建康夷为平地。开皇六年，又将扬州迁往江北，并以江都（今扬州）为治所。这时的扬州虽在江北，代表的却仍是江南文化。

唐朝以后，扬州经济十分繁荣，与成都并肩在全国处于遥遥领先的地位，时人因而有"扬一益二"之称。也因此，唐代大部分歌咏江南的诗词竟都是描写扬州的繁华景象的。

明清时期，以苏州为中心的名副其实的江南地区，无论在农业生产或是手工业、商业方面都已超过扬州。但直到清代前期，扬州因为控扼运河的重要地位和盐业的兴盛，经济优势并未尽失，在文化心理方面依然维持江南的地位。清代后期，尤其近代以来，扬州地位一落千丈，无复昔日荣华，于是便不被当成江南看待了。不但扬州不被当成江南，甚至连累江南的镇江也被看成江北了。因为镇江与扬州同操江淮官话，而镇江以东的苏南与浙江都使用吴语。在文化心理方面，吴语区和江南地区变成具有同等意义的概念。江南经济的繁荣，使吴语地位上升，而江淮官话受到歧视。所以，受心理因素影响，镇江也就被当成江北来看待了。

从江南一语含义的变化，我们可以看到，江南不但是一个地域概念——这一概念随着人们地理知识的扩大而变易，而且还具有经济涵义——代表一个先进的经济区，同时又是一个文化概念——透视出一个文化发达的范围。时至今日，江南地区仍然是全国工农业生产最发达和文化高度发展的地区。在可预见的将来，这一情势将不会有大的改变，江南一语也将始终具有经济文化方面的丰富内涵。

地戏起源臆测

　　贵州安顺一带的地戏，近年来已渐为人知。这种戏的表演形式十分特别。一般演戏，总是演员在高处，观众在低处，尤其在农村野外，演员更在高台之上，而观众则围观于台下，故有"矮子看戏，凭人说长短"之语。但是地戏恰好相反，演员或者演于平地，而观众坐于坡地之上；或者演于低洼地，观众则立于低地周围。所谓地戏，恐即地下戏之称，有如地铁之于地下铁路。地戏演出时，演员均戴假面具，但面具并不与面部重合，而是顶在额上，呈向上仰之状，露出来的下半部脸则用青纱蒙住，很显然，这种化装是配合观众向下俯视的需要。

　　《中国大百科全书·戏曲卷》未列地戏专条，只是在全国戏曲剧种总表中列为一项。也许因为它的流布面太窄，只在贵州安顺一带。我对地戏没有什么研究，只是因为它的表演形式过于奇特，因此有意浏览了一些介绍文字，想要探知其源流及演变过程。

　　据说地戏溯其源是由明代进入贵州地区的军士带来的，这些军士在祭奠其同伴亡魂时，就往往伴以地戏的表演。这种说法当然有其背景，但我以为即使明代有此表演形式，也只是流，而不是源。我国的戏剧到了明代，形态已经十分完备，而地戏与之相比，显然处于古老、初级的形态，因此它应该有更远的源头。这个源头在哪里呢？某次，在我讲课时突然悟到，这个源头似乎可在《诗经》中找到。

请看《诗经·陈风》中的二首：

《宛丘》三章曰：
子之汤兮，宛丘之上兮，洵有情兮，而无望兮。
坎其击鼓，宛丘之下，无冬无夏，值其鹭羽。
坎其击缶，宛丘之道，无冬无夏，值其鹭翿。

《东门之枌》三章曰：
东门之枌，宛丘之栩，子仲之子，婆娑其下。
谷旦于差，南方之原，不绩其麻，市也婆娑。
谷旦于逝，越以鬷迈，视尔如荍，贻我握椒。

这两首诗据说是为讽刺陈幽公而作，撇去此节不谈，我们看到的是一场原始形式的舞蹈：有人击鼓于宛丘之下，有人击缶于宛丘之道，而子仲之子（陈国的大夫）手持鹭羽，在宛丘枌栩之下，婆娑起舞。这里值得注意的是，什么是宛丘？据《毛诗·宛丘·传》曰："四方高，中央下曰宛丘。"很显然，宛丘是中间低洼，四周高起的地形，其状如碗（后世的碗字当即由"宛"孳乳而来）。这两首诗正说明舞蹈者是在低凹处起舞，那么观众当然是在周围高处了，这不正和地戏的奇特表演形式一样吗？

《陈风》所描写的是陈国的风俗习尚。陈国即今河南省淮阳县，传说这里本是上古五帝之一太昊之故墟。周武王灭商以后，立即封虞舜的后人妫满于陈，为陈胡公，并将女儿大姬嫁给他。这位大姬既为武王之女，自然身份尊贵，由于她深好鬼神之祀，喜用史巫，故造成陈国喜好巫鬼的民俗，因而《陈风》所描绘的舞蹈实际上是巫师娱神而不是民众自娱的行为，而这种娱神正是中国戏剧的重要源头之一，例如今天尚存的傩戏也正是从傩舞——古代"傩祭"仪式中的舞蹈——发展而来的。

但是大姬为何特别喜好祭祀鬼神呢？据《诗谱》分析是："大姬无子，好巫觋，祷祈鬼神歌舞之乐，民俗化而为之。"原来这位大姬患有不育的毛病，所以通过巫觋（女为巫，男为觋，总称为巫）娱神的乐舞进行祈祷以求子。这种舞蹈的性质与傩舞无异，也许舞蹈者也戴有面具，只是《陈风》中未有明言。

然而进一步我们又可发问，求子的舞蹈又为什么要在宛丘中讲行呢？这在中国文献中似乎没有留下任何现成的答案。但如果我们把眼光放远去，会发现这种在凹地举行的求神活动，在世界上并不是独一无二的。记得某一国外的文化人类学著作曾提到非洲某民族有一种土风舞，这种舞蹈的特点是由大群的男性舞蹈者在凹地内激烈地踩脚，并手执兵器在地上猛戳。舞蹈的目的是祈求妇女多产多育，以使本族人丁兴旺，而凹地正是女阴的隐喻。看来这种风俗在古代中国也有，只是起源于何地今已不明，若据《诗经》所说，似乎陈国的娱神风俗是由大姬提倡而引起，那么此俗似乎应该来自周族的发源地陕西渭水流域，但情形其实也可能相反，也许是陈国一带本来就有宛丘舞蹈的民俗，大姬入境随俗，从而好之。因为宛丘是陈国特有的地形，《尔雅·释丘》云："陈有宛丘"，而他处似乎不见。

陈国在胡公之后二十三世为南方大国楚国所灭，时在春秋末年。很可能这一风俗就随之传入楚国，遍及南方许多地区。在随后的二千多年间，枌栩之下，宛丘之上的舞蹈形式和表演目的肯定经过几度变化，渐渐具备戏剧的形式，但让表演者处于低地的基本形态依然保留，到了明代而演变为地戏的范式，并随大批的屯田军士进入贵州地区。当然，随着近代文明的进步，这一古老初级的戏剧形式的流行范围越来越小，最后只能保留在比较偏僻闭塞的山区。贵州安顺地带远离历代动乱中心，加以群山绵延，地形闭塞，近代化进程较慢，古风旧俗得以长期保存，使得我们今天还能看到《陈风》所描写的舞蹈场面的遗影变形，不能不说是一件幸事。

现在地戏并无专业剧团，只在贵州安顺、平坝、惠水等县及贵阳市农村有业余演出，若非近年及时发扬，恐怕迟早也要归于消亡，这是一切古老剧种不可避免的共同命运。不久前在福建屏南县发现的庶民戏，堪称是

明代四平腔的遗响，此外福建的莆仙戏、梨园戏也可以
说是宋元南戏的活化石，这些剧种都因处于山乡僻壤或
远离动乱中心而得以保全。但随着青年观众的逐渐减少，
古老戏剧形式将难以为继，许多小剧种已经或正在走向
消亡。因此如何利用现代科技手段，尽可能记录保存所
有现存的戏剧形式是一个很急迫的任务，因为研究这些
戏剧形式的源流和演变过程是中国文化史的重要内容，
我们不能让地戏一类宝贵的中华文化遗产消弭于无形，
否则将会造成巨大的遗憾。

上海城市的形成

——上海建城七百周年的回顾

　　上海作为聚落名称最早见于《宋会要辑稿》。该书《食货十九·酒曲杂录》载："秀州旧在城及青龙、华亭……上海……十七务，岁十万四千九百五十二贯，熙宁十年租额一十一万七千八百九贯七十三文。"这条所记是包括上海在内的十七个酒务的税收额度，后面的数字是熙宁十年的，前面的数字是天圣元年的旧额。也就是说，至迟在天圣元年（一○二三）时，就有上海酒务的存在了。所谓务是宋代收税的地点。北宋实行酒类专卖，设置酒务的地方必然是比较大的集市，可以供人赶集买酒与喝酒。所以上海酒务是今天上海市区可能追溯的最早雏形，其出现距今已将近千年，北宋时一直在秀州华亭县的管辖下。

　　但是在秀州辖下的重要集市中，上海又是不太大的一个。因为《宋会要辑稿》之《食货十六·商税杂录》记有秀州的七个税场：在城（秀州城，即今嘉兴）、华亭（今松江）、青龙、澉浦、广陈、崇德、海盐，其中并无上海。商税场是比酒务重要的税收机构，设税场之处可以认为已具市镇规模。所以终北宋一代，上海还只是一处重要集市而已。但是当时的秀州所辖地面，相当于今天上海直辖市的南半和嘉兴地级市的全境，在这样大的范围里，只有十七处酒务，而上海竟能占上一席之地，就为后来城市的形成打下了基础。

两宋之际，中国发生了历史上第三次由北而南的移民大浪潮。大量北方人民随着宋王室南渡，定居于江南，促使这一地区的经济得到迅速的发展。到了南宋末年，上海终于设镇，标志着上海城市的初步形成。上海设镇的具体年代，至今尚无法确定。《嘉庆上海县志》有熙宁七年说，《大清一统志》有绍兴中说，都不可信。因为熙宁之后成书的《元丰九域志》，在秀州华亭县下只载青龙一镇；绍兴之后绍熙四年成书的《云间志》（相当于华亭县志），所载还是只有青龙一镇。可见上海直到绍熙四年（一一九三）仍未设镇。但是上海在宋末咸淳三年（一二七六）时必定已经建镇，因为《弘治上海县志》提到，咸淳三年有董楷其人到上海就"监镇"之职。因此我们只能推断上海设镇在一一九三年至一二六七年之间，距今在七百多年以上。

镇在唐代是一个军事政治机构，五代宋初逐渐转变为地区性的经济中心。华亭县的青龙镇，就因为商品经济的发达和海上贸易的兴起而繁荣起来，成为该县属下最早设镇的地方。镇的长官本来是镇将，在镇的性质改变以后，就改为文官治理。据《云间志》记载，北宋景祐年间（一〇三四至一〇三七）青龙镇"置文臣理镇事"，暗示其始置可能早到五代宋初。到南宋初年青龙镇的市镇规模已相当可观，据载其时镇上有三十六坊，二十二桥，还有三亭七塔十三寺，烟火至于万家，已颇具县城气象。青龙镇位于吴淞江南岸，今青浦县城北面的老青浦处。吴淞江古称松江，是太湖的出水孔道。宋以前松江江面很宽阔，是一条重要的航道，青龙镇因而成为重要的港口，远洋而来的珍货宝物大多由此而集中于苏州。北宋末年也因此而在华亭县设置了市舶务，掌管对外贸易事宜。

　　但是青龙镇的繁荣并未一直延续下去，因为松江下游泥沙淤积渐趋严重，虽百般治理而无效，青龙镇于是无可挽回地衰落下去，代之而兴起的则是上海镇。上海位于青龙镇下游的松江南岸，东濒上海浦。据宋人郏亶所记，松江两岸的塘浦（支流）有两百多条，上海浦就是南岸的一条支流，上海作为聚落名称即由此而来。由于上海比青龙更近海，又有上海浦作为港湾，条件比青龙更优越，因此华亭县的外港自然就从青龙镇转到上海。上海不但成为华亭县的新港口，而且连原先设在县城的市舶务也搬到上海来。宋代职掌海上贸易的机构分成市舶司、市舶务（或称市舶分司）及市舶场三级，按照常规，市舶司设于路，市舶务设于州县，市舶场设于镇。青龙港虽然重要，但市舶务始终设在华亭县城，虽有人提议于青龙镇设务，但始终没有得到批准，而是以设置市舶场作为替代。上海显然后来居上，一跃而成为"蕃商云集"的滨海大港，比青龙镇地位更显重要，因而直接设置了市舶务。

上海设置市舶务的具体年代也无从考索，但估计应在上海建镇之后。因为按照惯例，未建镇的上海不但不可能设市舶务，连设市舶场的级别还不够。至迟在宋末咸淳初年，上海市舶务（市舶分司）便已设立。上面提到的上海镇监镇董楷，就同时兼任上海舶司提举。他在《受福亭记》中说："咸淳五年八月，楷忝命舶司既逾二载。"又在《古修堂记》中说："前分司缪君相之作两庑、作门庐、作棂星门。"显然缪君提举上海市舶分司必在咸淳三年以前的一段时间。如果上海市舶务的设立在上海建镇以后的推论不错的话，则上海建镇的时间可以上推至景定年间（一二六〇至一二六四）或景定以前。上海市舶分司之终当与宋亡同时，但是上海港的重要性依然不变，所以元朝在宋亡的翌年又正式设立上海市舶司。

上海本来既是商业聚落，后来又成为贸易经济中心，其迅速繁荣兴盛自是顺理成章的事。建县前夕的上海镇繁盛异常，市舶司、商税局、万户府（管漕粮海运）、太平仓（储放漕粮）、酒务、巡检司、水驿、急递铺等官方机构一应俱全。街市上榷场、酒肆、军营、镇学以及佛宫、仙馆、市廛、贾肆，鳞次栉比，人烟稠密，富甲一方，成为华亭县东北一巨镇。经济的发展伴随人口的密集，此时的上海镇及其附近五乡的人口已有六万四千户之众。地大人多是分县的必要条件，上海镇的繁荣又具备了作为县治的资格，因此元至元二十七年（一二九〇），松江府知府仆散翰文以"华亭地大民众难理"为由，奏请中央政府分置上海县，第二年七月己未（一二九一年八月十九日）获得批准，第三年春遂以上海镇为中心，正式分华亭县东北的长人、高昌、北亭、新江、海隅五乡立上海县。

上海县的建立是上海城市全面形成，或者说上海建城的标志。城市的形成是一个过程，而不是一天的事。上海建镇以前，必然已有城市的雏形，到建镇时，城市形态已经比较完善，否则不可能建镇。建镇后，城市进一步发展，到成为县治时，城市形态可以说已经完备，城市形成的过程才告完结。因而讨论上海建城问题实质上是如何选取标志的问题。建镇是个标志，建县也是个标志，而应以建县的标志为宜。这样说有几重原因。首先，在历史上，汉代曾规定县一定要筑城，所以县与城的意义相通，县就是城，城就是县。后代的县不一定筑城，但县城已成为一个惯用词，用来指县治所在，县城的城已变成城市的城，而不是城墙的城。也就是说，县是一个行政区域，而县治则是一座城。县与城有这样的关系，所以建县宜于作为建城的标志。其次，唐代以前一般都是直接建县，并不先经过一个建镇的阶段，因此建镇不宜作为建城的一般标志。

第三，就上海的具体情况而言，也是选择建县作为标志优于建镇。因为宋代东南地区的许多市镇，在经济发展方面已远远超过其上属州县，如青龙、南浔、震泽、盛泽等，但均因未曾置县，始终未能发展成为大城市。上海如果不置县，命运也可能和青龙镇一样，因吴淞江的淤浅

而衰落下去，而不能有今日的地位。历史上的中国是一个
高度中央集权制的国家，各级政治中心对经济发展的作用
不容忽视。如果上海到明代尚未置县，永乐初年就不会对
松江水系作彻底的改造，从而维持上海的经济贸易中心地
位。所以上海的置县对上海城市的形成和发展是一个关
键，应该作为上海建城的标志。但是上海建县也不是一时
的事，也有一个过程。元代制度，江南地区三万户以上已
是上等县（江北六千户即为上等县）。至元二十六年进行
人口普查，上海一带户数竟在六万以上，所以第二年地方
官即以此为由申请分县。《元史·地理志》载上海建县在
至元二十七年，恐怕即以申请时间为说。而《元史·世祖
本纪》则曰分华亭之上海为县在二十八年，这是以中央批
准为准。然县域的正式分割，据县人唐时措之《上海公署
记》所说却在二十九年春。那么应以哪一年作为建县的标
准年代呢？依照自古至今的惯例，应以中央政府的正式批
准为准。所以我们选择一二九一年作为上海建县之年，并
进一步以之作为上海建城的标志。

上海城市形成以后有过一个时期发展并不够快，其
主要原因仍是松江下游的淤浅。尤其是江口段河床不断抬
高变狭，使排水航运都受严重影响。元初以来虽然不断疏
浚，可是屡浚屡塞，劳而无功。后来政府改弦易辙，开浚
太仓境内通海港浦，引太湖水自浏河（即古娄江）入海，
浏河于是代替吴淞江成为太湖地区的主要航道和太湖的主
要泄水道。在元代和明初，浏河口浏家港的海外贸易地位

已经超过了上海港。然而这一局面也没能继续维持下去，浏河口受到海潮的长期顶托，口门外形成了一条横亘十余里的拦门沙，严重地阻碍了船舶的进出，于是机遇的钟摆又摆回到上海港。

太湖本来有三江入海，东江早就湮塞，松江也日见淤浅，光靠浏河（娄江）自然不行。太湖流域连年洪涝不息，而太湖地区又是一个碟状盆地，四周高中间低，出水不畅。上海东部海岸由于建筑海塘更显其高，吴淞江自西向东入海显然没有出路，疏浚只能治标而不能治本，只有改道才是良策。所以明代永乐年间，户部尚书夏原吉采取各方意见，放弃吴淞江淤塞的河口段，将原来吴淞江的支流大黄浦向北疏浚入海，这样一来，吴淞江变成黄浦江的支流，吴淞江水系转换成黄浦江水系。这一转换至关重要，不但消除苏、松、嘉地区的水患，而且使黄浦江的黄金水道从此形成，上海港的贸易地位从此稳固。加以宋元以来，上海周围地区普种棉花，上海逐步成为棉织业的中心，于是上海城市从此得到迅速的发展，终至在明清时期成为"江海之通津，东南之都会"，但是这一发展过程应该让另外一篇文章来作详细描述了。